KB070527

불펜의 시간

제26회 한겨레문학상 수상작

김유원 장편소설

불펜의 시간

한겨레출판

차례

1부

2부

1부

1. 준삼

"이 주임은 누구처럼 살고 싶어?" 박 부장이 준삼에게 물었다. 맥주를 마시는 직장인들로 시끌벅적한 골뱅이집에서였다. TV에선 야구가 중계되고 있었다. 함께 온 김 과장과 윤 대리, 최 대리가 차례로 감옥에 갈 일 없는 재벌 총수, 한 권의 베스트셀러 인세로 먹고사는 작가, 월세를 받아 먹고사는 건물주라는 대답을 한 상태였다.

"저는……." 준삼도 그런 류의 대답을 하려고 입을 뗐다. 하지만 머릿속이 갑자기 하얘지면서 돌멩이가 떠올랐다. 누구나 부러워할 만한 팔자 하나만 말하면 되는데 생각나는 단어가 돌멩이뿐이었다.

돌멩이나 돌멩이나 돌멩이나.

준삼이 돌멩이에 사로잡혀 말을 잇지 못하자 맞은편에 앉아 있던 윤 대리가 눈을 끔적였다. 박 부장의 심기를 건드리지 말고 얼른 답하라는 신호였다. 윤 대리는 박 부장이 침묵을 반항으로 간주하고,

느림은 무능력의 고백이라 여기는 사람이란 걸 알고 있었다. 준삼도 박 부장에게 인정받기 위해선 그른 답이라도 빨리 말해서 부장이 자기 생각을 과시할 기회를 주어야 한다는 걸 알고 있었다.

그래도 돌멩이는 아니야.

준삼은 입안에서 맴도는 돌멩이를 삼켰다. 돌멩이는 부장이 인문학적이라고 자평한 질문의 수준을 시시껄렁한 잡담으로 만드는 답이었다. 급을 중시하는 부장이 언짢아할 오답이었다.

가게 안쪽에 있는 나무 테이블과 주차장에 펼쳐진 플라스틱 간이 테이블은 회사와 연애와 정치에 관한 이야기 그리고 누군가에 대한 험담과 험담과 험담으로 시끄러웠다. 준삼이 있는 테이블만 고요한 섬이었다.

준삼이 1분 넘게 침묵하자 박 부장의 얼굴에서 호기심이 사라지고 못마땅한 기색이 보이기 시작했다. 윤 대리가 박 부장이 즐기는 김 차장 험담으로 화제를 돌리려 했지만, 박 부장의 눈은 준삼에게 고정되어 움직이지 않았다. 건물주를 꿈꾸던 최 대리도 긴장한 얼굴로 맥주를 마시며 박 부장의 눈치를 살폈다. 박 부장과 사적으로도 막역한 김 과장만 개의치 않고 소면을 뒤적이며 골뱅이를 골라 먹었다. 준삼은 정신을 차리려고 머리를 살짝 흔들었다. 하지만 주먹만 한 돌멩이 대여섯 개가 꽉 맞물려 있는 것처럼 아프기만 하고 어떤 단어도 생각나지 않았다.

핏기 없이 하얗게 질린 준삼의 얼굴을 보고 인세로 먹고사는 작가를 꿈꾸던 윤 대리가 맥주잔을 내밀며 말했다.

"이 주임, 전에 부장님처럼 살고 싶다고 했잖아? 치열하게 사시는 것 같다고."

윤 대리가 마련한 모면의 기회였다. 하지만 준삼은 눈을 크게 뜨고 의아한 표정을 지음으로써 그 기회를 놓쳤다. 윤 대리가 낮게 한숨을 쉬었고, 박 부장이 헛기침을 했다. 준삼은 돌멩이밖에 모르는 바보가 되어 분위기를 망친 자신을 원망하며 고개를 젖혔다가 천장에 달린 TV에서 아는 이름을 발견했다. 등판에 새겨진 이름이었다. 그 이름을 잽싸게 낚아채며 준삼이 큰 소리로 말했다. "권혁오요." 준삼이 감격한 목소리로 다시 한번 그 이름을 말했다. "권혁오처럼 살고 싶어요."

준삼의 갑작스러운 외침에 놀라 누구도 그게 누구냐고 묻지 못하고 있을 때, 김 과장이 골뱅이를 씹으며 말했다.

"야구선수 권혁오?"

"네. 야구선수 권혁오요."

준삼이 손으로 TV를 가리켰다. 등에 권혁오라고 적힌 야구복을 입은 남자가 마운드에 서서 공을 던지고 있었다. 8회 초였다. 지고 있는 팀의 투수였다.

윤 대리가 준삼에게 물었다. "이 주임이 저 선수를 알아?"

"네. 중학교 동창이에요. 야구부도 같이 했고요." 준삼은 자랑스럽다는 듯이 말하고 맥주를 들이켰다. 차악. 달궈졌던 돌멩이가 차가운 맥주에 식으면서 잡아먹은 이름을 하나씩 토했다. 스티브 잡스, 워런 버핏, 빌 게이츠, 박찬호, 이승엽, 이영문. 준삼의 얼굴에 핏기가 돌기 시작했다.

TV를 유심히 보던 박 부장이 의아해하며 물었다. "그런데 왜 저 선수처럼 살고 싶어? 잘나가는 것 같지도 않은데?"

야구에 흥미가 없는 박 부장과 달리 야구광인 김 과장도 물었다. "그러게. 권혁오는 가끔 나오는 계투 아니야?"

"맞아요. 요즘엔 그저 그런 선수지만, 중학교 때는 괴물이었어요. 혁오가 선발로 나오면 그 경기는 무조건 이겼어요. 한번은 상대 팀 투수도 잘 던져서 질 뻔한 적이 있었는데……."

준삼은 중학교 야구부 시절 권혁오가 얼마나 대단한 선수였는지 말하기 시작했다. 말수 적던 막내가 얼굴에 홍조를 띠면서 길게 말하는 게 신기해 잠시 귀를 기울이던 박 부장은 이야기의 주제가 자신이 잘 알지 못하는 야구로 흘러가려고 하자 준삼의 말을 끊고 흥흥하게 떠도는 구조조정에 관한 소문을 꺼냈다. 그러자 준삼을 제외한 모두가 박 부장 쪽으로 몸을 기울였다. 회식 내내 골뱅이 골라 먹는 일에만 열중하던 김 과장도 이번에는 젓가락을 내려놓았다. 준삼이 찾아낸 이름에 관심을 가지는 사람은 없었다. 준삼이 정말 권혁오처럼 살고 싶어서 말했다고 생각하는 사람도 없었다. 엉겁결에 나온 이름이란 걸 다들 알고 있었다.

"너 야구부였어? 근데 왜 한 번도 말 안 했어?" 박 부장의 연설이 길어지자 윤 대리가 박 부장의 목소리를 건드리지 않으려고 조심하며 준삼에게 물었다. 준삼 역시 박 부장의 목소리를 건드리지 않으려고 조심하며 낮은 목소리로 말했다. "완전히 잊고 살았어요."

TV 속 야구 경기는 9회 초가 되었다. 투수는 권혁오가 아니었다. 해설위원은 멘탈이 약해서 결정적일 때 무너지는 권혁오 선수의 한계를 말하고 있었다. 벤치에 앉은 권혁오 선수의 얼굴엔 만족한 기색이 역력했다.

*

준삼이 다닌 중학교는 중등야구대회에서 열두 번이나 우승한 전력이 있는 야구 명문이었다. 재단 이사장이 야구를 좋아해서 중요한 행사는 야구부 경기 일정을 피해 열렸다. 3월이면 야구부 감독과 코치가 체육 시간을 장악하고 모든 신입생에게 달리기와 멀리뛰기, 공 던지기와 타격 연습을 시켰다. 운동 신경은 뛰어난데 기회가 닿지 않아 야구를 시작하지 않은 학생을 찾으려는 시도였다. 준삼의 반에도 야구부 코치가 찾아왔다. 5개 조로 나눠 100미터를 달리고 나니 절반이 추려졌다. 제자리멀리뛰기를 하고, 야구공을 던지고, 배팅까지 마치니 두 명이 남았다. 그중 한 명이 준삼이었다. 체육 시간 내내 검은 선글라스를 끼고 있던 코치가 진한 쌍꺼풀을 드러내며 준삼에게 물었다. "키가 몇이고?" 준삼은 171센티미터라고 답했다. 6학년 여름방학부터 빠른 속도로 큰 키였다. 자고 일어나면 책상 높이가 다르게 느껴질 정도였다. 코치는 야구를 해본 적 있냐고 물었다. 준삼은 초등학교 체육 시간에 해봤다고 답했다. 그러자 코치는 부리부리한 눈을 번뜩이며 재밌었냐고 물었다. 준삼은 그랬다고 답했다. 의자에 앉아 있는 것보다는 뛰어다니는 게 재밌었기 때문이었다. 코치는 야구를 하고 싶냐고 물었다. 준삼은 잠시 고민하다가 야구부에 들어가보고 싶다고 답했다. 코치는 준삼의 말을 바꿔 야구부가 아니라 야구를 하고 싶냐고 다시 물었다. 준삼은 그 둘이 뭐가 다른지 알 수 없었다. 준삼에게는 똑같이 공을 치고 던지는 일로 느껴졌다. 하지만 코치가 다시 묻는 걸로 보아 그 둘에 차이가 있으며, 코치가 원하는 건 야구부가 아니라 야구를 할 학생이라는 걸 알 수 있었다. 코치에게 그런 질문조차 받지 못한 아이들이 나무 그늘에 앉아 준삼을 지켜보고 있었다. 그들은 하고 싶어도 할 수 없는 일이라는 생각이 들자 준삼은 갑자기 욕심이 났다. 그래서 말했다. "야구가 하고 싶어요."

그러자 코치가 벗었던 선글라스를 다시 끼며 말했다.

"부모님께 물어보고 내일 테스트받으러 온나."

그날 밤 준삼은 현관 앞을 서성이며 아버지를 기다렸다. 준삼의 엄마는 아버지에게 물어보라며 야구부 입단에 관한 결정권을 남편에게 넘긴 상태였다. 10시가 될 무렵 대문을 열고 들어온 준삼의 아버지는 쭈뼛거리며 서 있는 아들을 아는 체하지 않고 소파에 앉았다. TV에 유명한 배우가 설거지하는 장면이 나오고 있었다. 드라마였다. 준삼의 아버지는 아나운서와 전직 야구선수가 나란히 앉아 있는 스포츠 뉴스로 채널을 돌렸다. 어느 팀이 이기고 어느 팀이 졌다는 단순한 소식이 거창한 음악과 함께 나왔다. 오늘의 야구 경기

하이라이트가 이어졌다. 준삼의 아버지는 허리를 꼿꼿이 세우고 요약된 경기를 보았고, 준삼은 아버지에게 말을 건넬 틈이 생기기를 기다렸다. 스포츠 뉴스가 끝나자 준삼의 엄마가 냉장고에서 병맥주를 꺼내 남편 앞에 놓고 유명한 배우가 청소기를 잡고 있는 드라마로 다시 채널을 돌렸다. 준삼의 아버지는 투명한 유리컵에 맥주를 따라 마시며 소파에 등을 기댔다.

준삼은 아버지가 빈 컵을 탁자에 내려놓을 때까지 기다렸다가 들뜬 목소리로 말했다. "야구부 코치님이 입단 테스트를 받아보라고 하시는데요."

준삼의 얼굴은 기대로 가득 차 있었다. 아버지가 허락하는 건 물론이고 기뻐할 거라고 확신하고 있었다.

준삼의 아버지는 맥주를 한 잔 더 따랐다. 준삼은 말없이 기다렸다. 아버지는 맥주에 잠겨야만 감정에도 잠길 수 있는 사람이라는 걸 열네 살 준삼은 알고 있었다.

두 번째 잔을 비운 아버지가 말했다.

"해봐라."

질문 없는 즉각적인 승낙. 그건 사소한 일을 결정할 때도 수십 개씩 질문을 던지는 준삼의 아버지, 영문이 할 수 있는 최대치의 기쁨 표현이었다.

영문은 시청에서 일했다. 그는 공무원은 주어진 일만 해서 성공하기 어렵다며 담당이 애매하거나 다른 사람이 꺼리는 업무를 자처했다. 그의 욕망은 승진이 아니라 청와대 입성이었다. 유력한 대권 후보인 시장의 눈에 들어 그가 대통령이 되었을 때 함께 서울로 가는 것이 그가 꿈꾸는 미래였다. 직함은 상관없었다. 지금처럼 행정 업무를 보는 사람이어도 되고, 비서여도 되고, 운전기사라도 괜찮았다. 어떤 일을 하든 청와대만 가면 되었다. 시청 1층에서 5층, 2층에서 5층, 11층에서 5층을 오가는 일상이 아니라, 5층에서 단번에 청와대로 가는 시나리오. 그것은 20년 넘게 시청에서 일한 영문이 단조로운 일상을 버티는 힘이었다.

하지만 안타깝게도 영문은 마음에 없는 말로 아부하거나 자신의 공을 부풀려 이야기하지 못하는 사람이었다. 그래서 시장의 뜻에서 시작된 사업이라면 타부서의 일이라도 나서서 돕고, 시장이 참석하는 행사와 회식과 모임에 빠지지 않고 자리를 채우는 것으로 자신의 충성을 보이고자 했다. 그의 이름이 이영문인지 이영훈인지 헷갈려 하던 시장은 3선 시장이 되고 난 후에야 그의 이름이 영문이란 걸 알아주었다. 하지만 그뿐이었다. 그에게 특별한 업무를 맡긴다거나 사적인 모임에 영문을 초대하는 일 같은 건 없었다. 시장에게 영문은 그저 성실함이 눈에 띄는 말단 공무원일 뿐이었다. 영문의 욕망을 아는 사람들은 욕망의 크기에 비해 너무 소심한 성격을 지닌 그를 딱하게 여겼다. 영문은 상관하지 않았다. 묵묵히 자리를 지키고 있으면 언젠가는 시장이 묵묵함의 미덕까지 알아봐 줄 거라고 믿었다. 하지만 영문의 묵묵함을 알아주는 사람은 그의 아내 뿐이었다.

준삼의 엄마는 어린 자식들이 아빠를 찾을 때마다 아빠는 바쁜 사람, 중요한 일을 하는 사람, 시장님과 함께 일하는 사람, 너희를 위해 돈을 벌어오는 사람, 허투루 시간을 보내는 법이 없는 사람이라고 말했다. 그렇게 말하는 목소리에 약간의 무심함은 있었으나 원망은 조금도 없었다. 따라서 준삼도 아버지를 원망하지 않았다. 아버지의 부재를 당연하게 받아들였다. 어쩌다 아버지가 집에 있으면 어색하고 불편할 정도였다. 야구장에 처음 간 날도 그랬다.

일요일이었다. 준삼이 일어나 보니 아버지가 거실에서 신문을 읽고 있었다. 엄마와 동생은 이모 집에 가고 없었다. 준삼이 화장실에 갔다가 식탁에 앉아 엄마가 차려놓은 김치볶음밥을 먹고 있는데 아버지가 물었다.

"준삼이 니 야구장 가봤나?"

"아니요." 준삼은 아버지가 동네 아저씨들처럼 묻는다고 생각하며 대답했다.

그러자 아버지가 인심 쓰듯 말했다. "그럼 오늘 가보자."

준삼은 놀랐다. 동생이 졸라서 배드민턴을 치러 간 적은 있어도 아버지가 먼저 놀러 가자고 한 건 처음이었다. 늘 마지못해 놀아주는 것 같던 아버지가 먼저 야구장에 가자고 하다니! 그것도 엄마와 동생 없이 남자끼리!

5학년이 되면서 어느 사안에나 남자라는 정체성을 연결 짓는 버릇이 생긴 준삼은 아버지의 제안을 은밀한 것으로 받아들였다.

"가기 싫나?" 영문이 프로야구 경기 일정이 실린 신문을 반으로 접으며 말했다.

준삼은 남은 밥을 입안에 욱여넣으며 재빨리 말했다. "아니요. 가고 싶어요."

일요일 오후의 한적한 시내버스, 5월의 눈부신 햇살, 좁은 골목길, 시민 세탁소, 시민 철물점, 시민 슈퍼와 홈런 마켓, 치킨 냄새, 오징어 냄새, 김밥 사세요, 물 사세요, 얼린 맥주가 한 개 2000원, 세 개 5000원. 그런 풍경 끝에 마주한 시민 야구장은 TV로 봤던 것보다 아담하고 소박했다. 외벽 군데군데 페인트칠이 벗겨져 있었고, 금이 가서 임시로 때운 흔적도 눈에 띄었다. 준삼은 약간 실망했지만, 시민 야구장이 전국에서 제일 낡았다는 친구의 말에 아는 체를 할 수 있게 되어 기쁘기도 했다.

야구장을 둘러싼 플라타너스가 이제 막 넓적해진 푸른 잎을 팔랑이며 사람들을 반겼고, 티켓을 손에 든 관중은 5월의 나뭇잎보다 청량한 걸음으로 입장했다. 경기가 시작되기 전에 하나라도 더 팔려는 상인들의 카랑카랑한 목소리, 대형 스피커에서 흘러나오는 응원가, 간판 스타의 이름이 새겨진 유니폼을 입고 뛰어다니는 아이들, 솜사탕, 풍선. 야구장 앞은 즐거움으로 가득했다. 이곳까지 걱정과 고민을 끌고 온 사람은 없어 보였다. 오늘만큼은 모두 한바탕 놀기로 작정한 듯했다. 준삼은 축제 같은 분위기에 쉽게 동화되었다. 아버지가 프라이드치킨을 사서 손에 쥐여주자 주체되지 않는 기쁨에 팔딱팔딱 춤이라도 추고 싶었다. 하지만 나는 5학년이야. 준삼은 저학년 애들처럼 날뛰고 싶은 마음을 다잡으려고 주먹을 불끈 쥐었다. 그러자 지난 중간고사 사회 시험 주관식 1번 문제가 불쑥 떠올랐다.

직장 스트레스를 해소하고 자기 충전, 휴식을 겸한 다양한 취미 활동이 포함되는 경제 활동 이외의 시간으로 개인이 처분할 수 있는 자유로운 시간을 무엇이라고 하나요?

정답은 여가였다. 준삼은 선생님에게 배운 대로 여가라고 적으면서도 잘 이해되지 않았던 여가의 의미를 이제야 알 것 같았다. 이게 여가야. 이런 게 여가였어. 모든 걸 통과시킬 듯 맑아진 아버지의 얼굴이 여가의 효용을 증명하고 있었다.

야구장 안도 즐거움이 가득했다. 연고 팀인 타이푼의 선수가 안타를 치면 사방에서 박수와 환호가 터져 나왔다. 상대편이 점수를 내면 아쉬워했지만, 아쉬워하는 소리도 고무공처럼 탱글탱글했다. 펜스 너머에 있는 선수들의 얼굴에만 약간의 긴장이 맴돌았다. 준삼은 그라운드보다 관중석을 더 열심히 쳐다봤다. 드문드문 점수를 내는 경기보다 조용한 틈에 잽싸게 던져지는 아저씨들의 걸쭉한 농담과 응원이 더 재미있었다. 한번은 젊은 남자가 3루 펜스를 넘어온 파울볼을 잡았는데 그 옆에 있던 여자아이가 아쉬워하자 주위에 있던 사람들이 약속이라도 한 듯 소리쳤다. "아 줘라! 아 줘라!" 그 소리는 금세 3루 관중석 전체에 퍼졌다. 그러자 젊은 남자는 자기도 그 정도는 안다는 듯 유세 나온 정치인처럼 두 팔을 뻗어 흔들다가 글러브에서 공을 꺼내 아이에게 주었다. 경기하던 선수들이 힐끗 쳐다볼 정도로 큰 환호가 관중석에 울려 퍼졌다. 그 소리를 들으며 준삼은 나중에 커서 파울볼을 잡으면 저 형처럼 망설이지 않고 아이에게 공을 주는 멋있는 어른이 되어야겠다고 생각했다.

아버지와 단둘이 외출했던 그날은 준삼의 인생에서 손에 꼽힐 정도로 인상적인 하루였다. 하지만 준삼은 그날 타이푼의 상대 팀이 누구였는지, 경기 결과가 어땠는지는 기억하지 못했다. 기억하는 건 아버지가 맥주 캔을 따던 소리, 짭조름했던 치킨의 맛, 하늘 높이 다리를 들던 치어리더 누나들, 사람들이 한목소리로 부르던 별빛이 흐르는 다리를 건너, 함성이 터질 때마다 쭈뼛 서던 팔의 털, 바다처럼 넓고 푸르던 그라운드, 그리고 입을 다물고도 환하게 웃던 아버지의 얼굴.

야구는 영문을 웃게 했다. 9시 전에 퇴근하는 날이면 영문은 차로 10분 거리에 있는 야구장으로 향했다. 무료로 입장할 수 있는 8회 말보다 일찍 도착하면 주차장에서 기다렸다가 들어갔다. 큰 점수 차로 지고 있어서 패할 가능성이 높은 날에도 들어갔다. 지금까지가 어쨌든 큰 거 한 방이면 역전할 수 있다고 생각했다. 영문은 한 방을 믿었다. 타이푼은 그 믿음에 보답하듯 종종 9회 말에 역전했다. 영문이 가장 감동했던 역전승은 8회 초까지 9점 차로 뒤지고 있던 날의 경기였다. 그날은 점수 차가 너무 커서 잠시 고민하다가 입장했는데, 영문이 경기장에 들어서자마자 타자들이 볼넷과 안타로

줄줄이 출루하더니, 5번 타자와 1번 타자가 만루 홈런으로 승리를 일궈냈다. 영문은 그날 주차장에서 돌아서지 않은 자신을 오랫동안 대견해했다.

그는 자식이 태어났을 때도 한 방을 기대했다. 천부적인 재능을 가진 자식이 태어나 자신의 인생을 특별하게 만들어주길 바랐다. 하지만 아내의 배에서 나온 아들과 딸은 평범했다. 다른 아기와 비슷한 시기에 몸을 뒤집었고, 비슷한 시기에 기었고, 비슷한 시기에 걸었다. 영문은 자식들이 평범한 속도로 자라는 것에 조금 실망했지만, 자식들이 한 단계 성장하면 크게 기뻐했다. 첫째인 준삼이 처음으로 아빠 하고 불렀을 땐 세상을 다 가진 듯했다. 아이들이 귀여워서 출근하고 싶지 않은 날도 많았다. 한 방 따윈 필요 없고 그저 건강하게만 자라주면 좋겠다는 생각이 절로 들었다. 그럴 때마다 그는 고개를 세차게 흔들었다. 누구나 경험하는 일에 만족해선 안 돼. 그는 소소한 기쁨을 경계했다. 초등학교에 입학한 준삼이 70점을 받아 온 날에야 영문은 자식이 특출나길 바라는 마음을 접었다. 70점은 너무 평범했다. 항상 애를 써야 하는 말단 공무원 같은 점수였다. 영문은 이루지 못한 꿈을 자식에게 위탁하는 흔하디흔한 부모가 되기보다는 직접 특별함을 쟁취하는 사람이 되기로 마음을 고쳐먹었다. 더욱 부지런히 시장 곁을 맴돌았고, 더욱 간절히 한 방에 매달렸다. 매달 꼬박꼬박 입금되는 급여에 안주하고 싶어질 때마다, 조금씩 오르는 월급에 기뻐하고 싶은 밤마다 야구장에 들러 홈런을 기다렸다. 경기를 끝낸 선수들이 한 줄로 서서 인사하면 슬쩍 고개를 숙였다. 한 방을 노리는 자로서의 동지애를 표했다.

　야구장을 다녀온 후로 준삼은 아버지의 꿈이 야구선수였을 거라고 생각했다. 야구 중계를 보는 아버지의 등에는 꿈 근처도 못 가본 사람의 처연함이 있었다. 엄두 낼 수 없는 세계를 넘보는 사람의 애달픔이 있었다. 가난한 집안 형편 때문에 어쩔 수 없이 공무원이 된 남자, 중년이 되어서도 놓친 꿈을 향한 미련을 버리지 못하는 시청 공무원. 그 공무원을 기쁘게 해주고 싶다, 그가 못 이룬 꿈을 대신 이뤄주고 싶다.

　준삼은 그런 기대로 야구부에 입단했다.

*

　혁오는 가만히 서 있을 땐 눈에 띄지 않았다. 또래와 비슷한 키에 뚱뚱하지도 마르지도 않은 체형, 약간 까무잡잡한 피부, 입이 커서 웃을 때 선홍색 잇몸이 많이 보인다는 점을 빼면 얼굴 생김새도 평범했다. 하지만 움직이기 시작하면 달랐다. 똑같은 동작을 하는데도 어딘지 모르게 튀어서 보는 사람의 시선을 사로잡았다.

　입부 테스트를 받으러 간 준삼의 눈에도 혁오가 제일 먼저 들어왔다. 그늘에 앉아 연습 경기를 지켜보던 준삼은 혁오가 공 던지는 모습을 보며 자기도 모르게 중얼거렸다. "아름답다." 혁오는 타자를 잡기 위해 공을 던지는 스포츠 선수가 아니라 안무를 정확히 해내는 것이 목표인 무용수 같았다. 허리를 펴고 꼿꼿하게 서 있다가 신중하게 두 손을 모으고 보이지 않는 선에 높이를 맞추듯 천천히 다리를 들어 올린 후 재빠르게 팔을 뻗었다. 공중에 뜬 다리는 날아갈 듯 가벼웠고, 균형을 잡고 있는 다리는 땅속 깊숙이 뿌리박은 나무처럼 안정적이었다. 준삼은 혁오에게서 눈을 떼지 못했다. 혁오가 잇몸을 보이며 활짝 웃자 어쩐지 울어버리고 싶은 기분이 들기도 했다. 다행히 준삼이 눈물을 흘리기 전에 코치가 호루라기를 불었다. 운동장에 흩어져 있던 야구부원들이 훈련을 멈추고 준삼과 다른 두 명의 신입생을 맞으러 나무 벤치로 몰려왔다. 호기심을 감추지 않은 짓궂은 얼굴들이었다. 코치는 준삼에게 공을 건네며 있는 힘껏 던져보라고 했다. 테스트는 체육 시간에 한 걸로 충분하다며 부원들에게 인사하는 의미라고 했다. 코치의 말이 끝나자마자 글러브를 낀 야구부원이 앞으로 나와 공 받는 자세를 취했다. 체육 시간에 오지 않았던 감독이 준삼의 몸을 보고 대충 던져도 시속 160은 나오겠다며 우스갯소리를 했다. 모두 웃었고, 준삼은 웃지 못했다. 주목을 받으니 몸이 굳었다. 준삼은 자신에게 집중된 관심을 흩으려고 서둘러 공을 던졌다. 통나무처럼 굳은 팔다리가 리듬감 없이 삐걱거리며 허공을 휘저었다. 날아간 공이 포수의 머리 위를 지나 운동장 끝에 있는 축구 골대로 들어갔다. 신입에게 기대했던 바가 정확히 이뤄지자 함성에 가까운 웃음이 터져 나왔다. 팔을 뻗고도 공을 잡지 못한 포수는 익살스러운 몸짓으로 골인이라고 외치며 심판 흉내를 냈다. 웃음소리가 배로 커졌다. 준삼은 아무렇지 않은 척하며 같이 웃으려 했지만, 빨갛게 달아오른 얼굴의 근육이 제멋대로 움직여 웃으려고 할수록 울상이 되었다.

그렇게 모두 한패가 되어 신입 부원을 놀리고 있을 때 누구보다 크게 웃던 혁오가 말했다. "근데 엄청 멀리 가지 않았어요?"

혁오의 말을 신호로 웃음소리가 잦아들었다.

"그래. 신입이 골인시키기는 오랜만이다."

코치의 말에 한 번 더 요란한 웃음을 보낸 뒤에야 야구부원들은 각자의 자리로 돌아갔다. 내일부터 나오라는 감독의 말에 준삼이 가방을 메고 돌아서는데 뒤에서 누군가 준삼을 불러 세웠다.

"야."

혁오였다. 준삼과 눈이 마주친 혁오는 검지로 축구 골대를 가리킨 후 엄지를 세웠다. 선홍색 잇몸을 보이며 웃었다. 준삼은 그런 의미의 엄지가 아닌 줄 알면서도 혁오에게 달려가 엄지를 잡고 이제 우리는 한편이라고 말하고 싶었다. 그리고 그날부터 3년 동안 야구부를 하면서 준삼은 압도적으로 뛰어난 사람과 한편이 된다는 게 어떤 것인지 하나씩 경험해갔다.

혁오는 야구 명문으로 소문난 학교에서도 독보적인 에이스였다. 1학년 때부터 선배들을 제치고 선발 투수를 도맡았으며 대통령기 중학 야구대회에서 우승할 때도 MVP는 두 번 다 혁오 차지였다. 준삼은 당연하다고 생각했다. 매 경기 감탄을 끌어내는 선수는 흔하지 않았다. MVP는 그런 사람이 받아야 할 마땅한 대우라고 생각했다. 신기한 건 그렇게 상을 독차지해도 혁오를 미워하는 사람이 없다는 점이었다. 독보적으로 뛰어난 사람들이 겪는 시기와 질투를 혁오는 피해갔다. 경기에 나가면 승부욕으로 불타오르는 혁오는 경기장 밖에선 섬세하고 배려심 넘쳤다. 혁오는 자신으로 인해 움츠러드는 사람이 있으면 당사자보다 빨리 그 사실을 알아차리고 바보 같은 장난을 쳐서 웃게 하거나 때로는 정면으로 덤벼 상대의 감정을 풀어주었다. 계산된 행동이 아니었다. 사람의 마음을 읽는 본능적인 움직임이었다. 덕분에 팀 분위기는 유쾌했고, 팀 성적도 날로 좋아졌다.

혁오를 향한 동경을 동력 삼아 훈련한 준삼도 3학년이 되어서는 꽤 실력 있는 투수로 인정받았다. 준삼의 힘 있고 빠른 직구는 종종 팀을 승리로 이끌었다. 준삼의 투구를 보고 웃는 사람은 아무도 없었다. 하지만 다정도 지나치면 병이 되듯이 혁오를 향한 동경 덕분에 야구에 몰입할 수 있었던 준삼은 같은 이유로 야구를 그만두게 되었다.

*

늦여름이었다. 준삼은 마지막 전국 대회를 치르고 고등학교 진학을 위해 감독과 상담을 했다. 부모님도 함께였다. 감독은 준삼이 신체 조건이 좋고 성실하니 고등학교에 가서 훈련을 잘 받으면 프로가 될 가능성이 있다고 말했다. 준삼이 야구부에 들어간 후로 열성적인 뒷바라지를 해주던 준삼의 아버지는 프로라는 단어를 듣는 순간 한국시리즈 우승 반지를 끼는 상상을 했고, 준삼의 엄마는 계약서가 아니라 가능성만 보고 또 3년이란 시간을 쏟아야 하는 현실을 불안해했다. 준삼도 감독님이 프로가 될 거라고 장담해주지 않는 게 불안했지만, 열심히 하라는 당부만 새겨듣기로 마음먹었다.

늦게 시작한 애 중에선 내 투구가 제일 괜찮아. 타자와의 수 싸움도 감을 잡기 시작했으니까 여기서 조금만 더 노력하면 프로가 될 수 있을 거야.

상담을 마친 준삼은 가끔 둔해 보인다는 지적을 받는 발동작을 고쳐보려고 지난 전국 대회를 녹화한 비디오테이프를 받아 왔다. 그리고 부모님은 산에, 동생은 학원에 가고 아무도 없던 일요일에 그 테이프를 꺼냈다. 고등학교 야구부 테스트를 한 달 앞둔 때였다. 옆면에 붙은 하얀색 라벨에는 '대통령기 전국 대회 1차전 투수 권혁오, 이준삼'이라고 적혀 있었다. 1차전은 혁오가 선발로 나와 실점 없이 7회까지 던지고, 준삼이 8회부터 9회까지 안타 2개로 1실점 해서 6 대 1로 이긴 경기였다. 준삼은 비디오테이프를 제일 앞으로 감았다. 자신의 투구폼을 분석하기 전에 혁오의 투구폼부터 분석할 계획이었다. 비디오가 재생되고 1회, 2회, 3회……. 혁오가 공을 던지고, 던지고, 또 던졌다. 혁오의 자세를 분석하기 위해 볼펜을 손에 쥐고 있던 준삼은 어느 순간 볼펜을 내려놓았다. 혁오의 투구는 분석이 되지 않았다. 그저 감탄만 나왔다. 3학년이 되면서 키가 크고 그에 맞게 근육이 더해져서인지 혁오는 예전보다 훨씬 힘 있게 공을 던졌다. 준삼에게 부족한 발동작 역시 군더더기 없이 깔끔했다.

근사하다. 준삼은 혁오가 92개의 공을 던지는 동안 한 번도 눈을 돌리지 않고 화면을 응시했다. 그러다가 8회에 등판한 자신의 투구를 보고 깜짝 놀라서 TV를 껐다.

믿을 수 없었다. 준삼은 방금 본 투수가 자신이란 걸 믿을 수 없었다. 3년 동안 최선을 다해 만들어온 자신의 투구폼이 불안정하다 못해 추해 보인다는 사실을 믿을 수 없었다. 가슴이 쿵쾅거렸다. 혁오랑 비교되어서 그런 걸 거야. 준삼은 고개를 돌려 집 안에 있는 사물을 닥치는 대로 쳐다보았다. 소파, 싱크대, 시계, 가족 사진, 방문, 장판, 형광등, 신발, 문고리, 벽지, 식탁……. 거실에 있는 물건을 모조리 눈에 넣었는데도 혁오의 잔상이 남아 있었다. 준삼은 탁자에 놓인 신문을 소리 내 읽기 시작했다. 정치, 경제면을 읽다가 문화면에서 아이돌이 부르는 가요가 예전 음악보다 깊이가 없을 뿐만 아니라 폭력적인 성향이 있어 청소년들의 정서발달에 해롭다는 기사를 읽고 나서야 마음이 조금 가라앉았다. 혁오의 잔상이 헛소리 사이로 빠져나간 듯했다.

내 투구가 끔찍한 게 아니라 혁오가 잘 던진 거야. 내가 눈 뜨고 못 볼 정도로 못 던진 게 아니라 혁오가 지나치게 잘 던진 거라고.

준삼은 혁오의 지나침을 여러 번 되뇐 후 다시 TV를 켰다. 혁오가 나오는 부분을 보지 않도록 신중하게 테이프를 감아 자신이 등판하는 8회에 정확히 맞춘 후 소파에 앉았다. 너무 관대하게 보거나 또는 너무 혹독하게 보지 않기 위해 팔짱을 꼈다. 그리고 리모컨의 재생 버튼을 눌렀다.

경문중학교의 이준삼 투수가 공을 던졌다. 던졌다. 던졌다. 맞았다. 던졌다. 맞았다. 던졌다.

준삼은 이준삼 투수가 마지막 공을 던지는 모습까지 지켜본 후에 팔짱을 풀었다. 그리고 밖으로 나가 동네를 무작정 걸었다. 중요한 질문이 준삼의 등을 두드리며 쫓아왔다. 준삼은 따라오는 질문을 모른 척하며 앞만 보고 걸었다. 다리가 후들거릴 때까지 미친 듯이 걸었다. 다리에 피로가 쌓이며 걷는 속도가 느려지자 질문이 무섭게 덤벼들었다.

야구를 계속할 거야? 이런데도 계속할 거야?

태어나 처음으로 스스로에게 던진 질문이었다. 준삼은 놀이터로 들어가 나무 벤치에 앉았다. 해 질 무렵의 선선한 바람이 땀을 식혀 주었다. 준삼은 왼팔로 배를 감싸고, 오른 팔꿈치를 왼쪽 손등에 올린 후 턱을 괴었다. 오른쪽 엄지손가락에 턱뼈가 만져졌다. 단단했다. 야구공이 날아와도 쉽게 부서지지 않을 정도로 단단하다고 준삼은 생각했다. 그리고 혁오의 투구폼과 자신의 투구폼에 대해서도 생각했다.

혁오의 투구폼은 물 흐르듯 자연스럽다. 그러면서도 돌덩이가 실린 것 같은 무게감이 있다. 내 투구는 아니다. 어딘지 모르게 부자연스럽다. 무게감도 없다. 공을 놓는 타이밍도 성급하다. 표정만은 혁오 못지않게 여유 있다. 하지만 그것도 오늘로 끝이다. 나의 여유는 실력에서 나온 게 아니라 착각에서 나온 것이다. 나는 마음만 앞서고 있다.

준삼은 자신이 생각만큼 몸이 따라주지 않는 사람이란 걸 알고 있었다. 하지만 신체 조건이 뛰어나니 남들보다 조금만 더 노력하면 충분히 좋은 투수가 될 수 있다는 감독과 코치의 말을 믿었고, 열심히 노력했다. 새로운 기술을 배우면 머릿속으로 수백 번 시뮬레이션하고, 수천 번 연습했다. 그렇게 하다 보면 어느 순간 몸이 저절로 움직였다. 뒤처졌던 몸이 머리를 따라잡는 순간이 찾아왔다.

앞으로도 이런 식으로 꾸준히 노력하면 프로가 될 수 있을 거라고 생각했다. 혁오처럼 타고난 재능이 많진 않지만, 프로를 꿈꿀 정도의 자질은 갖추고 있다고 믿었다. 그런데 비디오를 보고 그 믿음이 깨졌다.

내가 얻을 수 있는 성취는 어제보다 나은 내일 같은 자아도취적인 것뿐이야. 그건 일기장에 적었을 때나 의미가 있는 거지 신문에 나올 만한 성공은 아니야. 나는 아무래도 프로가 되긴 어려울 것 같아.

준삼은 약간의 여지를 남겨둔 채 발길을 돌렸다. 집에는 등산을 다녀온 아버지가 하얀 러닝셔츠를 입고 TV를 보고 있었다. 팔짱을 끼고 아들이 나오는 전국 대회 영상을 보고 있었다. 화면 속 준삼이 마지막 타자를 땅볼로 처리하고 기뻐했다. 화면 밖 아버지가 팔짱을 풀고 미지근해 보이는 맥주를 천천히 마셨다.

준삼이 낮게 깔리는 커브 같은 목소리로 물었다.

"어디서부터 보셨어요?"

영문 역시 낮게 깔리는 커브 같은 목소리로 답했다.

"1회부터 봤다."

그날 이후로 준삼은 야구부에 나가지 않았다. 그의 아버지도 고교 야구 기사 스크랩을 멈췄다. 준삼은 야구부가 없는 고등학교에 진학했고, 투구폼보다 수학 공식을 더 잘 익혔던 준삼은 모두가 가고 싶어 하는 서울 소재 대학에 입학했다.

그사이에 준삼의 아버지는 승진했다. 연차가 채워져서 하게 된 승진이었다. 일약 승진을 바랐던 그의 기대엔 못 미치는 것이었지만, 금융위기로 명예퇴직이 빈번한 시기에 한 승진이라 어떤 승진보다 값진 대우를 받았다. 그는 더는 시장을 따라다니지 않았다. 야구장에 가서 한 방을 기다리지도 않았다. 소파에 등을 기대고 맥주를 마시며 야구를 즐겼다. 그런 아버지를 볼 때마다 준삼은 생각했다.

아버지의 여가를 망치기 전에 그만둬서 다행이야.

2. 혁오

볼이다. 혁오는 입술을 살짝 깨물었다. 네 번째 공까지 연속으로 볼이 되자 감독이 투수 교체 사인을 보냈다. 투수 코치가 마운드로 올라와 혁오의 등을 가볍게 두드렸다. 혁오는 쥐고 있던 공을 코치에게 넘겨주었다. 관중이 혁오에게 박수를 보냈다. 응원단장의 성화에 치는 시들한 박수였다. 경기를 마무리한 것도 아니고, 빼어난 투구로 삼진을 잡은 것도 아니고, 타자를 타석에 세워 두고 9회 말 중간에 내려오는 어정쩡한 상황이니 박수 소리가 시들한 게 당연했다. 혁오는 박수의 성격을 아는 체 않고 더그아웃으로 들어갔다. 땀에 젖은 머리를 선풍기 앞에 들이밀었다. 오늘도 무사히 목표를 이뤘다는 것에 만족감이 몰려왔다.

혁오는 8회 말에 등판해 첫 타자를 땅볼로 아웃시키고, 나머지 두 타자는 삼진으로 잡았다. 평소 같았으면 마무리 투수로 교체되었을 텐데 5점 차로 여유 있게 이기고 있는 데다 혁오의 연속 삼진이 인상적이었는지 타이푼에서는 9회에도 혁오를 등판시켰다. 9회에 등판하기만 하면 아웃 카운트를 잡지 못하는 트라우마를 극복해보라는 투수 코치의 배려였다. 하지만 혁오는 이날도 트라우마를 극복하지 못했다. 가운데만 피해 가는 볼 네 개를 연속으로 던지다가 마운드에서 내려왔다. 투수 코치를 제외한 모두가 예상한 결과였다.

타이푼의 권혁오는 이기는 경기에서 계투로 나와 1이닝, 많으면 2이닝을 아주 잘 던지는 선수였다. 직구, 슬라이더, 커브, 포크볼 등 다양한 구종을 구사할 수 있었고 제구력도 좋았다. 승리를 굳히는 필승조로는 최고 수준이었다. 하지만 점수가 1, 2점 차로 박빙인 경기나 경기를 마무리 지어야 하는 9회에 등판하면 딴판이었다. 아마추어 선수보다 못 한 제구력으로 볼넷을 남발했다. 멘탈이 약한 선수, 승리를 지킬 수는 있지만 승리를 만들어내지는 못하는 투수, 장점과 한계가 명확한 투수의 대명사가 권혁오였다.

혁오는 벤치에 앉아 쉬면서 후배 투수가 실점하지 않고 경기를 마무리 짓는 모습을 지켜보았다. 야구장에 뿔뿔이 흩어져 있던 여덟 명의 수비수가 마운드에 모여 승리의 기쁨을 나누는 모습도 보았고, 관중이 마지막 투수에게 보내는 단단한 박수 소리도 들었다. 환호는 내 몫이 아니니까. 혁오는 마운드로 올라가 동료들과 하이파이브를 하고 후배 투수의 엉덩이를 두드렸다.

선수들을 태운 구단 버스가 숙소로 출발했다. 오늘 경기의 무용담을 늘어놓는 선수와 야식 메뉴를 정하는 선수와 애인과 통화하는 선수의 목소리로 버스 안이 시끄러웠다. 혁오는 가방에서 헤드폰을 꺼내 썼다. 음악은 틀지 않았다. 대신 머릿속으로 자신의 프로 데뷔 경기를 돌렸다. 승리하고 돌아가는 날이면 항상 떠올려보는 경기였다. 패배하고 돌아가는 날에도 종종 떠올리는 경기였다.

모두의 기대를 받던 선수에서 모두의 기대를 저버리는 선수가 되던 그날의 낙차, 그날의 아찔함.

곱씹을수록 씁쓸해지는 그 맛을 혁오는 놓지 못했다. 놓지 않았다.

*

고등학교 시절 혁오는 시속 150킬로미터를 넘는 구속과 뛰어난 제구력으로 소문난 전국구 에이스였다. 거기에 그가 속한 고등학교가 주요 대회에서 3년 연속 우승할 수 있었던 건 야구 실력보다 뛰어난 혁오의 리더십 때문이라는 평판이 돌면서 모든 프로 구단의 주목을 받았다. 그중에서도 선발 투수 자원이 부족해 우승의 문턱에서 여러 번 좌절한 지역 연고의 프로팀 타이푼이 가장 눈독을 들였다. 그들은 고졸 신인을 뽑는 드래프트에서 혁오를 1순위로 지명했고, 첫 스프링캠프에서 혁오의 실력을 확인하자마자 다섯 번째 선발 투수로 내정했다. 타이푼 관계자들은 시즌이 시작되기 전부터 엄청난 신인의 입단을 홍보했다. 그들은 자신들의 투자가 성공적이었음을 입증하고 싶어서 야구 시즌이 시작되기만을 기다렸다.

타이푼의 시즌 다섯 번째 경기가 열리던 목요일 저녁. 막 스무 살이 된 신인 투수 권혁오가 시민 야구장 마운드에 오르자 타이푼 팬들은 크게 소리 질렀다. 100년에 한 번 나올까 말까 한 괴물 투수라는 소문에 대한 기대감을 감추지 않은 팽팽한 환호였다. 하지만 모두 볼이었다. 고교 리그에서 그토록 빼어난 실력을 뽐내던 혁오는 이날 단 하나의 스트라이크도 잡지 못하고 마운드에서 내려왔다. 고졸 신인 최고 연봉을 받으며 스포츠신문의 헤드라인을 장식했던 루키 권혁오 선수는 프로 선발 데뷔 경기에서 19개의 볼을 던지고 3실점한 뒤 1회 초에 강판당했다.

처음 던진 공이 포수의 사인을 크게 벗어났을 때 혁오는 누구보다 놀랐다. 이렇게까지 제구가 되지 않았던 적은 없었기 때문이었다. 제구력이 강점이라는 평을 수없이 듣던 그였다. 긴장한 걸까. 혁오는 숨을 길게 내뱉고 몸쪽으로 낮게 깔리는 스트라이크를 노리며 두 번째 공을 던졌다. 하지만 이번에도 높았다. 엉덩이를 들어 가까스로 공을 잡은 포수는 글러브를 위에서 아래로 내리며 침착하라는 사인을 보냈다. 혁오는 턱을 끄덕이며 알았다는 신호를 보내고 다시 한번 팔을 뻗었다. 홈런을 맞더라도 스트라이크를 잡자는 심정으로 가운데 직구를 던졌다. 하지만 이번엔 포수가 뻗어도 잡지 못할 만큼 볼이 옆으로 빠졌다.

선발 투수가 세 번 연속 어이없는 볼을 던지자 경기장의 공기가 달라졌다. 우려가 실린 웅성거림이 관중석에 흘렀다. 혁오는 당황했다. 똑같은 호흡과 똑같은 자세, 똑같은 야구공으로 던졌는데 결과만 달랐다. 자전거를 타는 중에 자전거 조작법을 잊어버린 것 같왔다. 뭐가 잘못된 거지? 혁오가 공을 던지지 못하고 얼이 빠진 채로 가만히 서 있자 포수가 마스크를 벗고 마운드에 올라왔다. 프로 생활 10년 차인 포수는 느긋한 웃음을 보이며 오는 길에 똥차 보고 침 안 뱉었냐고 했다. 그러면서 처음엔 다 그렇다며 볼넷이 되어도 괜찮으니 자신 있게만 던지라고 했다. 하지만 혁오는 볼넷으로 프로 생활을 시작하고 싶지 않았다. 그래서 다시 한번 한가운데로 있는 힘껏, 어느 때보다 신중하게 네 번째 공을 던졌다. 날아간 공은 심판의 머리 위를 지나 뒤쪽 그물을 때렸다. 고교 리그에서도 나오지 않는 어이없는 볼이었다. 볼넷.

상대편 타자는 어린 투수의 좌절을 염려해서인지 배트를 조심스럽게 바닥에 내려놓고 천천히 1루로 뛰어갔다. 원정팀을 응원하러 온 소수의 팬은 손뼉을 치며 좋아했다. 조금 전까지 혁오를 타이푼의 미래로 보던 타이푼 팬들은 공 네 개만에 혁오를 풋내기로 보았다. 중계하던 해설위원은 프로와 아마추어의 차이를 운운하며 고교 리그에서 아무리 잘했던 선수라도 데뷔 무대에서 긴장하는 건 당연한 일이라고 혁오를 격려했다.

하지만 긴장 때문이 아니었다. 마음먹고 던진 네 번째 공이 엉뚱한 곳으로 날아가는 걸 지켜보며 혁오는 탄탄대로일 것 같던 자신의 인생이 의도치 않은 커브를 그리기 시작했음을 직감했다. 툭투두둑, 툭툭툭. 곳곳에서 사람들의 기대가 떨어지는 소리가 들렸다. 혁오는 두 번째 타자와 세 번째 타자에게도 볼넷을 내주었다. 그다음 타자에겐 안타를 맞았다. 혁오가 단 하나의 스트라이크도 잡지 못하고 다섯 번째 타자에게도 볼넷을 내어주자 참을성 있게 기다리던 코치가 마운드에 올라왔다. 코치가 걸을 때마다 투욱, 투우욱, 투우우욱. 떨어진 기대가 질질 끌리는 소리가 들렸다. 코치는 혁오의 눈을 마주치지 않고 등을 두드리며 말했다.

"괜찮아."

무엇이 괜찮단 말인가? 혁오는 발생한 사고의 원인을 알아보지도 않고 위로의 말부터 내뱉는 코치에게 화가 났다. 무책임하다고 생각했다. 긴장해서 이런 게 아니라고 뭔가 문제가 생겼다고, 하지만 몇 번만 더 던지면 제대로 던질 수 있을 거라고 코치에게 말했다. 코치는 그렇게 말하는 혁오를 안타까운 눈빛으로 보다가 냉정하게 고개를 저으며 손짓했다. 투수 교체 사인이었다.

야구를 시작한 이래로 1회 강판은 처음이었다. 굴욕이었다. 혁오의 몸이 수치심으로 부들부들 떨렸다. 겹겹이 쌓아둔 이불이 날아가는 바람에 오줌 싼 이불을 들킨 기분이었다. 사람들이 몰려와서 이불에 그려진 지도를 구경하며 비웃는 것 같았다. 혁오는 자기가 그린 지도가 아닌 척 같이 이불을 구경했다. 그러다가 알게 되었다. 단 하나의 스트라이크도 잡지 못한 건 진호 때문이었다.

*

혁오는 자신의 타고난 재능을 잘 알고 있었다. 모를 수가 없었다. 지도자들은 어렸을 때부터 혁오를 현재의 혁오가 아닌 미래의 혁오

로 대했다. 눈으로는 열 살, 열여섯 살의 혁오를 바라보면서 머리로
는 한국 야구를 이끌어갈 투수, 모든 기록을 갈아 치울 선수를 떠올
렸다. 새로운 코치와 감독을 만날 때마다, 그들의 눈이 아득해지는
걸 볼 때마다, 혁오의 마음엔 자신도 어쩌지 못하는 자만이 피어올
랐다.

나는 정말 뛰어난가 봐.

그런 마음이 오래가진 않았다. 마음이 들썩이기 시작하면 엄마의
말이 아래에서 콱 혁오를 잡아챘다.

모두가 너 같은 운동신경을 갖고 있지 않다는 걸 명심해. 모두가
너처럼 기분 좋게 아침을 맞지 않는다는 걸 명심해.

혁오의 엄마 현숙은 고등학교 때까지 배구선수였다. 모든 걸 결
과로 판단하는 스포츠의 생리를 잘 알았던 그는 아들의 타고난 재
능을 칭찬하지 않았다. 대신 당부했다. 인생은 이기고 지는 게임이
아니라고, 경기에서 이기면 기뻐하되 우월감을 느끼거나 상대를 얕
잡아보진 말라고, 노력해서 얻은 승리라 해도 뽐내지는 말라고 했
다. 혁오가 기념할 만한 승리를 할 때마다 반복해서 말하며 아들의
미래를 염려했다.

혁오는 엄마가 그런 말을 할 때마다 서운했다. 하지만 동료들의
질투와 시기가 만들어낸 상식 밖의 폭력을 두어 번 경험하고, 누군
가의 미움을 사는 바람에 경기가 흐트러지는 일이 잦아지면서 엄마
의 당부가 괜한 걱정이 아니란 걸 알게 되었다. 그래서 학년이 올라
가고, 승리의 경험이 쌓일수록 엄마의 말을 귀담아들었다. 그중에

서도 패배한 사람의 눈을 응시해서는 안 된다는 조언은 반드시 지키려고 노력했다.

경기에서 이긴 후 무심히 상대를 볼 수는 있다. 하지만 쳐다보는 시간이 길어지면 안 된다. 패배한 사람은 그 시간 동안 승자의 눈에서 멋대로 멸시를 만들어낼 수 있다. 그런 멸시는 상당히 구체적인 괴롭힘으로 돌아오게 마련이다. 그러니 혁오야 너의 승리가 다른 사람의 상처를 건드리지 않도록 조심해.

현숙의 당부 덕분에 혁오는 또래 소년들의 질투가 아닌 지지와 동경을 받으며 운동할 수 있었다. 하지만 진호를 만나는 날이면 현숙의 조언은 무용지물이 됐다.

진호는 엄마 친구인 미연의 아들이었다. 미연은 현숙과 같은 고등학교 배구부 출신으로 졸업 후 바로 프로에 입단해 국가대표와 최정상급 공격수로 활약하다가 은퇴한 후에는 최연소 프로팀 감독이 되었다. 미연은 지는 걸 죽기보다 싫어하는 승부사였다. 현숙은 고등학교 시절 꽤 인정받는 리베로였지만, 국가대표로 뽑힐 만큼 잘하진 않았다. 최고의 공격수였던 미연과 호흡이 잘 맞는다는 이유로 국가대표 후보에 오른 적만 몇 번 있었다. 현숙은 소속과 성취가 뚜렷한 팀 스포츠를 좋아했지만, 팀에 꼭 필요한 선수가 되지는 못했다. 감독은 승부 근성이 부족해서 그렇다며 모진 말로 현숙을 자극했다. 하지만 현숙은 아무리 노력해도 남을 이겨야겠다는 악착같은 마음이 생기지 않았다. 이기면 기뻤지만, 져도 분하진 않았다. 악

바리 정신이 없어서 플레이가 느슨하다는 평가를 자주 듣던 현숙은 고등학교 졸업과 함께 선수 생활을 접고 체육교육학과로 진학했다.

행보가 달라지면서 연락이 끊겼던 두 사람은 미연이 선수 생활을 끝내고 진호를 낳으면서 다시 가까워졌다. 같은 해에 임신하고 똑같이 아들을 낳아 키우게 된 둘은 고등학교 때보다 더 절친한 사이가 되었다. 그들은 학창 시절을 떠올리면 운동한 기억밖에 없다며 아쉬워했다. 아들이 커서 운동을 하겠다고 하면 무슨 일이 있어도 말리겠다고 했다. 하지만 혁오와 진호가 커서 야구를 하고 싶다고 했을 때, 둘 다 끝까지 반대하지 못했다. 현숙은 혁오의 타고난 운동신경이 아까워서 말리지 못했고, 미연은 진호가 택한 운동이 올림픽 때만 존재가 드러나는 종목이 아니라, 매일 저녁 사람들을 흥분시키는 몇 안 되는 인기 스포츠여서 말리지 않았다.

진호와 혁오는 어릴 때부터 각자의 팀에서 두드러진 활약을 펼쳤다. 중학생이 되면서는 전국 대회에서 상대 팀으로 맞붙기도 했다. 두 사람은 만나면 인사는 나눴지만 반갑게는 아니었다. 혁오는 어릴 때부터 자신을 괴롭히는 데 희열을 느끼는 진호가 달갑지 않았고, 진호는 엄마가 칭찬하는 혁오와의 맞대결이 부담스러웠다.

진호는 뛰어난 타자였다. 하지만 엄마인 미연이 만족할 만큼은 아니었다. 미연은 진호가 아무리 타격을 잘해도 혁오의 피칭을 볼 때만큼 감탄하지 않았다. 엄마로서의 애정은 진호를 향해 있었지만, 운동선수로서의 끌림은 혁오를 향해 있었다. 그 사실을 어렴풋이 알고 있던 진호는 혁오가 속한 팀과 경기하는 날이면 항상 체기가 올라오는 듯했다.

초등학교 때부터 고등학교 때까지 진호가 혁오를 상대로 친 안타는 한 손에 꼽을 수 있었다. 반면 혁오에게 당한 삼진은 발가락을 동원해도 다 꼽을 수 없었다. 일방적인 승부였다. 엄마가 혁오를 칭찬할수록, 엄마를 실망시켜선 안 된다는 압박이 강해질수록 혁오를 향한 진호의 마음은 꼬였고, 꼬인 마음은 혁오의 뒷담화로 이어졌다. 진호가 하는 혁오의 뒷담화는 상당히 구체적이고, 친한 사이가 아니면 절대 알 수 없는 개인사를 바탕으로 하고 있었다. 일단 들으면 누구라도 한 번쯤은 혁오를 곱지 않은 시선으로 보게 만들었다. 혁오를 향한 야구인들의 기대가 높아질수록 진호는 혁오의 뒷담화를 만들고 알리는 데 시간을 쏟았다. 하지만 뒷담화는 쉽게 퍼지지 않았다. 사람들이 혁오에 관해서라면 칭찬하기 바빠 뒷말에 신경 쓸 겨를이 없었기 때문이었다. 혁오 욕은 진호 입에 있을 때만 생기 있었다. 진호는 혁오의 험담을 하면 할수록 고립되는 기분을 느꼈지만, 험담하지 않고는 견딜 수가 없었다. 진호의 기록이 나빠지고 있다는 건 모두가 알았다. 하지만 진호의 시야가 혁오에게로만 좁혀지고 있다는 걸 알아차린 사람은 아무도 없었다.

미연은 진호가 타고난 조건만 믿고 노력을 게을리하기 때문에 좋은 결과를 내지 못한다고 생각했다. 하지만 좀 더 열심히 하라는 말은 하지 않았다. 의욕은 자기 안에서 솟아나는 것이지 외부로부터 공급받는 게 아니라고 생각했다. 객관적인 조건만 보면 운동신경이 뛰어나고 이기려는 욕심이 강한 진호는 프로에서 성공할 가능성이 높았다. 하지만 조건을 갖추었다고 해서 최고라는 타이틀을 가질 수 있는 건 아니었다. 비교 대상을 다 이긴다고 해서 최고가 되는 것도 아니었다. 경쟁 상대를 이기는 건 선수의 첫 번째 단계에 불과했다. 그다음엔 약점이 있는 자신, 나약한 마음을 가진 자신, 다른 걸 욕망하는 자신, 안주하는 자신, 자만하는 자신, 타인의 평가에 일희일비하는 자신, 자유롭지 못한 자신, 자신을 한계 짓는 자신……. 그 외에도 도망갈 수 없는 자신과의 승부가 줄지어 기다리고 있었다. 분야를 막론하고 최정상에 있는 사람에게 라이벌이 누구냐고 물어보면 많은 이가 자기 자신이라고 대답했다. 미연은 그런 대답을 들을 때만 고개를 끄덕였다. 인터뷰하는 기자들에겐 식상한 대답이겠지만, 그렇게 대답할 수 있는 선수만이 진짜라고 생각했다. 미연도 타인과의 승부에 신경을 썼던 건 중학교 시절 아주 잠깐이다였다. 그 후로는 자신을 상대하기 바빴다. 언론이 만든 라이벌 구도에 마지못해 동참한 적은 있어도 자신의 경쟁 상대는 자기 자신뿐이라고 항상 생각했다. 그런 미연은 종종 아들 진호에게 말했다. "진짜 승부는 자기 자신과 하는 거야."

진호는 그 말을 이해하지 못했다.

미연이 자신을 라이벌로 삼을 수 있었던 건 그가 어릴 때부터 독보적으로 뛰어난 1등이었기 때문이었다. 미연의 신경을 긁을 만한 실력을 갖춘 상대가 주위에 없었다. 반면 진호는 태어난 순간부터 아무리 노력해도 따라잡기 어려운 혁오가 늘 곁에 있었다. 또 최고라는 타이틀을 가져본 사람이 엄마라는 이름으로 자신을 지켜보고 있었다. 진호가 주전 경쟁에서 밀려 낙심하고 있으면 미연이 말했다. 슬럼프 뒤엔 반드시 성장의 순간이 찾아온다고. 그러니 조금만 더 노력해보라고. 진호는 그것을 노력해도 안 되는 기분을 모르는 사람만 할 수 있는 충고로 받아들였다.

실제로 선수 생활 내내 팀의 에이스였고, 늘 국가대표 선수였던 미연은 다른 선수들이 어떤 마음으로 훈련하고, 어떤 식으로 성장하는지 몰랐다. 그래서 배구팀 감독으로 있을 때 한계에 부딪친 선수들이 흔들리는 눈빛으로 찾아와도 그 눈빛에 담긴 동요를 진정시켜줄 만한 말을 건네지 못했다. 자기 자신과의 싸움이라는 말만 되풀이했다. 미연에게 그런 이야기를 듣고 나면 선수들의 마음은 더 무거워졌다. 감독을 만난 건 답을 구하기 위해서만이 아니라 아무리 노력해도 나아지지 않는 자신의 부진을 이해받고 싶은 마음도 있었기 때문이었다. 그들에게 필요한 건 잘하고 있다는 격려였다. 하지만 그들의 감독은 위로와 격려로부터 힘을 받아본 적이 없는 사람이었다. 미연에게 힘을 주는 건 나아진 기록뿐이었다.

미연은 현역 시절 최고였던 운동선수가 준비 없이 감독을 맡았을 때 겪는 어려움을 모두 겪은 후 성적 부진으로 사퇴했다. 2년의 계약 기간을 못 채워서 경질이라는 소문이 돌았으나 실제로는 구단의 만류를 뿌리친 미연의 결정이었다. 선수들과 작별하던 날, 미연은 모든 건 자기 탓이었다고 말하며 선수들과 악수했다. 손바닥의 온기만큼 따뜻한 진심의 이면 깊은 곳에는 더 노력하지 않은 선수들을 향한 원망도 있었다. 미연은 최고가 되지 못할 걸 알면서도 나아가는 사람의 마음을 끝까지 몰랐고, 따라서 진호가 겪고 있는 진통도 알지 못했다.

"혁오 아버지가 목수인 거 알아? 혁오 아버지가 한옥을 짓다가 떨어져서 머리를 다친 적이 있었어. 응급실로 실려 가서 수술했는데 목숨이 위태로울 정도였대. 그런데도 걔는 경기해야 한다고 병원에 코빼기도 안 비췄대."

진호가 즐겨한 혁오의 험담이었다. 그런 사고가 있었다. 하지만 혁오는 그 사실을 몰랐다. 혁오가 신경 쓰지 않도록 그의 부모가 비밀로 한 것이다. 가벼운 뇌진탕으로 목숨이 위태롭지도 않았다. 진호가 그다음으로 즐겨한 험담은 전학생이 혁오의 주전 투수 자리를 위협하자 혁오가 감독을 찾아가 그 선수를 내보내달라고 사정하는 바람에 전학생이 한 달 만에 다시 전학을 갔다는 내용이었다. 이것 역시 사실이 아니었다. 전학을 왔다가 다시 전학 간 야구선수가 있었으나 주전 자리를 얻지 못한 전학생이 자처한 일이었다.

혁오를 비열하고 인정머리 없는 사람으로 만들려는 진호의 노력은 성과를 내지 못했다. 진호가 혁오에게 콤플렉스를 가지고 있다는 소문만 퍼졌다. 혁오의 프로 데뷔가 확실해지고, 진호의 프로 데뷔가 불확실해진 고3 즈음엔 그런 소문조차 사라졌다. 소문이 돌기엔 고교 야구계에서 진호의 존재감이 희미해진 상태였다. 진호가 마지막 전국체전 결승전에 8번 타자로나마 출전한 것도 졸업을 앞둔 선수를 향한 감독의 배려 덕분이었다.

　고교 전국체전 결승전. 여름치고는 쌀쌀한 바람이 혁오와 진호에게 똑같이 부딪쳤다. 혁오는 그 바람을 기분 좋은 긴장이라 여겼고, 진호는 서늘한 예감으로 여겼다.

　경기가 시작되기 전 혁오는 몸을 풀다가 진호와 눈이 마주쳤다. 진호가 운동장 저편에서 혁오를 쏘아보고 있었다. 자신에게 있는 부정적인 기운을 모두 담은 눈빛이었다. 어떻게든 혁오의 신경을 긁어보려는 눈빛이었다. 혁오는 함께 쏘아보다가 같은 부류의 사람이 되고 싶지 않아서 이내 눈을 돌렸다. 하지만 진호가 하는 행동이 꼴사나워서 자꾸 시선이 갔다.

　진호는 후배에게 배트 가져와라, 배트 가져가라, 공 던져봐라, 공 주워 오라고 명령하면서 위신을 세우고 있었다. 가슴을 과장되게 내밀고 큰 소리로 웃거나 이야기를 하다가 괜히 한번 제자리에서 뛰었다. 수시로 모자를 썼다 벗으며 머리를 매만졌다. 눈은 초점을 맞추지 못하고 허공을 맴돌았다. 사람들의 눈을 쳐다보지 않아서 자신을 바라보는 후배들의 눈에 경멸이 담겨 있다는 걸 모르는 것 같았다.

　혁오가 운동장에 등장하자 진호는 어렸을 때 함께 스케이트를 타러 갔던 일을 들먹이며 말했다. "쟤가 공은 잘 던질지 몰라도 스케이트는 더럽게 못 타." 고교 최고 투수인 혁오와의 친분을 과시하고 싶은 마음이 말투에 묻어났다. 후배들의 반응이 시큰둥하자 진호는 운동장 한쪽에서 몸을 풀고 있는 혁오를 큰 소리로 불렀다.

"권혁오."

혁오가 무시하고 계속 포수와 볼을 주고받자 민망해진 진호가 더 크고 날카로운 목소리로 혁오를 불렀다.

"야 권혁오."

혁오는 진호가 부르는 소리를 듣고도 돌아보지 않았다. 고교 마지막 경기를 망치지 않으려고 조심했다. 진호가 계속 혁오의 이름을 부르자 사람들이 힐끔거리며 두 사람을 주시했다. 아무리 불러도 혁오가 돌아보지 않자 진호는 손에 들고 있던 글러브를 혁오 쪽으로 던졌다. 날아간 글러브가 혁오 발 앞에 떨어졌다. 혁오는 그제야 황당하다는 표정으로 진호를 쳐다봤다. 사람들의 시선을 의식한 진호가 과장되게 발을 구르며 혁오를 향해 손을 흔들었다. 이런 장난은 얼마든지 칠 수 있는 가까운 사이라는 듯.

혁오는 진호의 엄마와 자신의 엄마가 얼마나 절친한지 떠올리며 욕을 삼켰다. 허리를 숙여 떨어진 글러브를 주워 내밀며 말했다. "가져가."

그건 어릴 때부터 알고 지낸 친구에게 하는 말이 아니었다. 진호의 도발에 관심 없다는 걸 증명하려는 말인 동시에 자신의 관대함을 드러내려는 말이었다. 사람들의 시선이 진호를 향했고, 진호는 운동장에 흐르는 긴장을 모르는 척하며 옆에 있던 후배에게 글러브를 받아 오라고 시켰다. 진호의 후배는 혁오 앞으로 달려가 꾸벅 인사하고 두 손을 내밀었다. 진호의 비겁함에 혁오의 손이 떨렸다. 혁오는 진호의 후배에게 글러브를 건네주며 더는 참지 않기로 마음먹었다. 오늘 경기를 완벽하게 이겨서 진호가 자신의 실력을 부끄러워하게 만들어주리라. 그래서 다시는 자신과 같은 급이라고 착각하지 못하게 해주리라. 다짐과 함께 묵은 기억이 줄줄이 끌려 나왔다. 초등학교 때 진호가 자신의 운동화를 훔쳐 가서 버린 기억, 네가 나를 무시했다는 진호의 말이 사실이냐는 동료의 전화를 받았던 기억, 만날 때마다 비아냥거리던 말과 그런 말을 참아내느라 안간힘을 썼던 기억, 결국 싸우고 말았을 땐 조금 더 참지 못한 걸 후회하며 자책했던 기억. 참을 만큼 참았다는 생각이 들었다.

내가 조심하니까 만만하게 보는 거야. 다른 사람들도 똑같아.

혁오의 마음에 억울함이 번졌다. 시기와 질투의 눈으로 자신을 보던 사람들이 떠올랐다. 뒤에서 자신을 씹던 사람들, 진심으로 기뻐해 주지 않던 동료들, 천재로 구별 지어버리던 동료들, 내가 노력한 결과를 자기 공으로 만들던 감독들, 자기 아들 기죽는다며 항의하던 학부모들…… 오랫동안 가슴 속에 묻어 두었던 서운함이 혁오의 몸을 적셨다. 자신을 제외한 모두가 진호와 한편인 것처럼 느껴졌다. 네가 있어서 든든하다고 말했던 동료들도 속마음은 진호와 똑같을 거란 생각이 들었다.

"야구는 혼자 하는 게 아냐." 혁오가 습관처럼 내뱉던 말이 획 등을 돌렸다.

"야수를 믿고 자신 있게 던져." 주문처럼 외던 말도 고꾸라졌다.

그동안 들었던 은근한 배제의 말들이 기세 좋게 일어섰다.

"넌 프로 선발 1순위가 확실하니까."

"혁오는 우리랑 다르잖아."

"선배님 같은 사람은 모를 거예요."

왜 아무도 나의 노력은 봐주지 않는 걸까? 나의 과정은 왜 못 본 척하는 걸까?

그런 마음으로 마운드에 오른 혁오는 홀린 듯 공을 던졌다. 누구의 눈치도 보지 않고, 어떤 배려도 하지 않고, 오로지 이기는 것과 자신의 능력을 드러내는 것에만 집중했다. 한 명의 주자도 내보내지 않고 하나의 안타도 허용하지 않으려고 필사적으로 노력했다. 결과는 2 대 0 완봉승. 혁오는 자신의 손으로 승부를 결정지었다. 진호를 상대로는 자신의 최고 구속을 갱신하며 세 타석 모두 삼진을 잡았다. 빠른 직구에 배트 한 번 휘두르지 못하고 삼진을 당한 진호의 얼빠진 표정을 보며 혁오는 희열을 느꼈다.

이제는 프로다, 마침내 프로다. 혁오는 우승 세레머니를 하다가 진호와 눈이 마주쳤다. 열등감으로 이글거리던 진호의 눈이 가냘프게 떨리고 있었다. 혁오는 자신을 두려워하는 듯한 진호의 눈빛이 마음에 들었다. 대부분의 선수가 자신에게 보내는 복종의 눈빛이 진호의 눈에도 어른거렸다. 혁오는 진호의 눈을 한참 응시했다. 패배한 사람의 눈을 오래 보지 말라는 엄마의 충고는 까맣게 잊었다. 진호 역시 눈을 피하지 않았다. 정확히 말하면 피하지 않으려고 안간힘을 쓰는 것 같았다.

혁오와 진호가 눈을 마주하고 각자의 깊은 곳을 헤매던 그 순간,

미연이 혁오에게 다가가 말했다. "역시 혁오야. 우승 축하해."

"감사합니다. 이모." 혁오가 진호에게서 눈을 떼고 미연을 향해 겸연쩍게 웃으며 말했다.

"프로는 더 재밌을 거야." 미연이 말했다. 그리고 속상하다는 듯 한마디를 덧붙였다. "우리 진호는 이제 어떡하니?"

미연은 진호를 힐끔 보더니 조만간 다 같이 밥을 먹자고 했다. 혁오는 진호와 만나는 것이 껄끄러웠지만 그러자고 답했다. 진호는 가만히 서서 미연과 혁오가 이야기하는 걸 지켜보았다.

혁오와 인사를 나눈 미연이 진호에게 다가가 활짝 웃으며 말했다. "괜찮아, 우리 아들. 고생했어."

엄마가 건넨 위로에 진호의 얼굴이 벌게졌다. 진호의 눈동자가 엄마와 혁오를 번갈아 보다가 눈앞의 광경이 버겁다는 듯 갑자기 빛을 잃었다. 몸의 근육도 할 일을 마쳤다는 듯 푹 꺼졌다. 진호가 고개를 숙였다.

혁오는 그런 진호의 모습이 마음에 들었다. 실력에 걸맞은 태도를 갖추는 데 자기가 도움을 준 것 같아 뿌듯하기까지 했다.

그날 밤 혁오는 침대에 누워 프로선수로서의 생활을 그려보았다. 프로 무대에 데뷔했다가 신인왕을 차지했다가 한국시리즈 MVP가 되었다가 영구 결번 선수로 은퇴까지 해보았다. 이제 가능성의 세계를 벗어나 진짜 게임이 펼쳐지는 세계, 모든 공이 기록되는 세계로 넘어간다고 생각하니 기뻐서 잠도 오지 않았다.

혁오가 야구를 좋아하는 건 폭이 넓고 촘촘한 기록 때문이었다. 야구는 안타, 홈런, 도루, 삼진 같은 두드러진 결과뿐만 아니라 뜬 공, 파울, 도루 실패 같은 미미한 결과까지도 빠짐없이 기록했다. 혁오는 그게 선수가 하는 모든 행동에 가치를 부여해주는 것 같아서 좋았다. 전설적인 선수나 은퇴한 선수와도 기록을 통해 경쟁할 수 있다는 점도 큰 매력이었다. 나는 어떤 기록을 남기게 될까? 혁오는 하루빨리 프로팀에 입단해 어제까지의 세계, 프로야구의 역사와 정식으로 대결하고 싶었다.

새로운 세계에 진입하려면 이전 세계의 전리품에 만족해선 안 돼.

다음 날 혁오는 일어나자마자 책장에 진열돼 있던 수십 개의 트로피를 상자에 담아 거실로 들고 나갔다. 엄마는 식탁에 앉아 있었다.

"엄마 트로피 정리해서 창고에 넣어둘게." 혁오가 엄마의 칭찬을 기대하며 말했다.

엄마는 휴대폰을 손에 쥐고 멍하게 앞만 보고 있었다. 혁오는 상자를 거실 바닥에 내려놓고 엄마에게 다가갔다. 불길한 예감이 들었다.

"엄마?"

엄마가 천천히 자리에서 일어났다. 멍해 보이는 얼굴에서 묵직한 목소리가 흘러나왔다. "진호가 교통사고 당했대. 장례식 갈 준비해."

엄마의 말을 듣는 순간 혁오는 그게 사고가 아님을 알 수 있었다. 그리고 교통사고로 포장된 죽음에 자신이 관여되어 있음을 알았다. 갑자기 빛을 잃었던 눈, 폭 꺼졌던 몸. 혁오는 그제야 자신이 엄마의 충고를 무시하고 패배한 진호의 눈을 오랫동안 바라보았다는 걸 깨달았다.

　장례식장으로 가는 동안 엄마는 아무 말도 하지 않았다. 혁오는 눈물이라도 나길 바랐지만, 공포에 짓눌려 숨을 내쉬기도 힘들었다.

　진호는 새벽에 무단횡단을 하다가 시속 143킬로미터로 달려오는 차에 치였다고 했다. 아들의 고교 마지막 경기를 지켜본 아빠에게 폭언을 들은 후라고 했다. 미연은 남편이 프로는 물 건너간 것 같으니 당장 야구를 그만두라고 진호를 다그칠 때 진호 편을 들어주지 않았다며 현숙을 잡고 통곡했다. 그렇게 정신없는 와중에도 미연은 혁오의 눈을 피했다. 혁오도 미연의 눈을 피했다.

　이기고자 하는 마음이 전부였다. 야구 규칙 안에서 정당하게 승부 했을 뿐이다. 아무리 사려 깊은 사람이라 해도 약한 사람이 저지르는 판단 착오까지 예상할 수는 없지 않은가. 혁오는 진호가 자기 때문에 죽은 게 아니라고 생각했다. 하지만 자기가 결정적인 계기를 마련했다는 것까지 부정하지는 못했다. 때로는 살인을 저질렀다는 생각에 자다가 벌떡 일어나기도 했다.

　죄책감이 커질수록 혁오는 생활에 각을 잡았다. 새벽 6시에 일어나고 밤 11시면 침대에 누웠다. 밥 먹는 시간을 제외하곤 쉬지 않고 훈련했다. 반드시 만나야 할 사람만 만났고, 반드시 해야 할 말만 했다. 틈이 생기면 자신을 향한 혐오가 무섭게 치고 올라왔기 때문에 비는 시간은 모조리 훈련으로 채웠다.

　사정을 모르는 사람들은 유쾌함이 사라진 혁오를 아쉬워했다.

50

그러면서도 프로 데뷔를 앞두고 자기 관리가 더 철저해졌다며 칭찬했다. 혁오의 부모만 아들을 걱정스러운 눈으로 지켜보았다.

*

숙소에 도착해서 씻고 나오니 부재중 전화와 문자가 와 있었다. 스포츠신문 기자였다.

시간 되실 때 연락 부탁드립니다. 꼭 한 번 찾아뵙고 말씀드릴 일이 있습니다. 이기현 기자.

작년에 김승일의 승부조작 사건을 터뜨린 기자였다. 김승일은 승부조작을 고백하는 기자회견에서 자기만 한 게 아니라며 5명을 추가로 고발했는데, 그중 한 명이 혁오였다. 그 일 때문에 혁오는 지난 연말 내내 여러 차례 경찰 조사를 받았다. 약간의 잡음이 있긴 했지만, 지금은 5명 모두 혐의가 없다고 밝혀진 상태였다. 김승일 선수의 물귀신 작전, 마지막 발악으로 정리된 것이다. 그런데도 이 기자는 끈질기게 연락해왔다. 사건을 취재하면서 후배들이 권혁오 선수를 존경하고 있단 걸 알게 되었고, 그 존경에 독특함이 느껴져서 꼭 한번 인터뷰하고 싶다고 말했다. 승부조작 사건과는 별개의 일이라고 했다.
혁오는 그래서 더 꺼려졌다. 자신의 이야기를 할 생각은 추호도 없었다.

3. 기현

기현은 편집장실로 가기 전에 휴게실에 들러 빨간색 요가 매트를 폈다. 그 위에 몸을 엎드리고 양손으로 매트를 짚었다. 팔을 쭉 뻗어 상체를 들어 올린 후 심호흡하며 고개를 천천히 뒤로 젖혔다. 코브라 자세. 오전 내내 구부정했던 어깨가 펴지면서 기현의 미간 주름도 조금 옅어졌다.

코브라 자세는 코브라가 성이 났을 때 상대를 위협하기 위해 취하는 자세를 응용한 요가 동작이다. 기현은 3초면 끝날 동작을 30초씩 유지하는 게 답답해서 한 달 만에 요가 학원을 그만뒀다. 하지만 코브라 자세는 했을 때 가슴에서 복작거리던 화가 배로 내려가는 느낌이 좋아서 싸우러 가기 전에 호흡을 가다듬는 용도로 활용했다. 혈액순환이 잘되면 싸움도 잘된다. 15만 원을 주고 얻은 지혜였다.

속성으로 요가를 마친 기현은 사물함에서 까만색 하이힐을 꺼내

신었다. 8센티미터의 하이힐을 신으면 편집장과 똑같은 눈높이를 가질 수 있었다. 싸울 땐 눈높이도 중요하지. 자주 싸우면서 터득한 비법이었다.

똑똑. 기현이 편집장실 문을 두드리자 안에서 "네" 하고 답하는 편집장의 목소리가 들렸다. 기현은 돌다리를 두드리듯 하이힐로 바닥을 찍어 내리며 안으로 걸어 들어갔다. 또각 또각 또각. 하이힐 소리를 듣고 책상에 앉아 있던 편집장이 고개를 들었다. 그리고 기현과 기현이 신은 하이힐을 번갈아 보더니 볼펜을 내려놓고 소금 사탕을 두 개 집으며 일어났다.

"앉아. 오늘도 발소리가 심상치 않네."

다정한 목소리였다. 그래서 기현은 더욱 긴장했다. 편집장은 쓴소리는 정중하게, 강요는 다정하게, 농담은 큰 소리로 하는 상사였다. 쉬운 상대가 아니었다. 의중을 파악하기 어려웠고, 설득하기는 더 어려웠다. 편집장은 기현이 앉은 테이블 위에 소금 사탕 하나를 올려놓고, 다른 하나는 자기 입에 넣으며 맞은편에 앉았다.

소금 사탕은 편집장이 일본에 출장 갈 때마다 사 오는 간식이었다. 편집장은 자기 방을 찾아오는 사람이 있으면 웰컴 캔디라고 하면서 그 사탕을 하나씩 주었다. 기현은 짠맛과 단맛이 애매하게 섞인 그 맛이 싫어서 받으면 먹지 않고 서랍에 넣어두었다. 기현은 달든 짜든 확실한 게 좋았다. 아니 사탕이라면 달아야 한다고 생각했다. 편집장은 그런 기현의 입맛을 촌스럽다고 놀렸다. 오묘함이 이 사탕의 핵심이라고 했다. 기현은 그건 오묘한 게 아니라 애매한 거라고 생각했지만, 굳이 말하진 않았다.

기현이 테이블 위에 놓인 소금 사탕을 주머니에 넣으며 말했다.

"이번 기사 언제 실어주실 건지 여쭤보러 왔습니다."

밖에서 준비했던 말은 당장 기사를 내보내달라는 요구였지만 편집장의 얼굴을 마주하자 성난 코브라 같던 요구가 순한 양 같은 질문으로 바뀌어버렸다. 알아서 움츠러든 자신을 창피해하며 기현이 덧붙였다.

"이번 달 안에는 기사를 실어야 합니다."

그러자 편집장이 숨 쉴 틈도 주지 않고 물었다.

"왜 빨리 실어야 하지?"

기현은 설득을 위해 준비한 말을 꺼냈다. "시즌 초반에 맞춰서 쓴 기사라 그렇습니다. 2군 관리 시스템 분석을 바탕으로 팀 성적을 예측해보자는 게 이번 기사의 핵심입니다. 여름이 지나 성적이 어느 정도 나와버리면 예측하는 재미가 떨어집니다. 사람들이 지난 시즌의 2군 관리가 이번 시즌에 어떤 영향을 미칠 것인지 예측할 수 있도록 6월 안에는 기사가 나가야 합니다."

기현이 말을 하면 할수록 편집장의 표정이 편안해졌다. 그 정도 논리는 충분히 반박할 수 있다는 듯 자신만만한 미소를 짓고 있었다. 예상한 대로 기현이 말을 끝내자마자 편집장이 지적했다.

"이 기자, 지금 기사를 내보내면 사람들이 몇 달 뒤까지 그 내용을 기억하고 있다가 역시 2군 시스템이 중요했다고 말할 것 같아? 그 기사를 가을까지 보면서 성적을 예측할 것 같아? 아무리 좋은 기사도 하루만 지나면 클릭 수가 확 줄어. 이 기자도 잘 알잖아."

편집장의 말이 맞았다. 오늘 읽은 인터넷 기사를 한 달 뒤까지 기억하는 사람은 드물었다. 기현도 그 사실을 알고 있었다. 다만 편집장을 설득하려고 말을 만들다 보니 억지가 생겼을 뿐이었다. 기현은 재빨리 다른 근거를 펼쳤다.

"읽는 재미를 위해서 순위를 예측해보는 내용을 넣긴 했지만 그게 핵심은 아닙니다. 제가 이번에 쓴 기사의 핵심은 2군에 대한 투자와 육성이 필요하다는 것에 있습니다. 2군 선수들을 오랫동안 취재하고, 방대한 자료를 분석해서 쓴 기사입니다. 편집장님도 항상 말씀하셨잖아요. 인기 있는 기사도 필요하지만 의미 있는 기사도 있어야 한다고요. 그래야 언론이라고 할 수 있다고요."

편집장은 신입 기자를 좋아했다. 신입은 자기가 흘려 하는 말까지 다 새겨들어서 부담스럽다는 상사도 있지만, 편집장은 정확히 신입의 그런 면모, 상사가 하는 모든 말을 귀담아듣는 태도 때문에 신입을 좋아했다. 그걸 아는 기현은 상사가 하는 말 중 어느 부분이 핵심인지 몰라 몽땅 새겨듣던 신입의 시기를 지나 3년 차가 되었는데도 편집장이 하는 모든 말을 귀담아들었다. 편집장의 말이라면 사소한 것도 놓치지 않고 기억해두었다가 편집장을 설득하는 일에 써먹었다. 편집장은 과거에 자기가 한 말을 근거로 내밀 때 가장 약해지는 타입이었다. 자기가 뱉은 말을 지키려는 시늉이라도 하는 사람이었다. 다른 상사들은 그렇지 않았다. 자신의 기분과 상황이 곧 논리였다. 5분 전에 했던 말을 뒤집으면서도 민망해하지 않았다.

까라면 까. 기현은 그게 이 회사의 경영 철학이란 걸 일찌감치 파악했다. 한국에서 나고 자란 기현에겐 익숙한 철학이었다.

"의미 있는 기사도 필요하지." 편집장은 예전에 자기가 했던 말을 중얼거리며 창밖을 보았다.

기현은 편집장이 뱉은 말이 사라질까 봐 그 귀퉁이를 꼭 붙들고 다음 말을 기다렸다.

"당연히 언론엔 의미 있는 기사가 필요해. 이 기자가 아주 잘하는 거지. 그런데 솔직히 말하면 이번 기사는 너무 비판적이야. 아직 시즌 초반이잖아. 꼴찌팀 팬들도 아직은 우승할 기대에 부풀어 있는 때라고."

편집장이 혀로 사탕을 굴리며 계속 말했다.

"이 기자가 몇 달 동안 공들인 기사라는 건 아는데 결론이 너무 날카로워. 3군이나 저연차 선수들 연봉 이야기랑 야구협회 비리 부분은 빼자. 시즌 초부터 구단이나 협회를 건드려서 좋을 건 없잖아. 그래도 핵심은 그대로지?"

결론을 빼고도 핵심이 그대로일 리 없었다. 하지만 기현은 잠자코 있었다. 편집장이 두루뭉술하게 의견을 낼 땐 반박해도 되지만, 구체적인 의견을 제시할 땐 무조건 수용해야 한다. 사내 상식이었다. 편집장 말대로 수정하자. 편집장까지 등 돌리면 회사 생활이 너무 어려워진다. 기현은 효용이 사라진 말의 귀퉁이를 놓으며 공손하게 말했다.

"네. 그렇게 수정할게요."

편집장실을 나온 기현은 소금 사탕을 까서 입안에 넣었다. 소금 사탕의 애매함이 몰려오는 굴욕감을 덮어주었다. 또각 또각 또각.

*

"편집장은 이기현만 예뻐하잖아." 기현의 동기들이 자주 하는 말이었다. 기현이 아니라고 하면 확실하다고 장담까지 했다. 라인을 잘 타서 일이 잘 풀리는 거라고 질투에 버무려진 추측을 남발했다. 마지막엔 항상 똑같은 말을 덧붙였다. "여자라서 그래."

스포츠 기자의 90퍼센트는 남자였다. 여자라는 성별은 어디서나 두드러졌고 어떤 일에든 쉽게 근거가 되었다. 남다른 시선을 지닌 것도, 아픈 것도, 친구가 많은 것도, 친구가 없는 것도 모두 여자라서 그렇다고 했다. 기현도 생각해보았다. 내가 여자라서 취재가 수월한 걸까? 내가 여자라서 편집장이 특별 대우 해주는 걸까? 내가 여자라서 꼼꼼한 걸까? 아무리 생각해도 아니었다. 취재와 기사 작성에 들이는 시간과 노력을 비교해보면 편집장이 아니라 누구라도 자신을 높이 평가하는 게 당연하다는 결론이 나왔다. 일을 잘하는 사람에게, 특종을 만들어낸 사람에게 더 많은 기회가 주어지는 건 편애가 아니었다. "네가 쓴 기사를 읽어봐. 거기에 답이 있어." 기현은 자신의 노력을 믿고 동기들에게 당당하게 말했다. 약간의 찜찜함은 있었다. 편집장의 호감이 면접 때부터 시작되었기 때문이다.

편집장은 신입사원 최종 면접 때부터 기현의 편을 들어주었다.

한 면접관이 연예부에서 인턴을 한 것이나 가십을 다루는 인터넷 매체에서 잠깐 일했던 기현의 경력을 문제 삼자 기현이 대답을 하기도 전에 편집장이 먼저 말했다. "뭐 요즘 취업이 어려우니 닥치는 대로 일한 거겠죠." 그러면서 초등학교 때 야구했던 경험을 바탕으로 야구 전문 기자가 되려고 준비한 게 대단하다는 말을 덧붙였다. 하지만 어릴 때의 야구 경험은 스포츠 기자 지망생이 내세우는 흔한 사연이었다. 특별할 게 못 되었다. 그래서 기현은 기자가 된 후에도 늘 궁금했다. 편집장이 왜 나를 합격시켰을까? 다른 면접자들보다 딱히 나을 게 없었는데 뭘 보고? 가능성 있는 이유는 하나뿐이었다. 6학년 때 통화한 기자 아저씨가 편집장이었다는 것.

기현은 초등학교 때 야구선수였다. 야구부였던 오빠를 따라다니다가 공 던지기에 재미를 붙인 게 시작이었다. 기현이 다니던 초등학교 야구부엔 여자 선수가 한 명도 없었지만, 감독은 기현의 입부를 허락했다. 체격이 좋고 의지가 강해서 야구를 곧잘 할 것 같다고 했다. 여자애가 잘하면 남자애들이 자극을 받으니 팀에 좋은 영향을 끼칠 거라고 했다. 기현의 부모도 흔쾌히 승낙했다. 슈퍼마켓 일로 바빠서 제대로 챙기지 못하는데 선생님 지도 아래 운동하면 건강해지고 좋을 거라고 했다. 오빠인 진철만 반대했다. 귀찮다고 했다. 기현이 며칠 동안 오빠를 쫓아다니며 조르자 야구부에서 절대로 말을 걸지 않겠다는 맹세를 받고 허락해주었다. 기현은 그 맹세를 지킬 필요가 없었다. 기현이 야구부에 들어간 지 한 달 만에 또

래보다 월등한 실력을 보여주자 오빠가 귀찮을 정도로 먼저 아는 체했기 때문이다.

기현은 영리하게 움직이는 선수였다. 감독의 지도를 찰떡같이 알아들었다. 때로는 초심자다운 돌발 플레이를 하기도 했다. 그게 항상 좋은 결과로 이어지진 않았지만, 머리가 좋고 가능성 있는 선수라는 평가를 받아내기엔 충분했다. 감독이 지시를 내리면 왜라는 질문을 꼬리표처럼 달았고, 야구 중계를 보다가 이해되지 않는 내용이 있으면 다음 날 감독을 찾아가 물어보았다. 투구에 관한 질문이 대부분이었다. 이때 왜 볼넷을 던졌어요? 이 공은 왜 스트라이크 판정을 받은 거죠? 이렇게 휘어지는 공은 어떻게 던지나요? 4학년이 되자 감독은 기현에게 투구 연습을 시켰다. 5학년 때는 종종 선발 투수를 맡겼다. 긴 머리를 휘날리며 투구하는 기현의 모습은 사람들의 관심을 끌었고, 기현이 청소년체전 최초의 여자 승리 투수가 되자 기자들이 카메라를 들고 찾아왔다. 슈퍼마켓 일보다는 딸의 매니저 일을 재밌어하던 기현의 아빠는 기자들의 인터뷰 요청에 적극적으로 응했다.

기자들이 기현에게 던지는 질문은 여자라는 성별에 초점이 맞춰져 있었다. 여자라서 힘든 점은 없냐는 질문은 한 번도 빠진 적이 없었다. 기현은 남자애들이 놀리는 것만 빼면 힘든 점이 하나도 없다고 말했다. 남자애들보다 키도 크고 공도 빠르다고 했다. 중학생이 되면 달라질 거라는 말을 들어도 기현은 겁나지 않았다. 중학생이 되어서도 남자애들보다 잘할 자신이 있었다. 그러기 위해서 매일 밤 오늘 연습한 내용과 고쳐야 할 것, 감독님이 말해준 것과 내일 할 훈련을 노트에 빼곡히 적었다. 프로에 데뷔하는 꿈을 자주 꿨다.

"이제 공부해야지."

기현이 6학년이 되자 기현의 아빠는 야구하는 시간을 줄이고 공부하는 시간을 늘리라고 했다. 감독은 기현보다 실력이 떨어지는 남자애들의 부모를 불러 야구부 진학을 논의했다. 기현에겐 상담하자는 말을 하지 않았다. 기다리다 못 한 기현이 감독에게 가서 물었다. "감독님, 저는 언제 부모님 모셔 올까요?"

감독은 들어선 안 될 말을 들은 것처럼 곤란한 표정을 지었다. 그리고 말했다. "내가 이따 아버님께 전화할게."

그날 기현은 운동을 마치자마자 슈퍼마켓으로 달려갔다. 아빠는 구석에서 달걀을 옮기고 있었다.

"아빠, 감독님한테 전화 왔어? 상담 일정 잡았어?"

기현의 아빠는 딸의 숨찬 질문에도 아랑곳하지 않고 계속 달걀을 진열했다. 기현은 아빠가 갓 들어온 달걀은 뒤로, 유통기한이 임박한 달걀은 앞으로 꺼내는 모습을 초조한 마음으로 지켜봤다. 아빠의 팔을 흔들어 대답을 재촉하고 싶었지만, 달걀을 깨뜨릴까 봐 조심했다.

진열을 마친 기현의 아빠가 수레를 끌고 창고로 가면서 말했다. "감독님이 상담은 안 해도 될 것 같다고 하시던데?"

기현이 따라가며 물었다. "왜?"

"여자는 중학교 야구부에 못 들어간대. 여자 야구부가 있는 학교도 없고. 감독님 생각엔 네가 똑똑하니까 어설프게 운동하는 것보다는 공부하는 게 좋을 것 같다고 하시더라. 그건 아빠도 마찬가지야."

기현은 걸음을 멈췄다. 타고난 야구선수라고 칭찬해주던 감독님의 배신이었다.

"야구를 계속하고 싶으면 주말에 취미로 할 수 있대. 기현이 너 정도면 주말에만 해도 여자 대표팀에 뽑힐 수 있을 거라고 하셨어." 기현의 아빠는 창고에 들어가 빈 박스를 정리하며 말했다.

기현은 그런 이야기를 눈도 보지 않고 무심하게 하는 아빠를 뒤로하고 계산대에 있는 엄마에게 달려갔다. 울고 싶지 않은데 저절로 눈물이 맺혔다.

"엄마." 기현이 그렁그렁한 눈으로 엄마를 불렀다.

"그 정도 했으면 많이 한 거야." 엄마는 자초지종을 묻지도 않고 손님이 내민 양파를 비닐봉지에 담으며 말했다.

손님이 나가고 기현은 엄마의 빨간 꽃무늬 팔토시를 잡고 흔들며 말했다. "엄마, 나 야구가 너무 좋아."

기현의 엄마는 울먹이는 딸을 딱하게 쳐다봤다. 고집 피운다고 혼내지 않았고 우리 딸 안됐다며 달래지도 않았다. 입술을 딱 붙이고 안타깝지만 어쩔 수 없다는 눈빛으로 딸의 눈물을 응시했다. 기현은 그런 엄마의 눈빛이 무서웠다. 길에서 큰 개를 만났을 때보다 훨씬 무서웠다. 이대로 있다간 엄마가 아무 일도 없었다는 듯 저녁 메뉴를 물어볼 것 같아 덜컥 겁이 났다. 기현은 엄마의 팔토시를 놓고 집으로 달려갔다. 안방 서랍을 뒤졌다. 명함을 찾았다. 세 장이 있었다. 딸을 잘 둔 덕에 기자에게 명함도 받아본다며 아빠가 챙겨둔 것이었다. 기현은 세 장의 명함을 전화기 옆에 나란히 두고 연습장에 할 말을 적었다.

안녕하세요? 저는 은성 초등학교 야구부 이기현입니다. 작년에 인터뷰했던 여자 야구선수예요. 제가 6학년이 되어서도 야구를 열심히 했는데요. 구속도 빨라지고 키도 많이 컸어요. 160센티미터가 넘었어요. 그래서 중학생이 되어도 야구를 계속하고 싶은데 감독님과 엄마, 아빠가 선수로는 하지 말고 취미로만 하래요. 제가 열심히 해야 우리나라 여자 야구도 발전할 수 있다고 하셨잖아요. 제가 야구를 계속할 수 있도록 우리 감독님과 부모님께 이야기해주시면 감사하겠습니다.

기현은 적은 내용을 소리 내어 두 번 읽어보고 감사하겠습니다 앞에 작은 글씨로 정말을 추가했다. 그리고 감독님과 아빠의 전화번호를 그 아래에 적어두고 첫 번째 명함에 적힌 번호를 신중하게 눌렀다.

"네." 나이 든 남자가 전화를 받았다.

기현은 연습장에 적어둔 내용을 재빨리 읽었다. 정말 감사하다는 마지막 문장까지 읽고 나서야 전화가 끊겼단 걸 알았다. 너무 긴장해서 끊는 소리를 듣지 못했다. 눈물이 쏟아질 것 같았다. 기현은 손등으로 눈을 세차게 비비고 두 번째 명함에 적힌 번호를 눌렀다.

"네."

언젠가 들어본 것 같은 남자 목소리였다. 기현은 이번에는 수화기 너머의 소리에 귀를 기울이며 침착하게 읽었다. 야구를 계속할 수 있게 설득해달라는 부분까지 읽고 잠시 멈췄는데 아무 소리도 들리지 않았다.

"기자 아저씨? 듣고 계세요?"

다행히 다정한 목소리가 들렸다. "어 그래. 듣고 있어. 잘 지냈니?"

기현은 기자 아저씨의 아는 척이 기뻐서 외치듯 크게 답했다.

"네!"

"이제 중학생이 되는구나."

"네!"

"……."

기자는 잠시 말이 없었다. 기현은 침을 꼴깍 삼켰다. 수화기에서 다시 다정한 목소리가 넘어왔다.

"부모님도 반대하시니? 아버지가 적극적으로 밀어주시는 것 같았는데?"

"아빠는 제가 공부도 잘하니까 공부를 열심히 하면 좋겠다고 하세요."

"그렇구나. 운동하려면 부모님 뒷바라지가 중요한데……."

"저는 혼자서도 잘할 수 있어요. 지금도 아빠가 바쁠 때는 저 혼자 경기장에 가요. 친구 엄마가 태워주시기도 하고요. 중학생 되면 버스 타고 다니면 돼요." 기현이 씩씩하게 말했다.

"그래. 너는 잘할 것 같은데……." 기자는 한참 머뭇거리며 말을 고르다가 차분하지만 단호하게 말했다. "운동은 부모님이 지원을 해줘야 할 수 있어. 중학교 때부터는 돈이 많이 들어가거든. 초등학교 때랑은 달라."

"돈이요?"

"응. 너는 아직 어려서 잘 모르겠지만, 운동선수 한 명 키우는 데 돈이 정말 많이 들어. 부모님이나 학교 지원이 없으면 훈련하기 어려울 거야."

기현은 그제야 모든 상황이 이해되었다. 돈이었다. 문제의 핵심은 돈이었다. 돈 벌어서 다 어디에 쓰냐며 가게에 에어컨 하나 달라는 손님의 말에 버는 족족 아들 야구하는 데 갖다 바친다던 엄마의 한탄이 떠올랐다.

기현이 말이 없자 기자가 그런 건 별문제 아니라는 듯 명랑하게 말했다. "야구가 좋으면 꼭 선수를 하지 않아도 돼. 아저씨도 야구를 엄청나게 좋아해서 스포츠 기자가 됐거든. 너 공부 잘한다고 했지? 그럼 야구는 취미로 하고 공부 열심히 해서 아저씨처럼 스포츠 기자 하면 되겠다. 야구장도 자주 가고 프로야구 선수도 만날 수 있어."

"네. 정말 감사합니다."

기현은 풀 죽은 목소리로 마지막 문장을 읽고 전화를 끊었다. 그리고 세 장의 명함은 다시 서랍에 넣었다.

돈은 엄마와 아빠가 싸우는 이유였다. 초등학생이 해결할 수 없는 문제였다. 여자라서 안 된다고 할 때는 꺾이지 않던 의지가 돈 때문이라고 하니 의외로 쉽게 접혔다. 눈물이 쏟아졌다. 뭔가 서러운데 누구를, 어떻게 원망해야 할지 몰라 가슴이 아팠다. 나는 왜! 나는 왜!

중학생이 된 기현은 감독님의 소개로 리틀 야구팀에 들어갔다. 하지만 승리를 향한 팽팽한 긴장감이 없는 주말 야구는 매력적이지 않았다. 그보다는 차라리 등수를 다투는 입시가 더 매력적으로 느껴졌다. 그래서 2학년이 되면서부터는 야구를 그만두고 공부에 전념했다.

공부도 쉽지는 않았다. 원하는 대학에 들어가지 못했고, 취업도 순탄하지 않았다. 방송국 PD가 되고 싶어 언론 고시를 봤지만, 시험을 보는 족족 떨어졌다. 평생을 취준생으로 살 수는 없었기에 영세한 인터넷 매체에 들어가 남의 사생활을 기사로 쓰면서 공부를 계속했다. 이 사회가 나를 필요로 하지 않는다는 생각을 자주 했고, 모두의 주목을 받았던 초등학교 때를 종종 떠올렸다. 그러다가 야구선수였던 경험이 방송국 PD가 되는 데는 도움이 되지 않겠지만, 스포츠 기자가 되는 데는 도움이 될 거란 생각을 하게 되었고, 본격적으로 시험을 준비해 스포츠신문사에 입사했다.

기현은 다시 야구인이 됐다. 어릴 때 바랐던 선수는 아니었지만, 기자라는 신분으로 야구와 스포츠의 세계에 공식 입장한 것이다.

여기선 가장 높이 올라갈 거야. 성공한 야구인이 될 거야.

여성 최초의 스포츠신문 편집장을 목표로 삼은 이기현 기자가 첫 번째 특종을 잡기까지는 오랜 시간이 걸리지 않았다.

*

　기현의 오빠 진철은 고등학교 때까지는 꽤 잘나가는 야구선수였다. 하지만 대학에 들어가서는 이렇다 할 두각을 나타내지 못해 어떤 프로 구단에서도 그를 욕심 내지 않았다. 그도 더는 야구를 욕심 내지 않았다.

　진철이 야구를 그만두고 새로운 일을 모색하고 있을 무렵 살던 동네가 재개발 구역으로 지정되었다. 그의 부모는 다른 동네로 가서 똑같은 이름의 슈퍼마켓을 열려고 했다. 진철은 반대했다. 요즘엔 대형 마트가 많아서 슈퍼마켓으로는 돈을 벌기 힘들다며 아파트 단지 인근에 고깃집을 내자고 했다. 그의 부모는 오래 고민하지 않고 그러자고 했다. 평생 해온 야구를 그만둔 아들이 의욕을 보이는 일이라면 그게 무엇이든 지지할 준비가 되어 있었다. 기현은 사업 경험이 없는 오빠가 일을 크게 벌이는 것이 불안했지만, 아무 말도 하지 말라는 엄마의 신신당부 때문에 내색하진 않았다.

　진철은 재개발 보상금에 대출금을 보태 고깃집을 열었다. 홈런보다는 안타가 짭짤하다며 가게 이름을 안타삼겹살로 정하고, 아는 야구선수들을 개업식에 초대했다. 기현은 진철이 친한 선수보다는 유명한 선수의 사인을 더 잘 보이는 곳에 거는 걸 보고 오빠가 이제야 적성에 맞는 일을 찾은 것 같다고 생각했다. 동생의 예상대로 진철은 야구 센스보다 장사 센스가 더 좋았다. 손님에게 서비스를 주고도 생색은 내지 않았으며, 살갑게 말을 걸면서도 적당히 거리를 둘 줄 알았고, 무례한 손님이 나타나면 빠르고 단호하게 대처했다. 20년 넘게 장사한 부모를 보며 어깨너머로 배운 수완이었다. 젊은 나이에 사장이 된 것이나 장사하는 방법을 터득한 것을 자기 노력의 결실로 착각하는 게 그의 한계였지만, 삼겹살집 사장으로서 그리 큰 흠은 아니었다. 안타삼겹살은 개업 효과가 지난 후에도 꾸준히 잘되었다. 대출금을 다 갚기 전까진 외부 인건비를 줄여야 한다며 진철이 가족 경영을 고집하는 바람에 대학생이던 기현도 주말마다 가게에서 설거지를 했다. 기자가 된 후로는 엄마나 아빠가 아플 때 종종 가서 도왔다.

그날도 엄마가 몸살 났다는 연락을 받고 기현이 가게에 갔다. 일요일 저녁이었다. 9시가 되자 전현직 야구인 4명이 안타삼겹살에 모였다. 진철의 대학 동기들이었다. 인터뷰한다고 화제가 될 만큼 유명한 사람은 없었다. 두 명은 프로 지명을 받지 못해 진철처럼 개인 사업을 하는 사람이었고, 한 명은 2군 선수, 다른 한 명은 구단에서 야구 지도자 과정을 밟고 있는 사람이었다. 11시가 되어 손님이 끊기자 진철도 술자리에 합류했다. 기현은 집에 가지 않고 술과 고기를 갖다주면서 그들이 하는 이야기에 귀를 기울였다. 특종은 잘나가는 사람보다는 억울한 사람에게서 폭로의 형태로 나올 가능성이 높으니 별 볼 일 없는 사람들이 모인 자리일수록 귀를 기울이라고 배운 걸 적용해보는 중이었다. 그들 중에 특종을 폭로할 용기가 있는 사람은 없어 보였지만, 기현은 TV를 보면서도 귀는 그쪽으로 열어두었다.

성과가 있었다. 자정 무렵에 누군가의 목소리가 갑자기 낮아졌는데 돌아보니 지도자 과정을 밟고 있는 사람이었다. 그는 술에 취해 입이 풀린 와중에도 다른 사람이 들을까 봐 조심하며 목소리를 낮췄다. 그런 노력이 기현의 호기심을 자극했다. 기현은 TV 볼륨을 줄이고 그가 하는 말에 집중했다.

"그 새끼도 조작하다가 걸렸잖아. 지금 우리 구단은 난리야. 근데 누가 조작했는지, 몇 명이 얽혀 있는지 확실히 모른대. 그래서 아직 잠잠한 거야."

"씨발, 그런 새끼들은 다 영구 제명해야 해." 진철이 그로 인해 직접적인 피해를 보기라도 한 사람처럼 소리를 질렀다.

그러자 지도자 과정에 있는 사람이 답답하다는 듯 말을 이었다. "못 하지. 못 해. 구단에서 아직 안 터뜨리는 이유가 뭔지 알아? 증거가 잡힌 놈이 김승일인데, 걔가 최지훈이랑 친하잖아. 김승일이 최지훈한테 같이 하자고 꼬셨나 봐. 브로커가 시켰겠지. 그래서 최지훈이 선발로 나갔을 때 딱 한 번 조작해준 거야. 그것 때문에 난리가 난 거지. 사실 김승일은 제명해도 괜찮잖아. 별 볼 일 없으니까. 근데 최지훈은 아니잖아. A급이잖아. 포스트시즌이 코앞인데 최지훈까지 자를 수는 없는 거지. 그래서 지금 김승일 선에서 막으려

68

고 엄청 로비 중인가 봐."

복잡한 얼굴로 이야기를 듣던 진철과 친구들이 술에 취해 한마디씩 했다.

"투수들은 승부조작으로라도 한 몫씩 챙기네. 역시 투수가 좋아."

"한 건 하면 얼마나 주냐?"

"막장이지, 막장. 프로선수의 막장. 최지훈 개는 앞날도 창창한 애가 뭐 하러 그랬대?"

"구단에서 막아주겠지. 잘나가는 애들은 그래도 살아남잖아."

이야기가 계속될수록 전현직 야구인들의 눈이 술과 잠으로 점점 흐려졌다. 기현의 눈만 홀로 반짝였다.

다음 날 아침. 기현은 진철에게 전화해 지도자 과정에 있는 친구의 연락처를 물었다. 취재 때문이라고 하자 진철이 순순히 번호를 알려줬다.

"여보세요." 어젯밤 낮은 목소리로 비밀을 이야기하던 남자가 높은 목소리로 전화를 받았다. 기현은 어젯밤에 이야기했던 김승일의 승부조작이 사실이냐고 단도직입적으로 물었다. 그는 깜짝 놀라며 아니라고 했다. 술김에 한 헛소리라고 했다. 그러면 구단 관계자에게 연락해 직접 물어보겠다고 하자 그는 펄쩍 뛰며 쌍욕을 했다. 욕을 듣자마자 기현은 전화를 끊었다. 구단 관계자 중 누구에게 연락하는 게 좋을지 고민하고 있는데 오빠에게서 전화가 왔다. 한다면 하는 동생의 성격을 잘 아는 진철은 최대한 차분하게 말했다. 이 사실이 알려지면 형진이가 구단에서 잘릴 수도 있으니 취재 같은 건 하지 말라고 했다. 기현이 제보자는 밝히지 않을 테니 걱정하지 말라고 하자 진철 역시 펄쩍 뛰며 소리를 질렀다.

"네가 내 동생인 거 알고 내가 형진이랑 친한 거 사람들이 다 아는데 네가 말 안 한다고 몰라? 오빠를 무시해도 정도가 있지. 내가 지금은 야구를 그만뒀어도 알 만한 사람들은 다 알아. 그거 취재하면 내 얼굴 평생 못 볼 줄 알아."

기현은 오빠의 협박에도 꿈쩍하지 않았다. 특종이 욕심났다. 새내기 기자에서 어엿한 기자로 발돋움할 좋은 기회였다. 그리고 화가 났다. 그렇게 되기 어려운 프로야구 선수가 되어서 하는 일이 고작 승부조작이라니, 구단은 그걸 알면서도 감추고 있다니, 믿기지 않았다. 드문 일도 아닌 듯했다. 또 누가 이 사실을 알고 있을까. 기현은 머뭇거리다가 특종을 놓치게 될까 봐 조바심이 났다. 그래서 당사자에게 바로 연락했다.

김승일 선수는 단번에 모든 걸 실토했다. 한 달 동안 브로커와 구단, 주변 선수들에게 협박과 원망과 질타를 받으며 시달린 결과였다. 모든 죄를 혼자 뒤집어써야 할 위기에 처해 있던 그는 기현의 전화를 받고 마지막 희망의 끈을 언론에 매달았다. 그는 구단이 어떻게 꼬리 자르기를 하고 있는지, 얼마나 많은 야구선수가 브로커의 유혹을 받고 있는지, 그리고 그에 비하면 자신의 조작은 얼마나 작고 하찮은지를 구구절절 말했다. 자기가 브로커에게 이름을 들은 선수만 해도 다섯이라고 했다. 기현은 공개 인터뷰가 가능하냐고 물었다. 그는 당장이라도 가능하다고 했다.

　그 후의 일은 일사천리였다. 기현이 녹음한 통화 내용을 편집장에게 들려주었고, 기현의 이름으로 김승일 선수의 단독 인터뷰가 보도되었고, 야구계가 발칵 뒤집혔다. 대대적인 수사가 진행되었다. 야구협회와 10개 구단은 이번 기회에 승부조작의 뿌리를 뽑겠다고 선언했다. 승부조작을 대가로 돈을 받은 증거가 나온 김승일은 야구협회에서 영구 제명되었고, 브로커도 실형을 선고받았다. 하지만 거기까지였다. 김승일이 기자회견에서 언급한 다섯 명의 투수는 경찰 조사를 받으며 잠시 구설에 올랐으나 모두 증거불충분으로 무혐의 처리되었다. 수백 개가 넘는 불법 스포츠 도박 사이트 중 단 한 개의 사이트만 폐쇄되었다. 승부조작 사실을 알고도 숨겼던 구단은 끝까지 발뺌했다. 선수 관리를 제대로 하지 못한 것에 대해서만 사과했다. 몇 달 동안 이어진 공방에 피로를 느낀 야구팬들도 수사 종료와 함께 참견을 멈추었다. 여론이 잠잠해지자 야구계는 평정을 되찾았다.

　만약 특종을 잡았던 시점에서 멈췄다면 기현은 지금도 유능한 기자로 인정받았을 것이다. 그러나 기현은 끝까지 가는 사람이었다. 분위기를 보고 멈추는 사람이 아니었다. 모두 적당한 선에서 사건을 마무리하려고 하는데 기현은 적당한 선 자체를 물고 늘어졌다. 증거불충분은 말 그대로 증거가 충분하지 않을 뿐이라는 거 아니냐며, 증거를 확보할 때까지 다섯 명의 투수를 계속 조사해야 한다고 주장했다. 그리고 증거는 없지만 신빙성은 충분한 김승일의 제보에 따르면 권혁오가 제일 의심스럽다고 했다.

"타이푼에 친한 선수가 있는데요. 권혁오 선배가 가끔 일부러 볼 넷을 주는 것 같다고 하는 거예요. 그래서 제가 브로커 형한테 슬쩍 물어봤죠. 권혁오 선배도 발 담근 거냐고. 그랬더니 브로커 형이 깜짝 놀라면서 어떻게 알았냐고, 걔 볼넷이 괜히 많은 줄 아냐고, 걔는 시작한 지 오래됐다고 하더라니까요."

하지만 구속된 브로커의 증언은 김승일과 달랐다. 승부조작은 김승일이 처음이었고, 그 외에 접촉을 시도한 선수는 없다고 했다. 김승일에게 그런 말을 한 사실도 없다고 했다. 권혁오를 포함한 다섯 명의 선수는 공동 기자회견을 열었고, 경찰에 자진 출두해서 조사를 받았다. 조사 결과 다섯 명의 선수 모두 깨끗했다. 브로커에게 돈을 받은 기록이 없는 건 물론이고, 서로 연락 한번 한 적 없는 사이라는 것이 밝혀졌다. 언론은 벼랑 끝에 몰린 김승일 선수의 물타기였다고 결론을 내렸다. 경찰도 한 선수의 일탈로 사건을 마무리했다.

기현도 그렇게 믿고 싶었다. 이곳이 그렇게까지 썩은 곳은 아니라고, 많은 문제가 있긴 하지만 그래도 스포츠 정신이 남아 있는 곳이라고 믿고 싶었다. 하지만 손을 덜덜 떨며 기자회견 하던 김승일 선수의 겁먹은 얼굴이 계속 마음에 걸렸다. 벼랑 끝에 선 사람이 그런 거짓말을 할까? 지푸라기라도 잡고 싶은 절박한 순간에 그렇게 구체적인 이야기를 지어낼 수 있을까? 아무리 생각해도 김승일이 그 정도의 배짱과 머리가 있는 사람으로 보이진 않았다.

다음 시즌이 시작되자 사람들은 아무 일도 없었다는 듯 야구를 즐겼다. 관중 수는 오히려 증가했다. 기현은 경찰청이 아니라 경기장을 오가며 기사를 쓰는 일상으로 돌아왔다.

회사에선 일찌감치 대박을 터뜨린 신입 기자에 대한 기대가 높았다. 신입이 맡지 않을 법한 일들이 기현에게 주어졌다. 시기도 많았다. 도대체 뭘 바라는 애인지 모르겠다는 게 기현을 향한 선배들의 평이었고, 뭐라도 된 것처럼 나대는 꼴이 재수 없다는 게 동기들의 평이었다.

기현은 시기에 굴하지 않고 인정에 취하지도 않고 성큼성큼 나아갔다. 그들의 상사가 될 미래를 그리며 두 번째 특종을 위해 매일 밤 김승일이 지목했던 다섯 선수의 경기 결과를 확인했다. 권혁오를 주시했다.

4. 선수

혁오처럼 살고 싶다고 말한 후에도 겉으로 보이는 준삼의 일상은 똑같았다. 출근해서 증권 관련 뉴스를 확인하고, 중요한 기사가 있으면 요약해서 링크와 함께 단체 메신저에 올렸다. 각 부서에서 들어온 서류와 요청 사항을 정리해 담당자에게 전달하고, 오전 회의 자료를 준비했다. 준삼이 아침에 하는 대부분의 일은 누가 해도 상관없는 잡무였다. 준삼이 수원 지점에서 본사로 온 이후로 정규직 신입 채용이 없어 6년째 막내인 준삼이 도맡아 하고 있다. 신문과 우편물을 정리해 상사들의 책상으로 배달하는 일이 아침 잡무의 마지막이었다. 준삼이 덜커덕 소리를 내며 카트를 밀고 다녀도 쳐다보는 사람은 없었다. 모두 모니터가 하는 이야기를 듣느라 바빴다.

우편물 정리를 마치면 3층 비상계단으로 갔다. 회사에서 은행나무가 가장 잘 보이는 곳이었다. 준삼은 거기 서서 매일 5분씩 은행나무를 봤다. 봄엔 움이 트고 여름엔 초록으로 울창해지고 가을엔 노랗게 물들었다가 겨울엔 앙상한 가지만 남기는 나무. 은행나무는 매일 조금씩 달라졌다. 정성 들여 관찰하기만 하면 가지밖에 없는 겨울에도 미세한 변화를 발견할 수 있었다. 변화를 만드는 존재. 회사에서 지켜볼 만한 변화를 만드는 존재는 은행나무뿐이었다. 다른 존재들은 침전되어 있는 관행과 악취 나는 비리를 건드릴까 봐 몸을 웅크리고 미동도 하지 않았다. 흙탕물을 일으키는 첫 번째 미꾸라지가 되지 않으려고 코를 막고 숨을 죽였다. 준삼도 마찬가지였다.

회사는 겉으로는 급격한 변화를 겪는 것처럼 보였다. 몇 년 전에 처음으로 노동조합이 만들어졌는데, 그다음 해에 복수 노조를 허용하는 법이 통과되면서 노동조합이 하나 더 만들어졌다. 그러니까 30년 동안 노조가 없던 회사에 연달아 두 개의 노조가 생긴 것이다. 제1노조는 금융위기로 인한 해고 열풍에 위협을 느낀 직원들이 만들었고, 제2노조는 그에 위협을 느낀 경영진의 지시로 만들어졌다. 경영진에선 다양한 직원들의 목소리를 담으려면 노조도 여러 개 있어야 한다는 논리를 내세웠지만, 그걸 믿는 사람은 아무도 없었다. 제2노조에 대한 회사의 지원이 노골적이었기 때문이다. 경영진은 제2노조에만 조합 사무실을 내주었고, 제2노조 전임자에게만 근로시간 면제 혜택을 주었다. 제1노조에 소속된 직원은 승진대상에서 누락시키거나 불합리한 연봉을 제시했다. 회사의 탄압이 계속되자 제1노조의 절반 이상이 제2노조로 넘어갔다. 제1노조원의 수가 줄자 회사는 제1노조의 반대로 시행하지 못하고 있던 성과급제를 바로 도입했다. 일한 시간이나 연차에 따라 급여를 지급하는 게 아니라 성과를 낸 만큼 연봉을 주는 제도였다. 성과급제 시행으로 자기 퍼포먼스를 할 수 있는 일부 직원의 급여가 전과 비교할 수 없을 정도로 높아졌다. 반면 연봉이 그대로이거나 삭감되는 직원도 생겨났다. 회사 분위기가 순식간에 어수선해졌다. 임원들은 반발하는 직원을 일일이 찾아가 성과급제는 거스를 수 없는 세계적 추세라고 설득했다. 정규직보다는 계약직으로 고용하는 것도 그렇다고 했다.

노조가 어떤 곳인지 알기도 전에 상사들의 권유로 제1노조에 가입했던 준삼은 제2노조로 넘어가는 상사들을 따라 함께 넘어갔다. 대세를 따랐다. 약간의 찜찜함이 있었지만, 가책은 없었다. 막내니까 어쩔 수 없는 거라고 생각했다. 얼마 지나지 않아 직원의 80퍼센트가 제2노조, 즉 사측 노조에 속하게 되었다. 이 역시 금융업계에 회자될 만큼 큰 변화였다. 하지만 은행나무의 변화가 나이테를 하나 더 만들어내는 성장이라면, 삼현투자금융의 변화는 두려움과 공포가 만들어낸 뒤틀림이었다. 본질은 그대로이고 새로운 건 아무것도 만들어내지 못하는 답보였다.

시간이 갈수록 회사의 악취가 심해졌다. 눈 뜨고 보기 어려운 치사한 일들이 수시로 벌어졌다. 준삼은 전보다 더 자주 비상계단을 찾았다. 아침뿐만 아니라 점심시간에도 짬을 내어 은행나무를 지켜보았다. 코를 잡고 있던 손을 놓고, 웅크렸던 몸을 펴고, 조금씩 짙어지는 은행나무 잎을 성실하게 관찰했다. 그리고 회식 자리에서 본 이후로 자꾸 생각나는 혁오의 경기 영상을 보기 시작했다.

혁오의 투구는 여전히 아름다웠다. 작은 휴대폰 화면으로도 전달되는 확연한 아름다움이었다. 포수와 사인을 주고받고, 다리를 들어 올리고, 물 흐르듯 부드럽게 팔을 뻗어 공을 던졌다가 다시 수비 자세를 취하는 혁오의 투구 동작을 보고 있으면 눈이 시원해지는 기분이었다. 밤하늘 같은 기품이 느껴지기도 했다.

준삼은 점점 혁오의 투구에 빠져들었다. 은행나무를 관찰하는 시간은 줄고, 혁오의 경기 영상을 보는 시간은 늘었다. 날로 울창해지는 은행나무를 지켜보는 것도 좋았지만, 관찰하는 수고로움 없이, 보는 즉시 감탄을 자아내는 혁오의 투구폼이 더 큰 감흥을 주었다. 언젠가부터는 아침 잡무를 마친 후 갖는 휴식 시간 전부를 혁오의 경기 영상을 보는 데 쓰기 시작했다.

준삼은 아름다움에 감탄하며 하루를 시작하는 것이 자신에게 어떤 영향을 끼치고 있는지 몰랐다. 전에는 보이지 않던 것들이 보이고, 거슬리지 않던 것들이 거슬리기 시작했지만, 그게 혁오의 영상을 보는 것과 관련 있다고 생각하지는 못했다.

가장 먼저 거슬린 건 사무실 자리 배치였다. 회사 건물 5층은 준삼이 속한 경영지원팀과 기획팀이 사용했는데, 가운데 통로를 중심으로 약 50개의 책상이 마주 보는 형태로 놓여 있었다. 제일 뒷줄엔 팀장과 부장의 책상이 있었고, 그 앞은 대리, 그 앞은 주임, 그 앞엔 사원의 책상이 차례로 놓인 구조였다. 그러니까 뒤통수가 많이 보일수록 높은 직급이었고, 뒤통수가 적게 보일수록 낮은 직급이었다. 준삼의 자리는 누구의 뒤통수도 볼 수 없는 첫 줄에 있었다. 그동안은 이런 식의 자리 배치가 불편하지 않았다. 회사의 전통이라는 말에 그냥 수긍했다. 이제는 화가 났다.

이렇게 앉지 않아도 사람들은 자신의 직급과 상대의 직급을 알고 거기에 맞춰 행동한다. 이렇게 앉으면 상사가 뒤에서 지켜보고 있다는 생각에 신경이 쓰여 업무효율만 떨어진다. 무엇보다 어색하고 부자연스럽다. 폭포가 위에서 아래로 떨어진다는 걸 모두 알고 있는데 거기에 굳이 화살표를 달아 방향 표시를 해놓은 셈이다.

준삼은 사무실로 들어갈 때마다 눈을 질끈 감았다. 위계로 위신을 얻으려는 사람이 만든 비효율적인 구조라고 지적하고 싶은 마음이 굴뚝 같았지만, 그런 속마음을 누구에게도 말하진 않았다.

어느 순간부터는 여직원의 처우가 거슬렸다. 시작은 수원 지점에서 근무하는 여직원의 전화였다. 그는 준삼이 수원에 있을 때 친하게 지내던 선배였다. 얼마 전에 영업부장이 일 잘하는 여직원을 추천해달라고 했을 때 준삼이 언급한 사람이기도 했다. 선배는 자기를 추천한 걸 취소해달라고 했다. 본사에 가고 싶지 않다고 했다. 준삼은 그제야 본사 영업부가 여직원의 개미지옥이라는 게 생각났다. 죽어서 나가든지, 임신해서 나가든지 둘 중 하나가 아니면 빠져나오기 힘든 곳이라는 의미였다. 일이 많아서 매일 야근을 하는 데다 업무도 까다로워서 툭하면 사유서 쓸 일이 생기는 곳이라고 했다. 그렇게 5, 6년을 일해도 여직원이라는 이유로 진급이나 연봉 인상에서 제외된다고 했다.

'여직원'은 준삼의 회사에서 공채가 아닌 여자 직원을 일컫는 호

78

칭이다. 지점마다 한 명씩 있고 본사엔 부서마다 한 명씩 있는데, 짧게는 3년, 길게는 10년까지 한 부서에서 근무하면서 기획과 결재를 제외한 거의 모든 업무에 참여한다. 예전엔 상업고등학교를 졸업하고 바로 취업한 사람이 대부분이었는데 취업난이 심해지면서 최근엔 4년제 대학을 졸업한 '여직원'도 꽤 많이 생겼다.

상사가 해 오라는 건 많고, 자기 혼자 할 수 있는 건 많지 않은 신입사원들이 '여직원'의 도움을 가장 많이 받는다. 결재 시스템이나 문서 작성법부터 회의 준비나 거래처에 전화하는 법까지 모든 업무의 기초를 '여직원'에게 배운다. 그러고 나면 신입사원들은 불친절한 지시만 내리는 상사보다 실무에 능숙하고 친절한 '여직원'의 능력을 더 높이 평가한다. 시간이 지나 신입 딱지를 떼고 승진할 때는 '여직원'보다 일을 못 하는 자신이 먼저 승진하는 걸 미안해한다. 회사의 진급 시스템이 엉망이라며 분노하기도 한다. 하지만 그 분노의 크기는 언제나 작아서 하룻밤 자고 나면 사그라든다. 두 번째 승진 때는 미안해하지 않는다. 분노도 없다. '여직원'과 공채가 다른 체계에 속해 있다는 걸 인정하고 자신의 승진을 당연하게 여긴다. 그리고 더 시간이 흘러 책임지고 일을 기획하는 위치가 되면 한때 우러러봤던 선배, 자신에게 일을 가르쳐줬던 '여직원'을 평가하기 시작한다. 그들이 단순 업무를 하는 것에는 다 이유가 있다고 생각하며 그들의 한계를 말한다.

준삼도 그랬다. 준삼도 추천을 취소해달라고 전화한 그 '여직원'에게 일을 배웠다. 준삼이 입사했을 당시 수원 지점에서 5년째 근무하고 있던 그는 회사 일이라면 모르는 게 없었다. 4년제 대학을 졸업하고 단기지만 유학까지 다녀온 준삼은 회사 일이라면 아는 게 없었다. '여직원'은 그런 앎의 불균형 속에서도 준삼을 존중하며 많은 일을 가르쳐주었다. 특히 준삼이 수수께끼처럼 여기는 고객과 상사의 의중을 대신 읽어주었다.

한번은 70대 남자 고객이 준삼을 찾아와 계좌마다 다른 아이디를 하나로 통일해달라고 한 적이 있었다. 시스템상으로 불가능한 일이었다. 준삼은 요청을 정중히 거절하며 계좌별로 다른 아이디를 사용하는 것이 원칙이라고 말했다. 고객은 원칙이 그렇다는 건 전화로 들어서 안다며 자신은 예외로 해달라고 부탁했다. 얼마 남지 않은 생을 아이디와 비밀번호 찾기에 허비하고 싶지 않다고 말했다. 그러면서 인터넷이 익숙하지 않은 노인이 겪고 있는 곤란을 줄줄이 읊었다. 준삼은 고객 응대에 미숙한 신입사원으로서 느끼는 당혹감을 숨기기 위해 시스템상 불가능하다는 말만 앵무새처럼 반복했다.

그러자 고객이 갑자기 소리를 질렀다.

"그러니까 부탁하는 거 아냐! 시스템을 이따위로 만들어놨으면 죄송하다고 사과부터 해야 하는 거 아냐?" 느닷없는 역정에 놀란 준삼이 입을 벌린 채 아무 말도 하지 않자 자리에서 벌떡 일어나더니 더 크게 소리 질렀다. "이 새끼가 끝까지 죄송하다는 말을 안 하네. 사과 한마디를 안 해. 너 내가 우스워? 노인네라 우습냐고!"

그러면서 자신이 가지고 있는 스물두 개 계좌를 모두 해지하겠다고 통보했다. 이런 모욕은 난생처음이라고 했다. 그러자 지점장이 허리를 숙이며 달려왔다. 준삼도 그제야 자리에서 일어나 허리를 숙였다. 지점장은 신입이라 아직 뭘 몰라서 실수한 거라고, 사장님도 저만 한 손자가 있지 않냐고 하면서 노인에게 살갑게 굴었다. 누군가는 음료수를 가져왔고, 누군가는 노인을 편한 소파로 안내했다. 지점장의 오랜 굽신거림에도 분이 풀리지 않는지 노인은 계좌를 어떻게 할지는 집에 가서 생각해보고 알려주겠다고 했다. 그리고 죄송하다는 말을 기계처럼 반복하고 있는 준삼 쪽은 쳐다보지도 않고 영업장을 빠져나갔다.

고객이 나가자 그제야 허리를 세운 지점장이 준삼을 흡연 구역으로 불렀다. 준삼은 두 손을 모으고 서서 지점장의 입술이 담배 필터를 빨아당기는 모습을 지켜보았다. "알아서 처리해." 지점장의 입에서 연기와 함께 명령조의 말이 뱉어졌다. 준삼은 지점장에게 무엇을 알아서 처리하라는 말이냐고 조심스럽게 물었다. 그러자 지점장이 어이없다는 표정으로 준삼을 보더니 꽁초를 바닥에 집어 던지고 사무실로 들어가버렸다. 준삼은 지점장이 던지고 간 꽁초를 주워 쓰레기통에 넣으며 생각했다. 뭘 알아서 하라는 말일까.

"준삼 씨, 그건 고객이 해지하지 못하게 설득하라는 말이에요. 우리 지점장은 자기가 책임지고 싶지 않은 사안에 관해서 이야기할 때 말을 아끼는 편이에요. 지점장님한테 사회생활이 이렇다거나 원래 고객 응대가 제일 어렵다는 말 같은 건 못 들었죠? 지점장님도 속으로는 그렇게 생각하셨을 거예요. 그 고객님이 좀 이상했잖아요. 하지만 준삼 씨에게 그런 말을 하면 면죄부를 주는 느낌이니까

안 하신 거죠. 상황이 어쨌건 간에 이번 일이 준삼 씨의 잘못이란 걸 확실히 하고 싶으신 거예요. 하루 스물두 개 계좌 해지는 지점 평가에 치명적이거든요. 준삼 씨가 그 고객님을 찾아가서 해지를 막으면, 그땐 아마 그런 의미가 아니었다고 말씀하실지도 몰라요. 해지 처리를 해버리라는 의미였는데 뭐 하러 그렇게까지 했냐고 하실 수도 있어요. 상사들은 자주 이중적으로 말해요. 그게 무슨 의미인지 파악하는 건 부하 직원들의 몫이죠. 근데 생각보다 간단해요. 무슨 말인지 모르겠으면 옳고 그름보다는 성과가 나는 방향으로, 그 말을 한 상사에게 유리한 쪽으로 생각하면 돼요. 그래도 모르겠으면 직접 물어보는 편이 좋고요. 그럴 땐 말귀를 못 알아듣는다는 평가는 각오해야겠죠."

'여직원'인 경선 선배가 지점장의 말을 해석해주었다.

준삼은 지점장의 한마디에 그렇게 많은 의미가 담겨 있다는 것에 놀랐고, 그걸 단박에 파악한 경선 선배의 통찰에 놀랐다. 그리고 물었다. "어떻게 해야 그런 이중적인 말의 의미를 알 수 있어요?"

"상대가 뭘 원하는지 눈치를 좀 봐요. 대부분은 얼굴에 쓰여 있어요. 아까 그 할아버지 일도 준삼 씨가 죄송하다는 말을 먼저 했다면 이렇게까지 되진 않았을 수도 있어요. 물론 준삼 씨가 죄송할 일은 아니었죠. 하지만 고객이 그걸 원했잖아요. 그냥 원하는 걸 주는 거예요. 돈이 아니고 말이잖아요. 준삼 씨가 조금만 더 그 할아버지의 눈치를 살폈다면 알아차릴 수 있었을 거예요."

눈치 보기라. 농담을 이해하지 못해 다른 사람들보다 한 박자 느리게 웃을 때가 많은 준삼에겐 어려운 과제였다.

"선배도 이중적으로 말해본 적 있으세요?"

"난 여자고 모범생이었어요. 상대를 배려하는 게 미덕이라고 배우며 자랐죠. 상대가 내 의중을 파악하는 데 에너지를 쓰지 않도록 하는 게 진정한 배려란 생각을 한 후로는 난 내 의사를 가능한 한 정확히 설명하려고 노력해요. 그래서 때로는 지나치게 친절하죠. 지금처럼요. 하지만 내 성격이 어떻든 내가 회사에서 이중적으로 말할 기회는 별로 없어요. 고졸이잖아요. 난 언제나 해석하는 쪽이죠."

경선 선배의 표정이 먼 곳으로 떠난 사람을 그리워하는 것처럼 쓸쓸해졌다. 준삼은 방금 배운 대로 선배의 눈치를 보며 선배가 원하는 말이 무엇일지 고민했다.

"자세히 설명해주셔서 감사합니다."

준삼이 고심 끝에 인사하자 경선 선배는 새삼스럽게 왜 그러냐며 웃었다.

노년의 고객은 준삼이 홍삼 음료를 들고 찾아가 죄송하다고 허리를 숙이자 의외로 쉽게 화를 풀었다. 지점장의 반응은 경선 선배가 말한 대로였다. 준삼이 해지를 막았다고 보고하자 그냥 해지 처리하게 내버려두라는 뜻이었는데 뭐 하러 수고롭게 찾아가기까지 했냐고 말했다. 그러면서 8개월 차 신입의 리스크 관리 능력이 대단하다고 사람들 앞에서 준삼을 치켜세웠다.

본사로 온 후에도 준삼은 모르는 것이 있으면 종종 경선 선배에게 전화해서 물었다. 주임으로 승진한 후에는 연락하지 않았다. '여직원'이 답해줄 수 있을 만한 질문이 생기지 않았기 때문이다. 오히려 경선 선배 쪽에서 종종 준삼에게 연락해 본사 상황을 물어봤다.

"전 정말 본사에 가고 싶지 않아요. 여기서 오래 일하고 싶어요." 경선 선배가 말했다.

"그럼 부장님한테 그렇게 말씀하시면 되지 않을까요?" 준삼이 말했다.

"내가 그랬다간 자기 편한 대로만 일하는 직원으로 찍혀서 평생 승진 못 할걸요. 준삼 씨가 영업부장님한테 잘 좀 말해줘요. 준삼 씨는 그래도 공채잖아요."

잘 좀 이야기해달라. 준삼은 전화를 끊고 선배가 한 말을 곱씹었다. 경선 선배가 무엇을 원하는지는 정확히 이해했다. 하지만 그건 쉽지 않은 일이었다. 노조가 하나 더 생긴 후로는 누구도 근무 환경이나 노동 조건에 대해 쉽게 입을 열지 않았다. 게다가 겨우 주임인 준삼이 자기 일이 아니라 '여직원'의 발령과 처우에 관해 부장에게 의견을 낸다는 건 주제넘은 일로 여겨질 뿐만 아니라 사측 노조를 향한 불만 표시로 해석될 여지도 있었다. 준삼은 영업부장에게 아무 말도 하지 않았다.

경선 선배는 결국 본사로 왔다. 엘리베이터에서 준삼을 만나면 허리를 약간 숙이며 깍듯이 인사했다. 선배보다 직급이 높아진 준삼도 마주 허리를 숙였다. 대화는 없었다. 준삼은 자기가 말을 했어도 결과는 똑같았을 거라고 생각했기에 미안하지 않았다. 다만 선배가 했던 말이 자꾸 마음에 걸렸다. "준삼 씨는 그래도 공채잖아요."

몇 기냐고 물었을 때 대답할 숫자가 있는 사람이 공채였다. 준삼에겐 38이라는 숫자가 있었다. 38기는 공개채용으로 뽑힌 마지막 정규직이었기 때문에 항상 눈에 띄었다. 준삼의 회사만 그런 건 아니었다. 다른 기업도 공채를 뽑지 않는 추세였다. 그래서 대학 동기 중엔 준삼처럼 몇 년 동안 팀에서 막내인 사람이 꽤 있었다. 대기업 공채는 점점 드문 존재가 되었다. 드물다고 해서 특별한 건 아닌데.

준삼은 공채가 마치 큰 특권이라도 되는 양 말했던 경선 선배의 말을 곱씹었다. 눈치 느린 준삼이 알아듣지 못할까 봐 한껏 비꼰 말투였다. 다소 부당한 대접을 받고 있는 '여직원'의 입장에선 그렇게 느낄 수도 있겠단 생각이 들었지만, 그래도 어쩐지 억울한 마음이 들어 그 문장이 삼켜지지 않았다. 특히 공채라는 단어가 목에 걸려 내려가지 않았다. 커다란 지푸라기가 엉겨 있는 것처럼 아주 불편했다. 며칠이 지나도 불편한 느낌이 사라지지 않았다. 오히려 점점 심해져서 공채라는 단어를 들을 때마다 기침이 났다. 목에 걸린 지푸라기가 부풀어 오르는 것 같아 벅벅 긁지 않고는 견딜 수 없을 정도로 가려울 때도 있었다. 혁오의 경기 영상을 보면 그런 불편함이 가라앉았다. 지푸라기는커녕 공기의 저항도 받지 않는 사람처럼 가볍게 공을 던지는 혁오를 보면, 날씨가 어떻든 상대 타자가 누구든 간에 완벽한 자세를 취하는 중학교 동창을 보고 있으면 기침이 나지 않았다. 아름다움을 목격하는 동안은 목이 가렵지 않았다. 혁오는 여전히 특별했다.

어릴 때 준삼은 야구선수가 특별하다고 생각했다. 하나의 목표를 위해 긴 시간을 바치고 관중의 환호와 야유에도 흔들리지 않고 경기하는 사람들. 자기 성적이 매일 신문에 공개되는 걸 견딜 수 있으며 무엇보다 퇴근한 아버지의 넋을 빼놓는 사람들. 구단이 그들에게 높은 연봉과 유니폼을 주는 건 그들이 특별하기 때문이라고 생각했다. 그런데 회사에 다녀보니 야구선수에겐 회사원과 비슷한 면모가 꽤 있었다. 주6일제로 거의 매일 일한다는 점이 가장 비슷했다. 야구선수의 원정 경기는 회사원의 출장과 비슷했고, 주말이나 공휴일에 일하고 월요일에 쉬는 경기 일정은 서비스업 종사자의 근무 일정처럼 느껴졌다. 연장 경기는 야근과 겹쳐졌다. 준삼은 특별하다고 생각했던 야구선수와 평범하다고 생각했던 회사원이 비슷하게 느껴지는 건 자기가 어른이 되어 특별함 속에 감춰진 야구선수의 현실적인 고충과 평범함을 읽을 수 있게 되어서라고 생각했다. 하지만 그게 다는 아니었다. 그 둘이 비슷하게 느껴진 건 회사원이 선수화된 탓도 있었다. 윤 대리가 이야기해줘서 알게 되었다.

갑작스러운 더위가 닥친 6월의 어느 날 저녁. 준삼과 윤 대리는 맥주를 딱 한 잔 마시기로 하고 회사 근처에 있는 맥줏집으로 들어갔다. 준삼은 500시시 생맥주를 주문했고, 윤 대리는 그 가게의 시그니처인 수제 맥주를 주문했다.

윤 대리는 준삼이 회사에서 친하다고 말할 수 있는 유일한 사람이었다. 네 살 많은 윤 대리가 먼저 준삼을 예뻐했다. 준삼이 그 대학을 나온 사람치곤 잘난 체하지 않는 게 마음에 든다고 했다. 자기와 비슷하게 말수가 적고 무난한 성격도 마음에 든다고 했다. 준삼도 윤 대리를 좋아했다. 박 부장처럼 상대를 압박하며 대화하는 상사가 아니라 기다려주는 상사라서 좋았다. 가까운 사람에겐 깜짝 놀랄 정도로 솔직한 타입이라 준삼의 경계가 일찍 풀린 것도 있었다. 하지만 윤 대리는 본인이 생각하는 것처럼 말수가 적은 사람이 아니었다. 박 부장과 함께하는 회식 자리에서나 말이 적었지, 준삼과 둘이 있을 땐 라디오처럼 쉬지 않고 말하는 수다쟁이였다. 또 점심 메뉴를 정하거나 일을 할 땐 무난한 성격이었지만, 인간관계에선 상당히 까다로운 기준을 가지고 있어서 그와 좋은 관계를 유지하고 싶으면 그가 정한 선을 넘지 않도록 조심해야 했다.

맥주가 나오자 윤 대리가 자신의 여름휴가 계획을 말했다. 가족들과 5박 6일 일정으로 오키나와에 갈 거라고 했다. 며칠 전에 네 살인 딸의 여권을 만들었는데, 학비가 없어서 대학을 간신히 졸업한 자기가 가족을 데리고 해외여행을 가는 가장이 되었다는 사실이 아직도 믿기지 않는다고 말했다. 그렇게 말하는 윤 대리의 입꼬리가 실룩거렸다. 준삼도 덩달아 입꼬리를 실룩거리며 맥주를 마셨다. 이날의 안주는 지난주부터 구체적인 소식이 돌기 시작한 구조조정이었다. 부서별로 할당된 정리해고 인원이 최소 두 명이라고 했다. 명예 퇴사자 신청이 곧 시작될 거라고 했다. 준삼과 윤 대리는 둘 다 퇴사할 생각이 없었다. 준삼은 이 회사에 뼈를 묻을 생각은 없으나 결혼하기 전까진 다닐 생각이었고, 결혼한 윤 대리는 퇴사에 회의적이었다. 금융위기 때 이직했거나 퇴직금으로 자기 사업을 시작한 사람 중에 마음 편히 드라마를 볼 수 있는 사람은 여전히 없을 거라고 했다.

"회사 밖은 정글이야. 몇 번을 실패해도 버틸 수 있는 자산이 있지 않은 한 회사에 남는 게 제일 현명해. 게다가 우리는 공채잖아."

공채라는 말에 준삼의 목에서 지푸라기가 부풀기 시작했다.

윤 대리가 계속 말했다. "사내 정치가 좀 심하긴 하지만 지금 같은 시기에 이만한 일자리 없어. 안 그래?"

준삼은 윤 대리의 말에 동의한다는 의미로 고개를 끄덕이며 목을 긁었다. 윤 대리는 회식 때 일부러 임원과 멀리 떨어진 곳에 앉는데 사내 정치에 휘말리고 싶지 않아서라고 했다. 솔직히 말하면 어떤 줄이 오래갈지 모르는 상황에서 하나의 줄을 선택하고 거기에 자신을 매달 대범함이 없기 때문이라는 말도 했다. 그건 준삼도 마찬가지였다. 흐려질 자신은 있는데 선명할 자신이 없었다.

"대리나 과장급에서 잘리겠지? 이 주임은 안전할 거야. 신입은 우리보다 연봉이 적잖아."

준삼은 윤 대리에게 5년 넘게 일한 자신을 왜 아직도 신입이라 부르냐고 묻지 않았다. 대신 경영 위기를 극복하는 건 좋은데 왜 항상 구조조정부터 하는지 모르겠다고 말했다. 기존 사업을 확장하거나 새로운 분야에 도전해볼 수도 있지 않냐고 말했다.

그러자 윤 대리가 동의와 체념이 섞인 표정으로 맥주를 마시며 말했다. "다른 건 이미 할 만큼 한 거야. 우리 영업점들 10년 전만 해도 다 대로변에 있었어. 강남점도 원래 사거리 1층에 있었고. 금융위기가 터지면서 골목 안으로 들어가고 2층으로 올라가고 한 거지. 고정비를 줄일 만큼 줄였는데도 안 되니까 이제 인건비 차례인 거야."

윤 대리와 준삼은 회사의 사내 보유금이 창립 이래 최고라는 사실이나 자기는 조금도 손해 보지 않으려고 꼼수를 부리는 경영진에 대해서는 말하지 않았다. 그건 닳을 만큼 닳아서 씹히지도 않는 안주였다.

"구조조정이 시작되기 전에 이사님한테 선물이라도 보내야 하는 거 아닌가 몰라. 어차피 윗사람한테 찍힌 사람 내보낼 거 아냐."

윤 대리의 말을 듣고 준삼이 갑자기 생각났다는 듯 말했다. "선물이 효과가 있을까요? 얼마 전에 부장님이랑 이사님께 사과 두 박스씩 보냈는데."

그러자 윤 대리가 배신이라도 당한 사람처럼 어이없어하며 물었다. "언제?"

"아버지가 회사 상황이 좋지 않은 걸 아시고 부장님이랑 이사님 주소를 알려달라고 하시는 거예요. 큰아버지가 안동에서 과수원을 하시는데 사과라도 한 박스 보내겠다고 하시면서요. 그래서 알려드렸어요."

준삼의 이야기를 듣는 윤 대리의 눈이 점점 커졌다. 준삼은 아버지가 극성이라고 생각했지만, 상사에게 사과 정도는 보낼 수 있다고 생각해서, 또 겨우 사과 두 박스로 자신의 입지가 달라질 것 같진 않아서 말리지 않았다고 말했다. 그러자 윤 대리가 커진 눈을 껌벅이며 시청에서 오래 근무하신 아버지가 정말로 사과만 보내셨겠냐고 빈정거렸다. 준삼은 그럼 뭘 더 보냈겠냐고 하면서도 사과 두 박스를 받고 하는 인사치곤 지나치게 다정했던 박 부장의 인사를 떠올렸다.

아버지는 사과 박스에 뭘 넣으신 걸까. 그러면 나는 안전한 건가. 아버지는 이런 식으로 사회생활을 하신 걸까. 회사는 촌지를 줘야 하는 또 다른 학교인가. 이사님은 왜 아무 말도 없으신 거지.

준삼이 마음에 이는 질문들을 따라가고 있을 때 윤 대리가 수제 맥주를 한 잔 더 주문하고 말했다.

"이 주임, 선수 다 됐네."

"선수요?"

준삼은 윤 대리가 선택한 단어에 깜짝 놀랐다. 선수? 신호가 울리면 경쟁을 시작하고 점수에 따라 승패가 갈리는 선수? 내가, 선수였던가?

*

준삼의 눈앞에 '여직원'과 신입사원, 주임과 대리, 과장, 부장, 이사, 부사장, 사장, 회장이 일렬로 나란히 서 있다. 총소리가 나자 모두 일제히 달린다. 허겁지겁 달리는 그들의 이마에 바코드 모양으로 작년 실적이 적혀 있다. 계속 달린다. 쉬지 않고 달린다. 하나, 둘 지쳐서 쓰러진다. 윤 대리가 쓰러졌다가 벌떡 일어나서 달린다. 이번엔 박 부장이 쓰러진다. 김 과장은 휘청거리면서도 쓰러지진 않는다. 준삼은 바닥만 보고 달린다. 삑삑삑. 사람들이 분기점을 통과할 때마다 바코드 찍히는 소리가 요란하게 울린다. 제2노조 전임자가 자전거를 타고 돌아다니며 지친 사람들을 격려한다. 쓰러진 사람을 트랙 밖으로 치우기도 한다. 창립 행사 때 봤던 회장 가족이 달리기를 구경하며 맥주를 마신다. 준삼은 목이 가렵다. 목 안에 지푸라기가 아니라 자전거가 든 것 같다. 바퀴가 뱅글뱅글 돈다. 죽을 것 같다. 준삼이 손톱을 세워 목을 긁는다. 목에서 철철 피가 흐른다. 준삼은 아랑곳하지 않고 목을 긁으며 있는 힘껏 달린다. 하지만 아무리 달려도 결승점에 가까워지지 않는다. 이상하다. 준삼이 걸음을 멈춘다. 윤 대리가 여권을 손에 쥔 딸을 업고 준삼 옆을 지나간다. 경선 선배가 준삼에게 손가락질하며 지나간다. 아버지가 시장님이 탄 휠체어를 밀며 따라오라고 소리친다. 아버지를 보자 목이 다시 간지럽다. 긁으려고 손을 올리니 목이 움푹 패어 있다. 오른손이 목 안으로 쑥 들어간다. 자전거 바퀴가 돌면서 준삼의 손가락을 하나씩 자른다. 소고기뭇국에 들어 있는 무처럼 손가락이 뭉근하게 잘린다. 아프지 않다. 다섯 손가락이 다 잘린다. 손바닥만 남는다. 왼손을 넣으니 왼쪽 손가락도 뭉근하게 잘린다. 일부러 구역질한다. 자전거는 나오지 않고 생맥주 거품만 나온다. 따릉따릉. 자전거 벨 소리에 뒤를 돌아보니 혁오가 서 있다. 혁오는 공을 받아줄 포수도 없고 응원해주는 관중도 없는 들판에 서서 공을 던지고 있다. 완벽한 자세다. 아름답다. 준삼이 감탄하며 입을 벌리자 열 개의 손가락과 자전거가 바닥으로 후두둑 떨어진다. 뒤따라오던 수십 명의 '여직원'이 자전거는 피하고 손가락은 밟으며 지나간다. 손가락이 납작만두처럼 판판하게 펴진다. 잘린 손가락이 밟힐 때마다 통증이 느껴진다. 준삼은 혁오에게서 시선을 거두고 다시 달린다. '여직원'들을 제친다. 손가락이 잘려나간 손으로 앞에서 달리고 있는 박 부장의 등을 두드린다. 박 부장이 뒤돌아본다. 준삼은 박 부장의 눈을 똑바로 쳐다보며 손가락이 없어도 예전처럼 일할 수 있다고 말한다. 피범벅인 손을 움직여 키보드 치는 시늉을 한다. 그 모습을 유심히 지켜보던 박 부장이 조금만 더 연습하면 되겠다고 말한다. 준삼은 그제야 안심하고 다시 고개를 숙이고 달린다. 바닥에 떨어지는 핏방울을 보며 생각한다. 제발 시합이 끝나길, 제발 시합이 끝나지 않길.

5. 사막

혁오가 단 하나의 스트라이크도 잡지 못했던 데뷔 경기가 끝나자 감독이 혁오를 불렀다. 신인 투수의 앞날과 팀의 미래를 걱정하며 조심스럽게 물었다. "너 무슨 일 있었어?"

혁오는 진호의 기억을 지우며 말했다. "데뷔 경기라 긴장했던 것 같습니다."

감독은 의심스럽다는 표정으로 혁오를 보다가 이내 명랑하게 말했다. "그럴 수 있지. 그럴 수 있어. 혁오야. 프로 별거 없다. 똑같아. 시범 경기 때처럼 하던 대로 해." 그리고 초등학생인 막내아들과 통화할 때의 말투로 혁오에게 물었다. "다음 경기 때는 잘할 수 있지?"

혁오는 감독의 막내아들처럼 천진하게 대답하지 못했다. 자고 일어나면 괜찮을 것 같았지만, 장담할 순 없었다.

그러자 감독이 고개 숙인 혁오의 등을 두드리며 자기가 대신 답했다. "할 수 있어. 할 수 있어. 다음 경기는 잘하겠지. 앞으로 점점 잘하겠지. 그럼. 그럼."

다음 날 혁오의 몸 상태를 점검하려고 감독과 코치진이 모였다. 혁오는 시범 경기 때처럼 위협적인 공을 던졌다. 빠르고 힘이 있으며 포수가 이끄는 곳으로 정확히 꽂히는 공이었다. 혁오가 스무 번째 공을 던졌을 때 감독과 투수 코치는 안도의 눈빛을 주고받았다.

며칠 뒤 혁오는 프로 두 번째 경기에 등판했다. 선발은 아니었다. 7회였고, 팀이 7 대 1로 크게 앞서는 상황이었다. 누가 봐도 신인인 권혁오 투수에게 실전 경험을 쌓게 하려는 투수 교체였다. 혁오는 이번에도 볼만 던졌다. 모두 스트라이크 존에서 확연히 벗어나는 볼이었다. 그런 볼에 배트를 휘두르는 프로선수는 없었다. 세 타자 모두 볼넷으로 출루하면서 무사만루가 되자 감독은 다시 한번 투수 교체 사인을 냈다. 고개를 떨구고 들어온 혁오에게 투수 코치가 말했다. "너 뭔가 문제가 있다."

투수 코치의 말에 혁오도 고개를 끄덕였다. 내면이 크게 틀어졌다는 걸 인정할 수밖에 없었다.

마운드에 올라 타석을 보니 진호가 있었다. 홈런을 치겠다고 허세 떠는 진호가 아니라 허세마저 빼앗긴 진호가 홈플레이트 한가운데에 힘없이 서 있었다. 진호는 죽었다. 저건 진호가 아니야. 혁오는 타석에 서 있는 사람이 진호가 아니란 걸 알았다. 하지만 그래도 진호의 몸을 향해 공을 던질 순 없었다. 혁오는 진호를 피해 스트라이크를 던져보려고 안간힘을 썼다. 심판의 판정보다 진호의 맥없는 얼굴을 살폈다. 투수 교체 사인이 떨어지자 진호의 환상도 신기루처럼 사라졌다.

그 후 경기에서도 마찬가지였다. 혁오는 등판할 때마다 진호를 보았고, 진호를 피해 던질 수 있는 공은 볼뿐이었다.

*

물기 없이 황폐한 사막. 그 한가운데에 혁오가 서 있다. 주변을 둘러봐도 온통 모래뿐이다. 혁오는 어디로 가야 진호를 피할 수 있을지 감이 잡히지 않는다. 감독과 코치, 구단 관계자와 동료 선수, 언론, 야구팬이 차례로 혁오가 서 있는 곳을 살피러 온다. 천재의 일시적인 슬럼프를 기대하고 온 그들은 끝도 없이 펼쳐진 사막을 보고는 가망이 없다는 듯 고개를 저으며 돌아간다. 고졸 신인의 좌절, 최고 연봉은 잡고 스트라이크는 잡지 못하는 루키, 신인 투수의 이상한 슬럼프라는 기사가 실린 종이 신문이 사막을 날아다닌다. 끝없이 펼쳐진 사막을 보고 혁오도 고개를 젓는다. 하지만 다른 사람들처럼 떠나진 못한다. 자신의 내면에 머무를 수밖에 없다.

*

신인왕이 될 기회를 날렸을 뿐만 아니라 프로 생활을 접어야 할

위기에 처한 혁오는 악착같이 훈련했다. 노력하면 제자리로 돌아갈 수 있을 거라고 믿었다. 하지만 아니었다. 연습에선 잘 던져지던 공이 본경기에만 나가면 크게 엇나갔다. 어느 순간부터는 진호가 나타나지 않는 연습 경기에서도 스트라이크가 잡히지 않았다. 포수가 잡을 수 없는 곳으로만 공이 갔다. 혁오는 스트라이크가 잡힐 때까지 쉬지 않고 공을 던졌다. 그렇게 무식하게 던지다간 어깨가 먼저 망가지겠다며 고참들에게 끌려 나올 때까지 던지고 또 던졌다.

나아질 기미가 보이지 않자 투수 코치는 스포츠 선수의 심리 상담을 전문으로 하는 송 박사에게 혁오를 데려갔다. 송 박사는 야구는 한 번도 해본 적 없을 것 같은 왜소한 체형의 여자였다. 코치가 나가고 혁오와 단둘이 있게 되자 송 박사가 점심때 뭘 먹었냐고 물었다. 혁오는 대답하지 않았다. 송 박사는 자신은 김치볶음밥에 반숙한 달걀을 얹어서 먹었다고 했다. 그리고 좋아하는 음식이 뭐냐고 물었다. 혁오는 이번에도 대답하지 않았다. 송 박사는 자기는 미역국을 좋아한다고 말했다. 그러면서 유자차 두 잔을 만들어 하나는 혁오 앞에 놓고 하나는 창밖을 보며 자신이 마셨다. 오랜 침묵 끝에 혁오가 송 박사의 뒤통수에 대고 말했다. "진호가 보여요." 송 박사의 뒤통수는 진호가 누구냐고 물었다. 혁오는 내가 죽인 친구라고 말했다. 어떻게 죽였냐고 송 박사의 뒤통수가 물었다. 혁오는 공을 던져서 죽였다고 했다. 그러자 송 박사의 뒤통수가 그러면 당분간 공을 던지지 말자고 했다. 혁오는 고개를 끄덕였다.

송 박사와 상담을 시작한 혁오는 2군으로 내려와 한 달 동안 공을 던지지 않았다. 집에 있는 리모컨도 던지지 않았고, 벗은 양말도 던지지 않았다. 달리기만 했다. 훈련하는 동료들 주위로 큰 원을 그리며 달리고 또 달렸다. 하지만 아무리 달려도 황폐함이 버석거리는 사막 위였다. 혁오는 송 박사에게 사막이 너무 건조하다고 말했다. 가만히 있으면 피부가 쩍쩍 갈라지는 소리가 들린다고 했다. 갈라진 피부 틈에 낀 모래를 긁어내느라 잠을 잘 수 없다고 말했다. 송 박사는 울면 조금 나아질 거라고 말했다. 혁오는 버럭 화를 냈다. 진호가 죽은 날에도 울지 못했는데 어떻게 내 몸이 건조하다고 우냐고 했다. 차라리 모래에 얼굴을 처박겠다고 했다. 그러고는 자신의 얼굴을 모래에 묻었다.

송 박사가 물었다. "진호를 왜 죽였어요?"

그러자 혁오가 고개를 번쩍 들고 송 박사를 노려봤다. 쩍쩍 갈라진 얼굴에 모래가 알알이 박혀 있었다.

송 박사가 다시 물었다. "진호를 왜 죽였어요?"

그러자 혁오가 송 박사에게 소리쳤다. "제가 죽인 게 아니에요."

혁오의 입에서 모래가 떨어졌다. 침과 섞인 모래가 천천히 가슴으로 떨어졌다. 혁오의 눈이 축축해지면서 모래가 잔뜩 낀 이 사이로 메마른 한마디가 새어 나왔다. "저도 그렇게 될 줄 몰랐어요."

혁오는 사막에 앉아 울고 울고 또 울었다. 변명을 늘어놓은 자신이 용서되지 않는다고 했다. 혁오의 눈물이 사막에 작고 동그란 원을 만들었다. 송 박사는 그 원을 마운드 삼아 공을 던져보라고 했다.

송 박사와의 상담이 조금씩 진전을 보이면서 혁오는 2군 훈련에 합류할 수 있게 되었다. 시즌 중반을 넘긴 여름이었다.

혁오가 심리적인 문제로 슬럼프를 겪고 있단 걸 아는 동료들은 처음엔 혁오를 조심스럽게 대하며 말을 아꼈다. 하지만 최고 계약금을 받은 신인 투수가 한 달 내내 맥없는 공만 던져대자 하나둘씩 찾아와 조언하기 시작했다. 주로 자신이 겪었던 슬럼프와 슬럼프를 이겨낸 나름의 비법을 알려주었다. 데뷔 연도에는 죽을 쒔지만 그 다음 해엔 다승왕을 했다는 투수의 사인공을 부적이라며 주는 선배도 있었다. 그러나 아무리 많은 조언을 들어도 혁오는 그대로였다. 여전히 비실비실한 공을 던졌다.

자신의 진심 어린 조언에도 혁오가 나아지지 않자 동료들은 뒤에서 조금씩 혁오를 비난하기 시작했다. 얼빠진 놈이라고 하는 사람도 있었고, 나약한 자식이라고 하는 사람도 있었다. 누군가는 혁오를 먹튀라고 불렀다.

혁오는 그렇게 욕을 먹는 게 좋았다. 살면서 한 번도 들어본 적 없는 가혹한 평가였지만, 자신에게 어울리는 말이라고 생각했다.

*

혁오의 프로 첫 시즌은 그렇게 끝났다. 시즌이 끝나자 어떤 선수는 트레이드되고 어떤 선수는 방출되었다. 혁오는 스트라이크를 하나도 던지지 못하고도 팀에 남았다. 아직 어리니 잠재력을 믿고 1년

만 더 기다려보자고 난장을 설득한 투수 코치 덕분이었다. 혁오는 투수 코치의 믿음에 보답하기 위해 최선을 다했다. 조급해할수록 악화될 수 있다는 송 박사의 말을 되새기며 침착하고 성실하게 2군 생활을 했다.

어느 날 스톱워치를 찾으러 훈련장에 갔던 혁오에게 배팅 소리가 들려왔다. 딱. 딱. 틱. 딱. 턱. 개인 훈련도 종료된 새벽이었다. 소리를 따라가보니 2군 매니저인 진형이 피칭 머신으로 타격 훈련을 하고 있었다. 투수였던 매니저가 왜 타격 연습을 하는 걸까. 혁오는 배트를 휘두르는 매니저를 한참 지켜보았다.

2군 매니저인 진형은 7년 전에 프로에 데뷔한 좌완 투수였다. 그럭저럭 잘하는 투수에서 두각을 나타내는 투수로 발돋움하려는 찰나에 팔꿈치 부상을 크게 당했고, 그 후로는 부상, 재활, 테스트, 등판, 강판, 다시 재활의 연속이었다. 군대에 다녀온 뒤에도 1군에 복귀하기 위해 누구보다 열심히 재활에 임했지만, 한번 망가진 팔꿈치는 회복되지 않았고 결국 방출자 명단에 이름이 올랐다.

구단 규정상 방출 선수는 바로 숙소에서 나가야 했다. 하지만 진형에겐 집을 구할 돈이 없었고, 그의 부모도 아들을 도와줄 여력이 없었다. 사정을 안 2군 감독이 진형에게 매니저를 제안했고, 진형은 망설이지 않고 수락했다. 그리고 지난 선수 생활이 매니저가 되기 위한 준비였나 싶을 정도로 매니저 업무를 잘해냈다.

지켜보는 시선을 느꼈는지 진형이 뒤를 돌아보았다. 혁오가 있는 걸 보고는 다시 몸을 돌려 타격을 했다. 딱. 탁. 딱. 따악. 훈련을 마친 진형이 피칭 머신의 전원을 끄고 배트를 정리했다.

혁오는 바닥에 떨어진 공을 주우며 다가가서 물었다. "매니저님, 왜 타격 연습을 하세요?"

진형은 대꾸하지 않았다.

"타자 전향을 생각하시는 거예요?" 혁오가 다시 한번 진지하게 물었다.

그러자 매니저가 건조한 눈빛으로 혁오를 보며 말했다. "할 수 있는 건 다 해보는 거야."

없는 형편에 그나마 있는 재산 거덜 내며 야구해서 겨우 프로선수가 되었는데 이대로 그만둘 수는 없다고 했다. 매니저를 하게 된 것도 매니저 일을 하면서 타자 전향을 준비해보라는 감독의 제안이 있었기 때문이라고 했다.

"경주마처럼 평생 야구만 보고 달렸는데 내가 사회에 나가서 뭘 할 수 있겠어? 이대로 그만두면 아마 억울해서 죽을 거야. 돌아버릴 거야."

돌아버릴 거라는 말은 과장이 아니었다. 학창 시절 내내 야구만 하다가 프로에 데뷔하지 못하게 되자 마음 붙일 곳을 못 찾고 정처 없이 헤매는 선배들을 혁오도 알고 있었다. 프로에 있다가 방출된 선배의 장례식장에 가 본 적도 있었다. 경주마처럼 야구만 보고 달려왔다는 말은 야구선수들에게 결코 비유가 아니었다. 대부분의 야구선수가 정말로 학창 시절 내내 야구만을 붙잡는다. 경기 결과에 따른 베팅과 배당금이 부여되는 게임이 있는 상황에서, 한 야구선수의 실책으로 돈을 잃거나 따는 사람이 생기는 상황에서 야구선수가 경주마와 다르다고 말하기는 어려웠다.

매니저의 훈련을 본 후로 혁오는 타자 전향을 생각해보기 시작했다. 공을 던지는 건 두려웠고, 평생 해온 야구를 그만두는 건 더 두려웠다. 남은 선택지는 공을 치는 야구선수뿐이었다. 나도 할 수 있는 건 다 해보자. 혁오는 팀 훈련 시간엔 투구 연습을 했고, 개인 훈련 시간엔 타격 연습을 했다. 피칭 머신을 켜고 배트를 휘두르면 딱 하고 경쾌한 소리가 났다. 고등학교 때 안타를 치던 감각이 살아나는 듯했다. 게다가 마운드가 아니라 타석에 서니 진호 생각이 나지 않았다. 누군가의 좌절을 염려할 필요 없이 마음껏 몸을 움직일 수 있었다. 그런 홀가분함에 빠져 몸에 있는 에너지가 바닥날 때까지 피칭 머신을 상대하는 혁오를 보고 어느 날 진형이 말했다.

"그건 도망치는 거야." 적대적인 눈빛이었다.

혁오의 문제를 알고 있는 사람 중에서 혁오의 타자 전향에 찬성하는 사람은 그의 아버지뿐이었다. 혁오의 아버지는 아들의 슬럼프가 엄마를 닮아 지나치게 예민한 성격 탓이라고 생각했다. 진호가 죽은 것은 안타까운 일이지만, 진호의 문제를 네 책임으로 여길 필요는 없다고 말했다. 가구를 만들다가 실수해서 나무를 버리게 되면 딱 그만큼의 나무만 새로 사면 된다, 그 이상은 사도 쓸모가 없다, 그러니 너도 잘못한 만큼만 아파해라, 필요 이상으로 괴로워하는 것도 오만이다. 그는 죄책감에도 물성이 있는 것처럼 말하며 타자가 되고 싶다면 얼마든지 시도해보라고 했다. 가구 제작을 가르치다 보면 실수하지 않고 완벽하게 만들려는 사람보다 다시 하면 된다는 생각으로 과감하게 작업하는 사람이 빨리 완성하고 더 잘 만들기까지 한다고 말했다. "인생도 마찬가지야. 투수 길이 막힌 것 같으면 타자 길도 한번 가 보고 아니다 싶으면 다시 투수 하면 되는 거지. 까짓거."

혁오의 엄마와 송 박사는 타자 전향을 반대했다. 그들은 사람의 마음은 생각보다 복잡하고 미묘한 방식으로 작동하기 때문에 무딘 칼을 함부로 들이댔다가는 돌이킬 수 없는 손상을 입을 수 있다고 염려했다. 타자로 전향하면 잠깐 마음이 편할 수는 있지만, 결국엔 진호의 죽음이 다시 발목을 잡을 거라고 말했다. 그럼 어떻게 해야 하냐고 혁오가 묻자 송 박사는 언제나처럼 빙긋 웃으며 나도 잘 모르겠다고, 시간을 좀 더 들여보자고 했다. 혁오의 엄마도 송 박사님과 같은 의견이라고 말했다.

두 사람의 말이 맞았다. 타격 연습을 시작하고 3주가 지나자 진호의 환상이 다시 나타났다. 진호의 환상은 혁오가 친 공에 몸을 던졌다. 그리고 바닥에 흐물흐물 떨어졌다.

혁오는 진호의 죽음을 외면하고는 한 발짝도 나아갈 수 없단 걸 인정했다. 타격 훈련을 멈췄다. 진호의 죽음을 정면으로 마주하고 자기가 한 잘못의 크기를 측정해보았다. 작지는 않았다.

하지만 나는 진호를 죽이지 않았어.

그러나 나는 진호의 죽음을 도왔어.

죽음에 관여한 책임은 어떻게 지는 걸까?

혁오는 잘못한 만큼 책임지고 싶었다. 진심으로 사과하고 싶었다. 그런 식으로 본 것에 대해서, 경멸한 것에 대해서, 세 번이나 삼진을 잡은 것에 대해서. 진호가 원하는 건 무엇이든 들어주고 용서를 빌고 싶었다. 그리고 자유로워지고 싶었다. 하지만 진호가 없었다. 진호는 죽었지.

혁오는 고심 끝에 스스로에게 벌을 주기로 했다.

이렇게 하면 진호의 분이 풀릴지도 몰라.

6. 생존주의

기현은 바닥에 쏟아진 피를 물로 씻었다. 내친김에 욕실 전체에 세제를 뿌리고 솔로 닦았다. 실리콘 틈새에 바늘을 넣고 곰팡이를 긁어냈다. 샤워기로 세제를 씻어내고 마른 걸레로 물기를 닦았다.

사업계획서를 쓰며 그 모습을 지켜보던 새롬이 말했다. "적당히 해. 적당히. 넌 적당히를 몰라."

"적당히 한 거야." 기현이 매트에 발을 닦으며 거실로 나왔다. "야구 보면서 생리컵 빼다가 바닥에 쏟아버렸어."

그러면서도 기현은 손에서 휴대폰을 놓지 않고 야구 중계를 보며 물을 끓였다.

"나 일하는 중인데 소리는 끄고 보면 안 될까?" 새롬이 노트북 화면을 보며 말했다.

기현은 아랑곳하지 않고 휴대폰 화면을 새롬의 눈앞에 들이밀었다. "이 사람 좀 봐봐."

"누군데? 잘생겼어?" 새롬이 힐끗 보고는 시큰둥하게 말했다.

"권혁오. 이 선수 너무 잘 던지지? 폼이 완벽해."

"난 야구 몰라."

"베테랑인데 폼이 정말 좋아. 근데 이상한 게 뭔 줄 알아?"

"내가 어떻게 알아." 새롬이 키보드를 두드리며 말했다.

기현은 그 정도 대구에도 흥이 나는지 이야기를 계속했다. "이 선수가 한두 이닝은 정말 잘 던지거든. 그런데 결정적인 순간이 되면 갑자기 제구가 불안해지면서 볼넷을 던지거나 안타를 맞아. 이상하지? 근데 그걸 문제 삼는 사람이 아무도 없어. 데뷔 때부터 트라우마가 있다고 알려져서 그런지 감독도 이 선수가 볼넷을 던지면 그런가 보다 하고 바로 교체해버려. 그것도 이상하지?"

"그 선수의 한계인가 보지."

"그럴 수도 있지. 근데 말이야. 한두 이닝을 아주 잘 던지면 마무리 투수를 해야 하잖아. 야구에서는 한 이닝을 아주 잘 던지는 투수가 경기 마지막을 책임지거든. 근데 이 선수는 9회에 등판하기만 하면 무조건 볼넷이야. 그 전에 몇 개를 던졌든 간에 말이야. 멘탈이 약하단 소린데 이런 사람에게 마무리를 맡길 수는 없겠지. 그래서 7, 8회에 주로 나오는데 기록을 보면 볼수록 뭔가 의심스러워."

기현은 전기포트에 끓인 물을 유리병에 붓고 그 안에 생리컵을 집어넣었다. 그리고 가방에서 노트북을 꺼내 새롬의 맞은편에 앉으며 말했다. "작년에 내가 인터뷰했을 때 김승일이 권혁오가 일부러 볼을 던진 적 있다고 말했거든. 그때 뭔가 촉이 왔어. 특종 기자의 감이랄까."

새롬이 쉬지 않고 움직이던 손을 잠시 멈추고 한심하다는 듯 말했다. "만날 스포츠맨십 외치던 놈들이 왜 다 그 모양이냐?"

"그러게 말이야."

"그거 밝혀내면 특종이야?"

"당연하지. 권혁오는 나의 두 번째 특종 제물이야. 내 발판이지." 기현이 팔을 양쪽으로 펼치며 의기양양하게 말했다.

그 모습을 보고 새롬이 큰 소리로 웃었다.

"너는 눈이 왜 그래? 빨개." 기현이 충혈된 새롬의 눈을 보며 말했다.

"피곤해서 그렇지 뭐." 새롬이 웃음을 거두고 말했다.

"너희 회사 엉망진창은 좀 정리됐어?"

"회사 아니라니까. 내일 회의가 중요해."

"그렇게 매일 모여서 회의하고 회의하고 또 회의하는데 논의할 게 남아 있어?"

기현의 핀잔에 새롬이 어깨를 으쓱였다. 두 사람은 말없이 각자의 일에 몰두하기 시작했다.

새롬과 기현은 2년 전 한 강연장에서 만났다. 현상 유지를 위한 삶, 모든 것을 걸어야 겨우 생존할 수 있게 된 시대를 이야기하는 책의 출판을 알리는 자리였다. 기현은 출판사 홍보 글에서 생존주의라는 단어를 보고 호기심이 생겨 찾아갔다. 책의 저자는 사회학 교수였다. 그는 이전 시대의 꿈은 모두 무너졌으며 지금까지와 같은 방식으로 미래를 기대해선 안 된다고 말했다. 폐허가 된 청년들의 삶을 이야기했다. 사회 분석은 적확하다고 기현은 생각했다. 청년 분석은 헐거웠다. 우울함에 갇히지 않고 나아가는 청년도 많은데 쉽게 일반화한다고 생각했다. 다양한 계층의 청년을 만나지 못해 이런 결론을 내렸을 거라고 추측했다.

　50분 가량의 저자 강연이 끝나고 질의응답 시간이 되었다. 조용했다. 30여 명의 참석자는 서로 눈치만 보고 손을 들지 않았다. 질문을 기다리던 교수가 손목시계를 확인했다. 그때 제일 뒷줄에 앉아있던 비니 쓴 사람이 손을 들었다. 20대 남자였다. 그는 생존주의라는 말이 IMF 이후를 살아온 자신의 세대를 잘 설명해주는 것 같다고 했다. 교수님께서는 강연 내내 비관적으로 말씀하셨지만, 청년들의 암울한 현실을 제대로 읽어주는 분이 계신다는 사실 때문에 위로받는 시간이었다고 말했다. 마이크를 사용하지 않았는데도 목소리가 카랑카랑하고 발음이 정확해 앞쪽에 앉아 있던 기현에게까지 잘 들렸다. 비니 쓴 남자의 입에서 위로라는 단어가 나왔을 때 거기 있던 몇몇 참석자들이 고개를 끄덕였다. 동의의 미소를 짓는 사람도 있었다. 비니 쓴 남자는 오늘 취업 스터디가 있었는데 빼먹고 온 보람이 있었다며, 이렇게 절망적인 사회에 그래도 희망이 있다면 뭐라고 생각하시는지 궁금하다는 질문을 하고 자리에 앉았다.

　강연장에 있던 사람들 모두 적당한 답을 알고 있었다. 취업 준비와 아르바이트를 할 시간에 생존에 도움 되지 않는 책을 사서 읽고, 이렇게 재미없는 강연을 들으러 온 여러분에게 희망이 있다는 답변이었다. 인기 없는 사회과학 강연 마지막에 빠지지 않고 나오는 말이었다. 으레 하는 말은 아니었다. 사람들이 자신의 강연을 들으러 와준 것에 감동한 강연자가 진심으로 내뱉는 말이었다. 출판사 직원이 선호하고 참석자들도 은근히 기대하는 마무리 멘트였다. 강연을 통해 한국 사회를 손바닥에 쥔 듯한 느낌을 받은 기현도 그런 종류의 대답을 기다리고 있었다. 이런 강연은 기현이 즐겨 찾는 피로회복제였다. 교수가 여기 온 청년들이 희망이라고 이야기해주면 한 달 정도는 의욕적으로 일할 수 있을 것 같았다. 하지만 교수는 모두가 기대하는 답을 하지 않았다. 피로회복제의 엑기스를 넘겨주지 않았다.

"글쎄요. 저도 늘 기다리고 있습니다만 아직은 발견하지 못했습니다. 사회학자는 현실을 보고 분석하기 때문에 아무래도 한발 늦죠. 희망의 실마리라는 게 있다면 아마 저보다는 여러분들 가까이에 있을 겁니다."

강연을 들으러 왔다고 해서 당신들이 희망일 순 없다, 당신들이 기대하는 안이한 대답은 하지 않겠다는 거절이었다. 말의 내용은 완곡했으나 말투는 단호했다. 강연장에 잠시 정적이 흘렀다. 기현은 강연뽕을 채우지 못한 것이 아쉽긴 했지만, 교수가 적어도 피로회복제를 파는 장사치는 아니란 생각이 들어 책을 사서 제대로 읽어보고 싶은 마음이 생겼다. 앉아 있는 다수와 서 있는 교수 사이에 흐르는 어색한 기류를 뚫고 소리를 낸 사람이 새롬이었다. 새롬은 교수의 대답이 끝난 후부터 끅끅거리며 웃음을 참더니 결국 와하하 하고 웃음을 터뜨렸다. 그러다가 다시 입술을 깨물며 웃음을 참으려고 노력했는데 그럴수록 괴상한 소리가 나서 사람들의 이목이 더 집중되었다. 새롬이 웃음을 멈추지 못하고 추가 질문도 나오지 않자 출판사 직원이 허겁지겁 앞으로 달려 나와 마이크를 잡았다.

"오늘 강연회에 참석해주셔서 감사합니다. 교수님께서 연구 때문에 학교 밖 청년들을 만나고 싶다고 하셔서 특별히 뒤풀이 자리를 마련했습니다. 교수님과 좀 더 이야기를 나누고 싶으신 분들은 앞으로 오셔서 약도를 받아 가시면 됩니다."

직원은 마이크를 내려놓고 가방에서 약도가 그려진 종이 한 묶음을 꺼냈다. 그리고 1인당 만 원의 회비가 있다고 하면서 앞으로 나온 사람들에게 종이를 나눠주었다. 그때까지도 웃고 있던 새롬이 앞으로 나가서 약도를 받는 걸 보고 기현도 받으러 나갔다. 뒤풀이에서 나올 이야기가 궁금하기도 했고, 미친 사람처럼 보이는 여자가 궁금하기도 했다.

인근 치킨집에서 열린 뒤풀이에는 열 명가량이 참석했다. 새롬이 있었고, 새롬을 따라온 기현이 있었고, 비니 쓴 남자도 있었다. 교수는 마치 자기를 모르는 사람들이 모인 자리에 온 것처럼 정식으로 자기소개를 했다. 그리고 청년 세대를 연구하는 중인데 주로 학교에 있다 보니 학교 밖 청년을 만날 기회가 없어서 출판사에 자리를 만들어달라고 부탁했다고 말했다. 딱히 질문이 있는 건 아니니

편하게 이야기 나누자고 했다. 교수의 말이 끝나자 출판사 직원이 우리도 돌아가면서 자기소개를 하자고 했다. 교수의 오른쪽에 앉아 있던 사람부터 이름과 나이, 하는 일과 오늘 강연에 온 이유를 말하기 시작했다. 대부분이 서울의 4년제 대학에 다니는 학생이었다. 겉모습은 다양했는데 스펙은 비슷했다. 기대했던 다양성이 충족되지 않는지 소개가 이어질수록 교수의 얼굴이 심드렁해졌다. 기현은 대학생들이 꼬치꼬치 물어볼 게 귀찮아서 기자라고 하지 않고 스포츠 업계에 종사한다고만 말했다. 새롬은 시민 단체 비슷한 곳에서 일한다고 말했다. 얇고 높은 목소리였다. 그러자 비니 쓴 남자가 새롬에게 물었다. "근데 아까 왜 그렇게 웃으셨어요?"

자리에 있던 모든 사람이 새롬을 쳐다봤다. 교수도 관심을 보였다. 시민 단체 비슷한 곳에서 일한다는 소개를 듣고 진짜 미친 사람일지 모른다는 의심이 커진 기현도 새롬에게 집중했다.

새롬은 주저하지 않고 대답했다. "상황이 좀 웃겼잖아요. 그때 다들 여러분이 희망이라는 말 기대하고 있지 않았어요? 이런 강연 마무리의 정석이잖아요. 근데 교수님이 그걸 아시면서도 답을 안 해주시는 게 너무 웃겨서 저도 모르게." 그리고 새롬이 가운데에 앉은 교수를 보며 장난스럽게 말했다. "교수님, 그냥 우리가 원하는 말 좀 해주시지. 왜 그러셨어요? 그게 뭐라고."

교수의 얼굴이 빨개졌다. 정적이 흘렀다. 이번엔 기현이 웃음을 터뜨리며 정적을 깼다. 교수가 슬며시 자리에서 일어났고, 다시 돌아오지 않았다.

새롬은 대학교수가 속이 좁다고 했다. 회비는 내고 갔냐며 사라진 교수를 놀렸다. 책 내용과 저자의 행동이 다른 건 당연하다며, 책에서라도 맞는 말 하는 게 어디냐고 했다. 자기는 이 책이 마음에 쏙 든다고 하면서 과장된 몸짓으로 책을 껴안기까지 했다. 출판사 직원이 자포자기한 얼굴로 퇴근했고, 교수의 팬이라던 두 명의 대학생도 조용히 사라졌다. 남은 사람들은 바삭한 치킨과 바스러진 교수를 안주 삼아 새벽까지 술을 마셨다.

인천에 살았던 새롬은 그날 기현의 집에서 잤다. 그리고 일어나 인근 식당에서 해장국을 먹으며 그 대학교수가 엄마의 지인이라고 말했다. 엄마가 옛날에 공장에서 일할 때 아르바이트했던 대학생이 책을 냈으니 한번 가보라고 해서 온 거라고 했다. 그때 당시 교수가 썼던 별명이 새날이었는데, 자기 이름이 새롬이 된 것도 그 때문이라고 했다. 기현이 왜 교수에게 말하지 않았냐고 묻자 새롬은 그러려고 했는데 교수가 도망쳤잖아, 하고 크게 웃었다. 그러면서 자기는 지금 협동조합에서 일하고 있는데 이자를 내지 않고 신뢰를 기반으로 돈을 빌려주는 사업을 하는 곳이라고 했다. 5만 원, 10만 원이 없어서 곤란한 상황에 처하는 사람들이 주로 찾는다고 했다. "그러니까 십시일반, 상부상조 같은 걸 하는 데야."

그 말을 들은 기현은 요즘 세상에 그런 곳이 있냐며 감탄했다. 어릴 때 돈이 없어서 서러웠던 에피소드를 늘어놓으며 그때 이런 조합이 있다는 걸 알았다면 정말 좋았겠다고 말했다.

"그때는 없었어. 생긴 지 5년밖에 안 됐어." 그리고 새롬이 물었다. "그러면 너도 조합원으로 가입하는 거지?"

"뭐야? 영업이었어?"

"당연하지. 그게 아니면 내가 뭐하러 처음 보는 사람한테 입 아프게 이런 이야길 하냐? 강연회도 교수님 후원 회원으로 가입시키려고 온 건데."

기현이 흔쾌히 조합에 가입하면서 급격히 친해진 두 사람은 석 달 후 서대문 인근의 다세대주택을 구해 함께 살기 시작했다. 기현에겐 부모님과 같이 살지 않는 첫 집이었고, 새롬에겐 거실이 있는 첫 집이었다.

*

회사에서 기현에게 먼저 인사를 건네는 사람은 1층 안내데스크 직원뿐이었다. 다른 사람들은 기현에게 먼저 인사하지 않았다. 기현이 인사하면 마지못해 받아주거나 못 본 척 무시했다. 2년 차 때 특종을 낸 후로 그렇게 되었다. 신입이 직속 선배에게 보고도 하지 않고 현역 선수를 인터뷰한 게 문제라고 했다. 승부조작을 취재하고 있던 선배 기자의 뒤통수를 친 게 문제라는 사람도 있었다. 편집장과의 관계가 수상하다는 사람도 있었다. 기현은 그런 말들에 일일이 반박하지 않았다. 남초 집단에 들어오면서 각오한 일이었다. 초등학교 야구부에서도 똑같았다. 오빠를 따라온 여자애였을 땐 모두가 은근히 잘해줬다. 무거운 가방을 들어주거나 공 정리를 도와

주었다. 같은 야구부인 걸 강조하며 주말에도 기현을 불러내 같이 놀자고 했다. 기현이 감독의 눈을 반짝이게 하는 유망주가 되자 대놓고 괴롭혔다. 기현의 머리카락을 잡아당기는 것이 야구부의 대표 놀이가 되었다. 기현이 월등해진 후에도 마찬가지였다. 남자애들은 여자애의 실력을 인정하지 않았다. 애들이 머리카락을 잡아당긴다고 기현이 감독에게 이르자 감독은 이참에 머리를 짧게 자르는 게 어떻겠냐고 물었다. 긴 머리가 투구를 방해할 수 있다고 말했다. 기현은 긴 머리를 좋아한다는 이유로 감독의 제안을 거절했다. 하지만 진짜 이유는 남자애들과 비슷해지는 게 싫어서였다. 남자애들과 확실하게 구분되고 싶었다.

괴롭힘 속에서도 야구는 기쁨이었다. 기현은 매일 밤 훈련 일지를 쓰며 자신의 실력을 점검했다. 나아지고 있다는 감각이, 성장을 증명하는 기록이 기현을 황홀하게 했다. 스포츠 기자로 생존하는 방식도 야구부였을 때와 다르지 않았다. 기사를 쓰는 실력이 는다는 감각이, 누군가 읽고 있음을 보여주는 조회수가 기현을 나아가게 했다. 동료의 인정은 길 가다 줍는 동전이었다. 주워도 그만, 줍지 않아도 그만이었다. 10원짜리 동전을 주우려고 허리를 숙이지 않았다. 하지만 권혁오 선수는 동전이 아니라 수표였다. 무릎을 꿇어서라도 주워야 했다. 기현은 틈나는 대로 권혁오 선수의 기록을 살피며 수표의 가치를 가늠해보았다.

권혁오 선수는 데뷔 경기에서 처참히 실패한 후 한동안 방황하다가 그다음 해 하반기부터 계투로 나오기 시작했다. 불안정했다. 어떤 날은 당해 최고 시속이 될 만큼 빠른 공을 던지다가도 어떤 날은 어처구니없이 느린 공을 던졌다. 공 세 개로 삼진을 잡을 때가 있는 가 하면 여덟 개 연속으로 볼을 던질 때도 있었다. 다행히 3년 차부터 안정을 찾아 지금까지 승리를 굳히는 계투 역할을 잘하고 있다.

기현의 의심을 사는 건 볼넷이었다. 승부조작을 하는 투수가 가장 많이 던지는 공이 볼넷이었다. 스트라이크나 삼진은 투수가 마음먹는다고 가능한 게 아니다 보니 브로커에게 가장 쉽게 약속할 수 있는 공이 볼넷인 것이다. 권혁오 선수는 9회에 등판하면 거의 무조건 볼넷을 던졌다. 스트라이크를 못 던지는 스티브 블래스 증후군이라고 하기엔 9회에만 그랬다. 권혁오 선수가 승부조작을 했다고 가정하면, 9회에는 볼넷을 던지기로 약속했다고 볼 수도 있는 기록이었다. 만약 그게 사실이라면 10년 가까이 승부조작을 했다는 말이었다.

그렇다면 이건 엄청난 특종이야. 하지만 정말로 그렇게까지 했을까? 기현은 특종도 좋지만 야구계가 이렇게까지 썩었을 리는 없다고 생각하며 다른 시선으로 권혁오 선수의 기록을 보려고 노력했다. 하지만 완벽했다. 아무리 봐도 볼넷을 던지는 권혁오 선수의 자세가 완벽했다. 세상에 존재하는 모든 야구 코치가 박수를 보낼 모범 답안 같은 폼이었다.

야구는 자세로 하는 거야. 자세가 완벽하면 좋은 공이 나올 수밖에 없어. 저렇게 완벽한 자세로 볼넷을 던진다는 건 말이 안 돼. 일부러 던진 게 분명해.

기현은 권혁오 선수의 볼넷 영상을 수십 번 돌려보면서 그의 승부조작을 확신했다. 하지만 증거가 없었다. 기현은 권혁오 선수에게 수시로 연락해 인터뷰 요청을 하는 동시에 승부조작 브로커를 찾아나서기 시작했다.

*

　브로커를 찾는다는 소문을 낸 지 한 달 정도 지났을 때 모르는 번호로 전화가 왔다. 전화를 건 사람은 승부조작에 대해 아는 게 있다고 했다. 기현은 알아서 퍼지는 소문의 힘에 감탄하며 제보자를 만나러 갔다. 40대 중반의 근육질 남자였다. 청바지에 까만 반팔 티셔츠를 단정하게 입고 있었지만, 다리를 꼬고 앉은 모습이 어딘가 껄렁해 보였다. 그는 정장을 입은 기현을 위아래로 훑어보더니 고개를 까닥이며 인사했다. 파마한 앞머리가 살짝 흔들렸다. 기현은 말없이 명함을 내밀었다. 남자는 기현의 명함을 유심히 살피더니 기현의 눈도 살폈다. 기현도 남자의 눈을 살폈다. 둘 다 의심과 불안이 섞인 눈빛이었다.
　남자가 말했다. "생각보다 사이즈가 클 겁니다." 다소 가벼워 보이는 인상과 달리 목소리는 묵직했다. "상사가 김형호 편집장이죠?"
　"네. 저희 편집장님을 아세요?" 기현이 태연한 척하며 대꾸했다.
　"조금은. 전에 쓰던 명함이에요."

남자가 말을 잇지 않고 갈색 명품 지갑에서 명함을 꺼내 내밀었다. 명함에는 일신유통 이사 고지철이라고 적혀 있었다. 기현은 그가 편집장을 어떻게 아는지 궁금했지만 먼저 묻지는 않았다. 괜한 질문으로 대화의 흐름을 깨지 말자고 생각하며 남자의 제보를 기다렸다.

남자가 단도직입적으로 말했다. "아직 어려 보이는데 돈 좀 있어요?"

돈 이야기부터 하는 사람이었다. 그 말에 기현의 기대치가 높아졌다. 기현의 엄마는 차라리 그런 사람, 돈 이야기부터 하는 사람이 믿을 만하다고 했다. 장사하면서 온갖 사람을 다 만나봤는데 돈 떼먹는 사람은 고향이 같다고 살갑게 굴거나 자식 사진을 보여주며 허물없이 다가온 사람이었다고 했다. 돈 이야기부터 하는 깍쟁이는 적어도 사기는 치지 않는다고 했다. 그리고 없어도 있는 척하는 게 좋을 때가 있다는 말도 했다. 물건값을 치를 돈 한 푼 없어도 아쉬운 소리 하며 사정하는 것보다는 내일 당장 큰돈이 들어올 것처럼 허세를 부리는 게 먹힌다고 했다. 상대가 허세에 속아 넘어가서가 아니라 허세를 부릴 정도의 여유는 있단 사실에 본능적으로 안심하기 때문이라고 했다.

기현아 돈이든 여유든 뭐든 있는 게 중요하다.

기현아 세상은 자신만만한 사람을 유리한 곳으로 데려간다.

기현은 한탄이 섞여 있던 엄마의 가르침을 떠올리며 자신만만하게 말했다. "돈은 얼마든지 있어요."

그러자 남자가 의외라는 듯이 되물었다. "얼마나 있는데요?"

기자가 된 후로 꼭 필요한 생활비를 제외한 월급 대부분을 저축했지만, 독립하면서 적금을 깬 데다 얼마 전에 평생 쓸 가구라고 새롬을 설득해 거실 테이블과 의자를 맞추는 바람에 당장 가용할 수 있는 돈이 300만 원밖에 없었다. 얼마를 말해야 할까. 기현은 고민하면서 남자의 얼굴을 살폈다. 남자의 얼굴엔 절박함이 없었다. 여차하면 뒤도 돌아보지 않고 자리를 뜰 것 같은, 기대 없이 담백한 얼굴이었다. 그래서 기현은 제보 내용이 괜찮으면 회사에 요청해야겠다고 생각하고 액수를 부풀려서 말했다. 일단은 어떤 정보인지 아는 게 중요했다.

"1000만 원 정도는 당장이라도요."

기현의 말을 듣고도 남자의 표정에는 변화가 없었다.

잠시 후에 남자가 말했다. "기자 중에서는 최고 금액이네요."

"뭐야. 다른 기자한테도 말한 정보예요? 그럼 이야기가 달라지죠." 기현이 실망해서 팔짱을 끼며 말했다.

그러자 남자는 걱정하지 말라는 듯 손사래를 치며 말했다. "당신 상사는 50만 원이었어요. 이게 50만 원 받고 넘길 정보는 아니죠."

기현은 깜짝 놀라 소리치듯 말했다. "저희 편집장님도 만났어요?"

남자는 부산에서 주류 유통을 하던 사람이었다. 그가 거래하던 룸살롱 중 하나가 야구 원정팀이 묵는 호텔 인근에 있었는데, 100조원에 달하는 불법 스포츠 도박 업계에서도 세 손가락 안에 꼽힐 정도로 큰 도박 사이트에서 운영하는 곳이었다. 전국에 지점이 50개 이상 있고, 웬만한 기업보다 직원이 많은 거대 조직이었다. 그곳의 상무가 남자를 마음에 들어 해서 하던 일을 그만두고 지배인으로 일하게 되었다고 한다. 지배인은 남자 말고도 여러 명 있었는데 손님을 스포츠 도박에 끌어들이거나 야구선수를 승부조작에 가담시키는 것이 그들의 임무였다. 임무 수행 방법은 생각보다 간단했다. 경기를 마치고 룸살롱에 놀러 온 선수에게 팬이라고 접근해 사인을 받고, 술과 여자를 제공하고, 은퇴한 뒤에도 언제든 VIP로 모시겠다고 하면서 아는 형님이 되는 것이 첫 번째였다. 선수가 무한한 호의를 베푸는 형님에게 마음의 문을 열고 먼저 연락하기 시작하면 장난처럼 가볍게 승부조작을 제안하는 것이 두 번째였다. 제안을 들은 것만으로도 죄를 지은 것처럼 펄쩍 뛰는 선수에겐 농담이었다고 얼버무리고, 솔깃해 하는 선수에겐 구체적인 보상액을 제시하는 것이 세 번째였다. 선수가 가벼운 조작에라도 응하면 그다음은 일사천리라고 했다. 브로커인 직원이 승부조작에 가담한 증거를 확보해두었다가, 선수가 발을 빼려고 하면 폭로하겠다고 협박해 조작을 계속하게 한다고 했다. 그래서 2군이 되어 어쩔 수 없이 승부조작을 못 하게 된 선수는 있어도 자기 의지로 승부조작을 그만둔 선수는 한 명도 없다고 했다. 제안을 받고 펄쩍 뛰던 선수들도 입지가 불안해지면 먼저 조작을 제안해온다고 했다. 자기는 브로커가 아니라 지배인이었기 때문에 선수들의 승부조작이 정확히 어느 정도 규모인지는 모르겠지만, 부산에서 경기가 있을 때마다 팀당 두세 명은 꾸준히 룸살롱을 드나들었기 때문에 한두 선수의 일탈이 아닌 건 확실하다고 했다.

남자의 말을 다 들은 기현은 이런 사실을 왜 알리는 거냐고 물었다. 남자는 거기서 일하다 보니 자기도 자연스럽게 도박을 하게 되었는데 한번은 A급 투수가 참여한다는 소식을 듣고 사채까지 써서 베팅했다가 큰 빚을 져서 지금은 쫓겨 다니는 신세라고 했다. 그리고 만남의 목적을 말했다. 자기에게 두 명의 브로커가 룸살롱에 놀러 온 야구선수들에게 어떤 조작을 시킬지 의논하는 녹음 파일이 있는데 그걸 사라고 했다. 같이 있다가 베팅에 사용할 목적으로 녹음해둔 것이라고 했다. 파일에 등장한 세 명의 투수에게 접근해 여러 차례 돈을 받아냈지만, 그 돈으로는 하루가 멀다 하고 늘어나는 사채 이자를 갚기에도 부족하다고 했다. 남자는 선수들을 협박한 게 들켜서 룸살롱에서 쫓겨난 상태였다. 그래서 언론에라도 팔아보려고 서울까지 왔는데 처음엔 솔깃하던 기자들이 회사와 의논만 하고 오면 파일을 사지 않았다고 했다. 남자는 승부조작 카르텔의 규모가 생각보다 큰 것 같다며, 언론사도 포섭된 게 확실하다고 말했다.

"그럼 우리 편집장도 그 카르텔에 들어 있다는 말이에요?" 기현이 물었다.

남자가 답했다. "저야 모르죠. 직접적으로 가담했는지 더 윗선의 결정이었는지는. 아무튼 김형호 편집장은 안 샀어요. 그쪽 편집장 말고도 신문별로 한두 사람씩은 접촉해봤는데 아무도 안 샀어요.

그래서 포기하고 내려가려는데 어떤 여자가 승부조작 취재에 혈안이 되어 있다는 소문을 듣고 연락한 거예요."

남자는 그러면서 휴대폰을 꺼내 녹음 파일의 앞부분을 살짝 들려주었다. 익숙한 투수들의 이름이 대화에 언급되고 있었다.

기현은 이 녹음 파일과 남자가 한 말이 무엇을 의미하는지 천천히 생각해보았다. 다르게 판단할 여지는 없었다. 그건 스포츠계와 언론, 도박 업체가 힘을 합쳐 사기를 치고 있다는 말이었다. 그나마 합리적인 사람이라고 생각했던 편집장도 한통속이란 말이었다.

어떻게 해야 하나. 어떻게 해야 하나. 평소 성격대로라면 당장 파일을 사서 특종으로 내보냈을 텐데 회사와 편집장이 걸려 있어서 판단을 내리기가 까다로웠다. 무엇을 얻고 무엇을 잃게 될까? 기현은 그 어느 때보다 신중하게 생각했다.

남자는 처음엔 팔짱을 끼고 여유를 부리며 기현의 결정을 기다렸다. 하지만 기현이 20분이 넘도록 결정을 내리지 않자 남자의 얼굴에 살짝 절박함이 돌기 시작했다. 30분이 넘어가자 남자가 참지 못하고 손등으로 테이블을 두드리며 말했다. "500만 원만 주면 당장 보내줄게요."

7. 일부러 던지는 공

타이푼의 선발 투수 김진만이 던진 공이 타자의 뒤쪽 허벅지를 맞추었다. 공에 맞은 타자가 절뚝거리며 1루로 걸어갔다. 5 대 1로 지고 있는 상황에서 무사 1, 2루가 되자 타이푼 감독이 투수 교체 사인을 보냈다. 김진만은 쓴웃음을 지으며 마운드에서 내려왔다.

"그렇게까지 할 필요는 없었잖아요?" 혁오가 벤치로 들어온 김진만에게 말했다.

그러자 김진만이 손으로 혁오의 어깨를 밀치며 말했다. "내가 일부러 그랬단 거야?"

혁오가 김진만의 멱살을 잡으려고 하자 옆에 있던 선수들이 재빨리 몰려들어 둘을 떼어놓았다.

김진만은 재수 없다는 듯 밀쳤던 손을 허벅지에 닦으며 말했다. "미쳐도 정도껏 미쳐야지. 누구한테 지랄이야."

분을 가라앉히지 못한 혁오가 라커룸으로 들어갔다. 라커룸에서 의자 쓰러지는 소리가 요란하게 났다. 발로 문을 차는 소리도 들렸다. 타이푼 선수들은 그 소리를 못 들은 척했다.

혁오는 의도적으로 몸에 맞추는 볼이나 타자의 머리를 향해 던지는 빈볼이 나오면 발작적인 반응을 보였다. 계투로 복귀했을 때부터 그랬다. 한번은 타자가 머리 쪽으로 날아오는 공을 피하려다가 뒤로 넘어진 적 있었다. 경기 내내 제구력이 좋지 않던 투수의 실투였다. 위험하긴 했지만 타자가 금방 일어나서 경기를 계속하려는데, 벤치에 앉아 있던 혁오가 갑자기 마운드로 뛰어올라가 투수의 멱살을 잡았다. 멱살을 잡힌 투수와 넘어졌던 타자, 양 팀 코치진을 포함한 모든 사람이 당황했다. 경기를 지켜보던 관중과 시청자도 당황했다. 빈볼이 나오면 타자 쪽 선수들이 항의의 의미로 그라운드에 나오는 일은 종종 있었다. 한 명이라도 나가면 양 팀의 모든 선수가 다 나와서 싸움에 동참하거나 싸움을 말려야 한다는 관례도 있었다. 그런데 혁오가 투수의 멱살을 잡았을 땐 어떤 선수도 나오지 않았다. 모두 어쩔 줄 몰라 하며 벤치에 앉아 있었다. 빈볼을 던진 투수가 혁오와 같은 팀 선수였기 때문이다.

혁오의 심리적인 문제가 말끔히 해결되지 않아 일어난 해프닝이라는 투수 코치의 인터뷰에도 불구하고 이 사건은 야구 커뮤니티에서 오랫동안 회자되었다. 혁오에게 멱살을 잡히고 황당해하는 투수의 표정이 캡처되어 인터넷을 떠돌았다. 그 사건 이후로 혁오의 팀 동료들은 빈볼이 나오면 심판보다 혁오를 먼저 쳐다봤다. 뛰쳐나가려는 혁오를 잡은 적도 여러 번 있었다. 시간이 지나면서 혁오의 발작적인 반응은 수그러들었지만, 혁오는 여전히 빈볼을 못 견뎌 했다.

진만 선배는 분명히 일부러 맞춘 거야. 현성이가 3점 홈런으로 자기 승리 투수 요건을 날린 게 괘씸해서 머리로 던진 거야. 의도를 숨기려는 노력도 하지 않은 뻔뻔한 공이었어.

혁오는 생수를 마시며 김진만의 고의를 확신했다.

진만은 시즌 초반부터 유난히 승수에 집착했다. 선발이 예정된 날이면 후배 계투 한 명을 불러와 자신의 승수를 물었다. "3승입니다." "4승입니다." "6승입니다." 후배가 진만의 승수를 말하면 진만은 검지로 후배의 이마를 톡톡 건드리며 말했다. "그러니까 후배님. 뒤를 잘 부탁드립니다." 선발 투수인 자신이 쌓아놓은 공든 탑을 무너뜨리지 말라는 경고였다. 선배인 김진만이 그럴 때마다 혁오는 눈살을 찌푸렸다. 내년 FA에서 대박을 터뜨리고 싶은 욕심은 이해하지만, 계투를 자기 뒤처리하는 사람처럼 취급하는 꼴은 눈 뜨고 보기 힘들었다.

진짜 승부는 자기 자신과 하는 것이다. 타석에 서 있는 타자가 자기라고 생각해라. 그러면 빈볼은 자기 자신에게 위협을 가하는 멍청한 짓이 된다. 또 그렇게 생각하면 타자를 아웃시켰을 때도 자기가 아웃된 것이니 기뻐할 일이 아니게 된다. 안타나 홈런을 맞았을 때도 마찬가지다. 맞았다고 분해할 필요가 없다. 타석에 서 있는 자신이 쳤다고 생각하면 된다. 한쪽의 내가 이기면 다른 쪽의 내가 진다. 그러니 과하게 괴로워하지 말고 과하게 기뻐하지도 마. 야구는 야구일 뿐이야. 야구의 승패가 인생의 성패는 아니야.

혁오가 이런 조언을 늘어놓으면 어떤 후배는 고개를 끄덕였고, 어떤 후배는 이해하지 못해 어리둥절한 표정을 지었다. 그런 후배에겐 한 가지만 당부했다. "이겼다는 생각에 기쁨이 주체되지 않을 때는 상대의 눈을 쳐다보지 마."

이날 경기는 결국 졌다. 김진만을 이어 올라간 계투들이 줄줄이 실점하면서 10 대 3으로 크게 패했다. 3연패였다. 시즌 내내 상위권을 유지하던 타이푼은 7월 들어 갑자기 승률이 떨어지면서 5위가 되었다. 한국시리즈는커녕 포스트시즌 진출도 장담할 수 없는 순위였다. 호텔로 돌아가는 버스 안이 조용했다. 야구의 승패가 인생의 성패는 아니라고 말은 했지만, 평생 야구만 하며 살아온 선수들에게 경기 결과가 아무것도 아닐 순 없다는 건 혁오도 알고 있었다. 휘둘리지 않으려고 노력할 뿐 승패의 영향력 아래 있는 건 자신도 마찬가지였다.

버스 창밖으로 가로등 불빛이 일렁였다. 밤의 인천. 인천에서 셀 수 없이 많은 밤을 보냈지만, 안다고 말할 수 있는 도시는 아니었다. 경기장과 호텔, 호텔 주변의 술집과 식당만 오갔을 뿐 인천이 어떤 풍경과 어떤 소음을 가진 도시인지는 몰랐다. 혁오는 흘러가는 간판을 보며 인천을 여행해보고 싶다는 생각을 했다. 나중에 은퇴하면 원정 경기 갔던 도시를 차례로 여행하는 것도 재밌을 것 같았다. 오토바이를 한 대 사서 전국 일주를 할까? 몸을 막 써 볼까?

지금까진 몸이 재산이라 과일 깎는 것도 조심하며 살았다. 은퇴해서 그럴 필요가 없어지면 거대한 쇳덩이와 하나가 되어 끝까지 달려보고 싶다는 생각이 들었다. 땅끝에 도착하면 멈추지 않고 액셀을 밟아 오토바이를 탄 채로 바다로 뛰어드는 상상도 했다. 차가운 바닷물이 몸에 닿으면 손잡이를 놓아야 해. 그래야 살 수 있어. 혁오는 오토바이를 버리고 바다를 헤엄쳐 나오는 장면을 상상했다. 오토바이는 홀로 바닷속을 달렸다.

혁오는 이런 식으로 은퇴 후의 삶에 대해 자주 생각했다. 추운 나라를 여행하는 것도 은퇴 후 계획 중 하나였다. 지금까지 가본 외국은 전지훈련으로 갔던 오키나와와 하와이가 전부였다. 그러다 보니 외국은 늘 더운 느낌이었다. 추운 나라는 어떤 느낌일까? 혁오는 유튜브로 핀란드, 아이슬란드, 몽골, 러시아 같은 추운 나라의 영상을 보며 감기에 걸릴 때까지 실컷 돌아다니는 상상을 했다. 그렇게 돌아다니다가 동상에 걸리면 까짓거 은퇴했는데 무슨 상관이야 하면서 호탕하게 웃어보고 싶기도 했다. 새로운 일을 배우는 상상도 자주 했다. 요리를 배워 식당을 차리거나 자동차 정비를 배워 한적한 동네에 작은 정비소를 차리는 상상도. 가장 현실적인 상상은 아버지에게 목공을 배워 제주도 바닷가에 집을 짓고 서핑하며 사는 것이었다. 파도가 오길 기다리며 힐끔힐끔 뒤돌아보는 삶.

그 모든 상상 속에서 혁오는 혼자였다. 실생활에서도 혼자였다. 자기만의 방식으로 야구를 하게 된 후로는 사람들과 거의 어울리지 않았다. 동료들이 기뻐하고 실망하는 박자와 혁오가 기뻐하고 실망하는 박자가 달랐다. 같은 경기를 해도 다른 리듬 안에 있었다. 대화에 굶주려 있으면서도 누군가 대화를 청하면 진심을 말할 수 없어서 부담스러웠다. 이따금 연애는 했다. 하지만 상대의 기대를 채워주지 못하는 게 미안해 늘 두 달을 넘기지 못하고 헤어졌다. 단체 회식을 제외하면 모임에도 거의 가지 않았고, 휴대폰은 유튜브를 보는 용도였다. 요즘엔 며칠에 한 번씩 전화나 문자가 와서 제 기능을 찾았는데, 연락하는 사람은 모두 이기현 기자였다.

권혁오 선수. 안녕하세요. 아홉 번째 문자네요. 꼭 확인할 일이 있어서 만나자는 겁니다. 시간과 장소는 다 맞춰드릴 수 있습니다. 잠깐이면 돼요. 포기할 생각은 없습니다. 문자 확인하시면 답장 부탁드려요. 전화해주시면 더 좋고요. 이기현.

벌써 한 달째 오는 연락이었다. 인터뷰 요청을 거절했더니 그러면 그냥 한 번만 만나자며 끈질기게 연락해왔다. 검색해보니 작년에 김승일 사건을 터뜨린 기자였다. 그 일에 연루되는 바람에 치렀던 곤욕을 생각하면 당장 만나 따지고 싶은 마음도 있었다. 하지만 엄밀히 따지면 그건 기자의 잘못이 아니었다. 술김에 일부러 볼을 던진 적 있다고 말해버린 자신의 잘못이었다.

8. 불펜의 시간 1

　오전 6시 30분. 준삼은 마스크를 쓰고 집을 나섰다. 좌우로 한강이 펼쳐진 서강대교에 들어섰다. 미세먼지 때문에 시야는 막혀 있었다. 아침 태양을 반사하며 이곳이 여의도임을 알려주던 63빌딩은 아예 형체가 보이지 않았고, 다른 빌딩들도 뿌연 먼지에 싸여 고유의 형태와 색을 잃었다. 국회의사당 지붕만 푸르스름함을 유지하고 있었다. 준삼은 바닥을 보며 걸었다. 곧 재앙이 닥친다 해도 하나도 이상하지 않은 정면의 풍경은 외면하고, 시멘트로 만들어진 다리와 그 아래 있는 밤섬을 응시하며 걸었다.

　밤섬은 한때 수백 명이 살던 거주지였다. 1960년대 후반에 여의도 개발에 사용할 돌을 채취하고 한강 흐름을 좋게 한다는 명목으로 사람들을 몰아내고 폭파시켰는데, 강의 퇴적물이 쌓이면서 다시 섬이 되었다. 신문 기사로 그 사실을 알게 된 후부터 준삼은 밤섬을 볼 때마다 사람들이 거기서 밥 먹고 빨래하며 생활하는 모습이나 섬 전체가 폭파되는 순간의 광경을 상상하곤 했다. 때로는 두 상상이 동시에 진행되어 거주민의 시체가 한강을 둥둥 떠다녔다. 그러면 재빨리 머리를 흔들어 두 개의 상상을 분리했다.

지금의 밤섬은 사람의 출입이 제한된 철새 도래지다. 한 번도 가지치기를 당하지 않은 버드나무와 억새 군락과 이름 모를 잡초가 뒤엉켜 있는 섬. 준삼은 축축하고 음습한 곳을 좋아하는 생명체가 그 안에 우글우글할 거라고 생각했다. 속으론 꿈틀거리는 온갖 것들을 품고 있으면서 겉으론 청량한 나뭇잎을 나풀거리는 거대한 초록 덩어리.

밤섬을 지날 즈음이면 아버지에게서 문자가 왔다. 주로 노력은 배신하지 않는다는 자기계발류의 명언이나 성공한 사람의 인터뷰 기사 링크였다. 준삼은 아버지가 보내는 문자 내용에 감흥을 느끼지 못했다. 매일 6시에 일어나 신문을 보고 아들에게 문자를 보내는 아버지의 성실함에는 감복했다. 오늘 도착한 문자는 성공한 사람의 습관에 관한 내용이었다.

일찍 일어나라.
바람이 불지 않으면 노를 저어라.
낭비한 시간에 대한 후회는 더 큰 시간 낭비다.
한 번의 홈런이 두 번의 2루타보다 낫다.

인터넷에 떠도는 글을 복사한 것 같았다. 그 뒤엔 아버지의 말이 덧붙어 있었다.

아들 준삼아 마지막 말은 스티브 잡스가 한 말이다. 너도 스티브 잡스 같은 훌륭한 홈런 타자가 되길 바란다. 오늘 하루도 승리해라.

문자를 본 준삼은 한숨을 내쉬며 중얼거렸다. "아버지 저는 홈런 타자가 아니에요."

사무실에 도착하니 7시였다. 준삼은 2년 전 주임으로 승진하면서 출근 시간을 30분 앞당겼다. 전보다 더 열심히 한다는 걸 보여주고 싶었는데, 겉으로 티가 나는 열심은 출근 시간을 앞당기는 것뿐이었다. 규정된 출근 시간은 8시였다. 하지만 그때 출근하는 사람은 아무도 없었다. 7시 30분이면 모두 자리에 앉아 있었다. 퇴근 시간도 규정은 5시였지만, 대부분 빠르면 7시, 늦으면 11시에 퇴근했다. 일이 많아서 어쩔 수 없었다.

이른 출근과 잦은 야근으로 잠 잘 시간이 부족해지자 준삼은 얼마 전 대학 때부터 살던 동네를 떠나 회사와 가까운 광흥창으로 이사 왔다. 덕분에 한 시간을 더 잘 수 있었다. 그래도 부족한 잠은 주말에 채웠다. 토요일은 종일 잤고, 일요일도 비몽사몽으로 지냈다. 운동은 하지 않았다. 본사에 오기 전까지만 해도 틈틈이 수영이나 조깅을 해서 몸이 제법 탄탄했었는데, 본사 생활 1년 만에 턱의 윤 곽을 잃었다.

준삼이 기대한 회사 생활은 이런 게 아니었다. 잠잘 시간이 부족하고 운동할 시간은 없을 거란 건 예상했다. 하지만 자료를 정리하고 만들고 배포하는 단순 업무와 대리님이나 과장님이 지시하는 심부름 같은 자잘한 업무로 6년을 보낼 거라는 예상은 하지 못했다. 모든 주임의 일이 이런 건 아니었다. 자기 이름을 걸고 자기 영역이 분명한 업무를 하는 주임도 있었다. 그런 사람은 실적이 좋으면 준삼의 연봉보다 많은 상여금을 받았고 다른 회사의 스카우트 제의를 받기도 했다. 그들에겐 한 방이 있었다. 사업 보조 성격이 강한 부서의 막내인 준삼에겐 한 방을 노릴 기회조차 없었다.

준삼의 본사 동기들은 매달 셋째 주 수요일에 함께 점심을 먹었다. 62명이던 입사 동기 중 40명 정도가 아직 회사에 다니고 있었는데 그중 절반 정도가 서울 본사에 근무했다. 적지 않은 인원이었지만 각기 다른 부서에 근무하고 있어서 이야기할 기회가 거의 없었다. 회사에서 개인 메신저는 사용할 수 없었고, 사내 메신저는 윗선에서 살펴본다는 소문이 있어서 온라인으로 소통하기도 어려웠다. 발령장을 받을 때 회장님에게 먼저 악수를 청해 당돌한 신입으로 유명했던 현욱이 정기 모임을 제안했고, 다들 동의해 한 달에 한 번씩 모여 같이 점심을 먹게 되었다.

준삼은 로비에서 동기들을 기다리며 혁오의 경기 영상을 보았다. 최근 들어 혁오는 기록이 들쑥날쑥했다. 6월까지만 해도 2이닝은 거뜬히 소화했는데 요즘엔 1이닝도 채우지 못하고 내려가는 일이 잦았다. 며칠 전에도 연달아 볼넷을 허용하고 강판당했다. 야구 팬들은 그런 혁오를 쿠크다스라고 불렀다. 쿠크다스 과자처럼 쉽게 부서지는 멘탈을 가졌다는 의미였다. 혁오의 중학교 시절 별명은 시몬스였다. 바로 옆에 볼링공을 떨어뜨려도 세워둔 핀이 그대로인 걸 보여주는 광고로 유명한 침대 이름이었는데, 혁오가 선두 타자에게 홈런을 맞고도 태연하게 경기를 이어나가자 감독이 붙여준 별명이었다. "흔들리지 않는 편안함이란 바로 이런 거야." 그래서 준삼은 쿠크다스라는 혁오의 별명을 들을 때마다 과자로 만든 침대를 떠올렸다. 시몬스가 어쩌다 쿠크다스가 되었을까? 이토록 완벽한 자세를 가진 투수의 약점이 제구력이란 사실도 의아했다. 깊게 생각하진 않았다. 합리적인 일은 드물다. 6년 동안 회사에 다니며 준삼이 깨달은 사실 중 하나였다. 준삼은 오늘 점심에도 비합리적인 임무를 수행해야 했다.

"야구 봐?" 동기 대표인 현욱이 준삼의 휴대폰을 들여다보며 말했다.

"어, 왔어?"

준삼은 휴대폰을 끄고 이어폰을 뺐다.

"은석이랑 은희 씨도 나온다고 했다며? 너도 너희 부장한테 얘기 들었지?" 현욱이 물었다.

준삼은 고개를 끄덕이며 말했다. "응. 은석이는 바로 나온다고 했고, 은희 씨는 고민하길래 할 얘기 있으니까 나와달라고 부탁했어."

"할 이야기 있다고 말했어? 에이 그런 뉘앙스를 깔아버리면 자연

131

스럽게 말 꺼내기가 어렵잖아."

현욱이 못마땅하단 표정으로 준삼을 봤다. 그 표정을 보고 준삼은 자기보다 현욱이 이 일에 더 큰 책임감을 느끼고 있단 걸 알아차렸다. 어쩌면 자기가 나서지 않아도 현욱이 알아서 처리할 수도 있겠단 기대가 생겼다.

그런 준삼의 속마음을 읽기라도 했는지 현욱이 표정을 바꾸고 말했다. "그럼 네가 일단 말을 꺼내놨으니까 이야기를 시작해. 상황 봐서 내가 거들게."

싫다고 할 이유가 생각나지 않아 준삼이 머뭇거리고 있는 사이에 다른 동기들이 도착했다. 현욱이 작지만 다부진 몸을 일으켜 그들에게 걸어갔다. 준삼도 뒤따라 걸었다.

국회도서관 맞은편에 있는 중국집에 모인 동기는 모두 9명이었다. 현욱은 준삼을 부르며 자기 옆에 앉으라고 했다. 현욱의 맞은편엔 1년 만에 동기 모임에 나온 은희와 은석이 나란히 앉아 있었다. 양장피와 난자완스가 나오고, 자장면과 짬뽕, 잡채밥 등이 이어서 나왔다. 두 개의 테이블에 나눠 앉은 동기들은 시시콜콜한 근황을 이야기하며 배를 채웠다. 준삼도 삼선짬뽕으로 배를 채우고 국물을 마시는데 현욱이 발로 준삼의 다리를 쳤다. 이야기를 꺼내라는 신호였다. 그 바람에 목에 짬뽕 국물이 걸린 준삼은 켁켁거리며 알았다는 눈짓을 했다. 하지만 준삼이 물을 석 잔 연거푸 마시며 한참 동안 켁켁거리자 답답했는지 현욱이 먼저 은희와 은석에게 말을 건넸다.

"요즘 영업부 분위기는 어때? 일할 만하냐?"

"똑같지 뭐. 늘 허겁지겁." 양장피를 먹으며 은석이 말했다.

현욱도 양장피가 담긴 접시에 젓가락을 갖다 대며 말했다. "다른 부서는 구조조정 이야기로 뒤숭숭한데 영업부는 그런 거 없어?"

구조조정이라는 단어가 나오자 그 자리에 있던 모두가 귀를 세웠고, 질문을 받은 은석은 옆에 앉은 은희를 쳐다봤다. 은희는 아직도 킥킥거리고 있는 준삼을 쳐다봤다.

"똑같지 뭐. 영업부라고 예외는 아니니까. 근데 정신없이 바빠서 그런 이야기할 시간이 없어." 은석이 오징어를 씹으며 담담하게 말했다.

은희는 준삼을 쳐다보며 날카롭게 말했다. "준삼 씨, 오늘 우리한테 할 이야기 있다고 하지 않았어요?"

준삼은 물을 마시며 고개를 끄덕였다. 현욱이 다시 한번 준삼의 다리를 쳤다. 제대로 말하라는 신호였다. 8명의 동기가 모두 준삼의 입을 쳐다보았다.

준삼은 겨우 목을 가다듬고 오늘 아침에 부장이 지시한 이야기를 꺼냈다. "요즘 회사에 구조조정 이야기가 많이 나오잖아요. 진짜 한다고 하더라고요. 금융위기 때 했던 것처럼 대규모로 한다고 들었어요. 그런데 솔직히 말해서 우리 회사가 사람을 자를 만큼 큰 폭으로 실적이 하락하진 않았잖아요."

준삼의 말에 현욱과 몇몇 동기가 고개를 끄덕였다. 은석과 은희의 고개는 조금도 움직이지 않았다.

준삼은 부장이 했던 말을 복기하며 말을 이었다. "그런데도 구조조정을 하는 이유는 노조 때문이라고 하더라고요. 크지 않은 회사에 노조가 두 개나 있고, 노사 갈등이 많은 회사로 찍혀서 회사가 어려운 거라고요. 경영진에선 구조조정보다는 제1노조와 제2노조가 합치는 걸 더 원하나 봐요. 노조가 합쳐지면 굳이 구조조정을 할 필요가 없다고……."

노조라는 단어가 나옴과 동시에 표정이 굳은 은희가 냉랭한 목소리로 준삼의 말을 끊었다. "준삼 씨는 그런 정보를 어디서 들었어요?"

준삼은 사실대로 말해도 될지 판단이 서지 않아 목이 따가운 척하며 켁켁거리다가 두루뭉술하게 답했다. "여기저기서 들었어요."

그러자 은희가 거기 있는 동기들을 천천히 훑어봤다. 은희와 은석을 제외하곤 모두 제2노조 소속이었다.

"준삼 씨, 그게 오늘 할 이야기였어요? 그래서 핵심이 뭐예요?" 은희가 날카롭게 물었다. 준삼은 또 켁켁거리며 물을 마셨다. 그리고 제2노조로 넘어오는 게 어려우면 제1노조 탈퇴라도 하는 게 어떻겠냐고 말하려는데, 이번에도 현욱이 참지 못하고 먼저 말했다.

"은희 씨는 그걸 몰라서 물어요? 제1노조는 이제 몇 명 되지도 않잖아요. 다시 잘될 가능성도 없다고요. 그런데도 계속 제2노조를 문제 삼고 고소하고 그러니까 구조조정까지 가게 된 거잖아요. 솔직히 작년에도 그거 가지고 은희 씨가 진석이랑 싸우는 바람에 동기모임도 거의 파탄 났고."

그러자 은희가 일어나며 떨리는 목소리로 말했다. "나한테 노조에 가입하라고 한 사람이 누구였죠? 내가 가입하기 싫다고 하니까 우리가 노조에 가입해서 힘을 모아야 한다고 설득할 땐 언제고, 2노조가 커지니까 이제는 거기로 넘어오라고 하는 거예요? 그게 뭐예요? 창피하지도 않아요?"

은희에게 노조 가입을 권유했던 현욱이 뻘게진 얼굴로 소리쳤다. "그게 어때서? 우리 같은 말단이 힘이 있어? 위에서 시키는 대로 하는 거지. 씨발. 혼자 잘났어."

현욱의 입에서 욕이 나오는 순간 은희는 작년처럼 뒤도 돌아보지 않고 중국집을 나갔다.

은석이 안타깝다는 듯 말했다. "너네도 참 딱하다. 1노조 없어지면 구조조정 안 할 것 같아? 그러면 회사는 더 미친 듯이 날뛸 거야. 순진한 거야, 멍청한 거야? 그리고 아무리 위에서 시킨다 해도 이러는 건 좀 아니지 않냐? 애들도 아니고."

은석은 준삼을 한참 노려본 후 중국집에서 나갔다. 그러자 짬뽕 국물에 적셔진 매콤한 지푸라기가 준삼의 목 안에서 엄청난 속도로 부풀어 올랐다.

모두 똑같은 주황색 운동복을 입고 똑같은 일과를 보내던 연수원에선 아무도 예상하지 못한 상황이었다. 초등학교에 입학한 아이 취급을 받으며 인사 예절을 배우고, 체조하고, 구호를 외칠 땐 서로 조금 부끄러워했고, 창업주의 생애를 마치 교과서에 나오는 위인처럼 웅장하게 표현한 영상을 보고 박수를 칠 땐 서로 조금 머쓱해했지만, 자기소개서를 쓰는 취준생이 아니라 명함을 내미는 회사원이 되었다는 기쁨에 서로를 진심으로 응원했다. 그런데 어쩌다가 이렇게 되었을까.

연수원 생활을 마치고 준삼이 수원 지점으로 처음 출근한 날이었다. 인사를 마치고 자리에 앉아 업무를 익히고 있을 때 누군가 다급하게 소리쳤다. "지진 났어요." 지점에 있던 모든 직원이 일제히 포털 사이트를 클릭했다. 단신 속보로 전해지던 지진 소식은 곧 대형 재난 소식으로 바뀌었고, 엄청난 피해가 예상된다는 보도가 잇따랐다. 주식 차트는 즉각적으로 반응했다. 몇 시간 전까지만 해도 상한가였던 주식이 모두 하한가를 표시했다. 모니터가 파랗게 질려 있었다. 오전까지만 해도 프로처럼 보이던 선배들이 오후 내내 허둥지둥하며 긴급 상황에 대처했다. 준삼은 뭐라도 도울 게 있을까 해서 선배들 주변을 서성였지만, 누구도 신입사원이 말 붙일 틈을 주지 않았다. 장이 끝나고 나서야 지점장이 준삼에게 다가와 말했다. "첫 출근한 날의 시황이 그 사람 회사 생활이라는데, 준삼 씨는 앞으로 고생 좀 하겠어."

그래서 이렇게 되었나.

후식으로 커피 마시러 가자는 동기들을 뒤로하고 준삼은 회사로 향했다. 회색 건물 사이에 있는 붉은색 빌딩. 그게 준삼이 다니는 회사였다. 취미로 그림을 그리던 창업주가 호황을 기원하며 직접 만든 색이라고 했다. 붉은색이 점점 선명해지자 준삼은 호흡이 가빠졌다. 부장님에겐 뭐라고 하지? 박 부장의 못마땅해하는 시선이 벌써 느껴졌다. 은희 씨와 은석의 경멸 어린 시선도 느껴졌다. 속이 울렁거리면서 식은땀이 흘렀다. 준삼은 로비로 들어가려다 말고 건물 구석으로 달려가 허리를 숙이고 속에 있는 걸 토했다. 한 번, 두 번, 세 번. 아무것도 나오지 않을 때까지 계속 토했다. 준삼의 토사물이 붉은 벽을 타고 아래로 흘렀다.

준삼은 편의점으로 가 생수를 사서 입안을 헹구며 생각했다. 어디서부터 잘못된 걸까? 그리고 토사물이 묻어 있는 벽에 생수를 부으며 또 생각했다. 정말 어디서부터 잘못된 걸까?

차가운 생수가 뜨뜻미지근한 토사물을 몰고 배수로로 내려갔다. 벽이 한층 더 붉어졌다.

9. 불펜의 시간 2

"썸띵 뉴, 잠깐만 나와봐." 기현이 방에 있는 새롬을 불렀다.

새롬이 휴대폰으로 게임을 하며 거실로 나왔다.

"왔어. 300만 원." 기현이 노트북 화면을 가리키며 말했다.

새롬이 게임을 멈추고 기현의 옆에 앉았다.

"어때? 쓸 만해?"

"그럭저럭. 근데 조금 복잡해. 일단 들어봐."

기현이 재생한 2분 13초짜리 음성 파일에는 브로커 두 명의 대화
가 담겨 있었다. 룸살롱에 놀러 온 야구선수들에게 어떤 조작을 시
킬지 상의하는 내용이었다. 말이 많고 빠른 목소리는 브로커 경력
이 얼마 되지 않은 초짜인 듯했고, 말수가 적고 느린 목소리는 베테
랑인 듯했다.

저 새끼들 지금 찍히는 줄도 모르고 더럽게 놀고 있어요. 뭘 요구할까요? 실장님. 재밌는 거 시켜볼까요? 몸에 맞추는 볼이나 헤드샷, 송구 실책 이런 거, 좀 센 거요.

구경거리로 만드는 게 목적이 아니잖아.

구경할 거리도 생기면 좋은 거 아닙니까? 볼넷은 심심하잖아요. 이번엔 화끈하게 가시죠.

그만해라.

네. 죄송합니다.

저 방에 김경수랑 지병률, 구아석 이렇게 세 명 있지?

네.

김경수는 요즘 잘 던져서 선발 가능성이 있으니까 조심해야 해. 음, 김경수는 두 번째 타자 볼넷으로 하고, 지병률이랑 구아석은 첫 번째 타자 볼넷으로 하자. 그렇게 전해. 그리고 김경수는 300만 원, 지병률이랑 구아석은 200만 원.

네. 언제 입금된다고 할까요? 볼넷 던지는 거 확인하면 바로 넣는다고 할까요? 계좌 번호도 받아야겠네요.

무슨 멍청한 소리야? 현찰로 줘야지.

증거가 있어야 하잖아요.

그래서 촬영하잖아.

맞습니다. 지금 가서 말할까요? 쟤네 한창 놀고 있는데 좀 기다렸다가 들어가는 게 좋겠죠? 내일 경기는 어쩌려고 저러고 있는지 모르겠네. 야구선수 하기 쉽다. 쉬워. 저도 어릴 때 야구할 뻔했는데 아버지가 공부하라고 안 시켜줬어요. 초등학교 땐 제가 공부를 좀 했거든요. 수학경시대회도 나갔어요. 그땐 야구부 애들이 맨날 훈련만 하고 감독한테 혼나고 그래서 좀 불쌍해 보였어요. 그래서 안 한 것도 있어요. 우리 반에도 야구부가 한 명 있었는데요…….

나가라.

네.

너도 치우고 빨리 나가.

네.

"마지막에 말한 남자가 파일 판 사람이야?" 새롬이 물었다.

"그런 것 같아. 어때?"

"촬영한다는 건 무슨 소리야?"

"관심을 보이는 선수한테 간단한 조작부터 하게 하는 거야. 그리고 돈 주는 장면이랑 노는 장면을 촬영해놓고 나중에 선발 투수가 되거나 중요한 경기에 출전하면 그걸 미끼로 조작을 강요하는 거지. 이전에 조작했던 증거를 가지고 있으니까 선수 입장에선 할 수밖에 없지. 야구 인생을 끝낼 생각이 아닌 이상."

"완전 프로야구판 보이스 피싱이네. 이 파일에 나온 선수들이 진짜로 그렇게 던졌어?"

"어. 확인해보니까 셋 다 시킨 대로 볼넷을 던졌더라고. 구아석이 미친놈은 2사 만루에 등판했는데도 볼넷을 던졌어. 애가 김승일이 말한 다섯 명 중 하나잖아. 그리고 셋 다 권혁오랑 같은 팀이야."

새롬은 파일을 한 번만 더 들어보자고 했다. 다시 듣고 나선 걱정스러운 눈으로 기현을 보며 말했다. "너희 편집장도 이 파일 들었다며?"

"그랬대."

"그런데 아무 일도 없었다?"

"응."

"넌 어쩔 건데?"

"그래서 지금 의논하는 거잖아." 기현이 어깨를 으쓱하며 말했다.

곰곰이 생각하던 새롬이 물었다. "편집장이 어떤 사람이라고 했지?"

"회사에서 그나마 괜찮은 사람. 양아치는 아니야. 옛날에 학생 운동도 하고 그랬나 봐."

"그 시절에 운동 안 한 사람도 있냐?"

"알아. 아무튼 적어도 여자라서 어쩌고저쩌고는 안 해. 경력보다는 실력을 중요하게 생각하는 편이고. 지금으로선 회사에서 유일하게 나를 싫어하지 않는 사람이야."

"야구는 좋아해?"

"야구광이라서 스포츠 기자가 됐다고 들었어."

"그런데도 그냥 넘겼단 말이지……."

"이 남자 말로는 도박 업체 규모가 어마어마하대. 구단 하나 만드는 건 일도 아닐 거라고 하더라고. 협회고 언론이고 로비를 안 한데가 없대. 우리 회사도 분명 매수당했을 거라고 했어."

"그걸 알면서도 넌 이 파일을 300만 원이나 주고 산 거야?"

"그래도 200만 원 깎은 거야. 궁금하잖아. 잘하면 특종을 건질 수도 있고."

새롬이 한숨을 쉬었다. "어렵다. 이거."

"왜? 너라면 어떻게 할 것 같아?" 기현이 새롬에게 물었다.

"나? 네가 아니라 그냥 나라면?"

"응. 너라면."

새롬은 깍지를 끼고 잠시 생각하더니 웃으며 말했다. "나라면 무조건 터뜨리지. 난 정의로운 척하는 거 좋아하잖아. 잃을 것도 없고. 이렇게 터뜨릴 증거가 있으면 게임 끝이지." 그리고 깍지를 풀고 말했다. "그런데 넌 다르잖아."

"나? 그렇지. 난 정의감 같은 거 없지. 생존에 관심 있지. 여기서 끝까지 살아남는 게 목표랄까." 기현이 수긍했다.

"응. 그래서 어려워. 이걸 터뜨리면 네가 살아남지 못할 것 같아."

새롬의 우려를 들은 기현이 씁쓸한 얼굴로 말했다. "그런데 웃긴 게 뭔지 알아? 안 터뜨려도 끝까지 살아남진 못할 것 같단 거야."

기현은 결혼 같은 건 생각하지도 않았다. 기현의 중심은 일이었다. 사회적 성공을 위해, 편집장이 되기 위해 노력하는 행위를 즐겼다. 동기들은 그런 기현에게 무늬만 여자라고 했다. 야망이 지나치다고 했다. 결혼하지 않고 일만 한 걸 후회하는 날이 올 거라고 했다. 그리고 편집장이 인정해준다고 잘난 체하지 말라고 했다. 편집장이 중요한 자리에 너를 데리고 가는 건 술 따라줄 여자가 필요해서라고 했다. 잠깐 쓰고 버릴 카드라고 생각해서 막 굴리는 거니까 편집장을 조심하라고 진지하게 충고하는 선배도 있었다. 기현은 그런 말에 신경 쓰지 않았다. 본인의 힘으로 가능성을 만들어내지 못하는 인간의 하찮은 질투라고 생각했다. 편집장이 데리고 간 술자리는 그저 술 마시고 노는 자리가 아니었다. 야구계의 방향을 정할 만한 논의가 이뤄지고 어디서도 들을 수 없는 고급 정보가 오가는 자리였다. 술을 자주 따르긴 했지만, 그건 거기서 제일 어린 기현이 자처한 일이었다. 술자리가 끝나면 편집장은 그 자리에서 논의된 사안에 대해 기현의 의견을 물었다. 기현은 솔직하게 자기 생각을 말했고, 편집장은 기현의 말을 경청했다. 잘못된 판단은 바로잡아주고 기현이 모르는 정보를 알려주기도 했다. 영양가 있는 기삿거리를 던져줄 때도 있었다. 기현은 누가 뭐라 해도 편집장이 자신의 능력을 높이 평가한다고 확신했다.

"편집장은 이 파일을 왜 묻었을까? 내가 이 파일을 들었다고 하면 편집장이 뭐라고 할까?" 기현이 말했다.

그러자 새롬이 눈을 반짝이며 기현에게 말했다. "바로 털어놓지 말고 일단 몰아세워."

"몰아세워?"

"어. 이런 소문을 들었단 식으로 간을 좀 보는 거지. 너희 편집장도 뭔가 켕기는 게 있으면 쫄겠지. 반응을 본 후에 어떻게 할지 결정하는 게 어때?"

다음 날 기현은 편집장실 문을 조심스럽게 두드렸다. 들어오라는 소리가 나기 전에 문이 열리면서 남자 기자 두 명이 나왔다. 두 사람은 인사도 없이 기현의 얼굴을 훑어보고 지나갔다.

"이 기자는 무슨 일로 왔어?" 편집장이 물었다.

기현이 팔을 쓸어내리며 본론부터 말했다. "야구 브로커들이 승부조작을 논의하는 녹음 파일을 가지고 있다는 남자를 만났어요."

"그래?" 편집장의 눈이 살짝 흔들렸다. 하지만 편집장은 아무것도 묻지 않았다.

특종이 될 만한 제보를 받았다고 하는 데도 육하원칙을 확인하지 않는다? 언론이 매수되었다는 남자의 말을 반신반의하고 있던 기현은 그제야 남자의 말이 믿어지기 시작했다.

편집장은 평소보다 두 박자 늦게 육하원칙을 물었다. "어떤 사람이? 언제? 파일은 받아봤어?"

"아뇨. 아직요. 돈을 요구해서 앞부분만 조금 들었어요. 편집장님께 의논드리고 결정하려고요."

"돈?" 편집장은 돈이라는 말에 뭔가 생각났다는 듯 싱거운 웃음을 지으며 말했다. "아, 그 남자. 나도 그 파일 들어봤어."

편집장의 순순한 고백에 기현이 되레 당황했다.

"편집장님도 들어보셨다고요?"

"응. 그거 많이 돌던 파일이야. 들어보면 별거 없어. 기자들한테 돈 뜯어내려고 그러는 거야."

편집장이 너무 태연하게 말해서 기현은 자기가 사기꾼에게 300만

원을 뜯긴 건 아닌지 걱정되기까지 했다. 그래서 다급하게 말했다. "그런데 기록을 찾아보니까 거기 나왔던 투수들이 실제로 그렇게 공을 던졌던데요."

"응. 그래서 나도 알아봤는데 그거 우연이야."

"우연요? 한 명도 아니고 세 명이나요?"

"그러니까 말이야. 세상에 그런 일도 있더라니까."

기현이 고개를 갸웃거리자 편집장이 소금 사탕 하나를 내밀었다. 그러면서 다정한 목소리로 말했다. "날 믿는다면 그 일은 신경 쓰지 마."

사무실로 돌아와 편집장에게 받은 소금 사탕을 서랍에 넣으며 기현은 생각했다. 자초지종을 설명해야 할 상황에서 믿음을 들먹이다니. 그건 논리와 원칙을 중시하는 편집장답지 않은 처사였다. 믿음부터 들먹인 사람 중에 믿을 만한 사람은 없었다. 기현의 믿음은 믿음을 요구한 편집장이 아니라 돈을 요구한 남자에게로 쏠렸다. 도대체 불법 도박 카르텔의 규모가 어느 정도길래 일개 스포츠신문 편집장까지 연루되어 있는 걸까. 기현은 다시 편집장실로 갔다. 새롬은 편집장에게 절대 속내를 보이지 말라고 했지만, 그건 새롬이 그를 몰라서 하는 말이었다. 편집장은 말이 통하는 사람이었다. 자기 관점을 가지고 덤벼드는 사람을 좋아했고, 자기 의견을 거침없이 말하는 유형을 높이 사는 사람이었다.

편집장이 파일과 연관이 있다고 해도 심각한 일은 아닐 거야. 사실 300만 원 주고 벌써 파일을 샀다고 하면 다른 태도를 보일 거야.

아니었다. 기현의 말을 들은 편집장은 심하게 짜증을 냈다. 그런 걸 뭐 하러 돈 주고 샀냐며 기현을 타박했다. 내가 끝난 일이라고 했는데 또 이야기하는 저의가 뭐냐고 했다. 엉뚱한 제보에 휘둘리지 말고 맡은 기사나 착실히 쓰라고 했다. 편집장은 거기서 그치지 않았다. 오후에 있을 비공개 기자 간담회에 오지 말고 올림픽 특집 기사를 오늘 밤까지 마무리하라고 했다. 기현은 특집 기사는 이미 완성해서 간담회에 갈 수 있다고 말하려다가 그게 편집장을 믿지 않은 벌이란 걸 깨닫고는 알겠다고 한 뒤 편집장실을 빠져나왔다.

항상 점잖던 편집장의 짜증은 낯설다 못해 충격적이었다. 소금 사탕의 애매함으로도 덮어지지 않았다.

"편집장이 삐졌나 봐?" 편집장실에 불려 갔다 온 동기가 기현을 찾아와서 말했다. 덕분에 자기가 간담회에 가는 영광을 누리게 됐다며 이죽거렸다.

기현은 소금 사탕 껍질을 쓰레기통에 던지며 말했다. "꺼져."

지금까지는 동기들이 편집장과 기현이 내연 관계라도 되는 양 떠들어도 무시할 수 있었다. 사실이 아니었으니까. 그런데 이젠 화가 나고, 왠지 기분이 더러웠다. 조금 전 편집장이 기현에게 보여준 모습이 마치 애인이 자기 말을 믿어주지 않아 삐친 사람이 부리는 앙탈 같았기 때문이다.

10. 불펜의 시간 3

타이푼의 서울 원정 경기가 열리는 날이었다. 혁오는 호텔에서 나와 잠실로 가는 구단 버스에 올랐다. 홍보팀 직원이 연락와서 전에 이야기했던 인터뷰가 오늘이라고 했다. 세 명의 계투를 다루는 기획 기사라고 했다. 시즌 초도 아니고 플레이오프 진출 경쟁이 치열한 7월 말에 계투를 주목하는 기획이라니, 뜬금없었다. 혁오는 분명 이기현 기자의 소행일 거라고 생각하며 인터뷰실로 들어갔다. 김경수와 지병률이 먼저 도착해 기자와 이야기 나누고 있었다. 혁오를 본 기자가 자리에서 일어났다. 키가 큰 여자였다. 거기에 하이힐까지 신고 있어서 혁오와 눈높이가 거의 비슷했다.

"이기현입니다. 처음 뵙겠습니다." 기자가 손을 내밀며 말했다.

기자가 내민 손을 잡으며 혁오도 말했다. "처음 뵙겠습니다. 권혁오입니다."

기자는 사람을 다루는 일에 능숙했다. 계투 기획 기사라고 했지만 정확히 말하면 팀별 우승 가능성을 분석하는 기사를 쓰고 있다고 했다. 타이푼이 현재 3위로 우승을 바라볼 수 있게 된 건 평균자책점 1위인 중간 계투진 덕분이라고 생각한다고 말했다. 1위와 2위 팀은 선발 투수를 인터뷰했다는 말도 덧붙였다. 김경수와 지병률의 입꼬리가 금세 올라갔다. 기자가 지난 세 시즌의 기록을 근거로 타이푼의 강점과 약점을 날카롭고 정확하게 분석하자 처음엔 다소 시시덕대던 두 사람의 태도가 진지하게 바뀌었다. 혁오는 이렇게 똑똑한 기자가 왜 그렇게 자신을 만나려 했는지 궁금해졌다.

기자가 세 사람에게 물어본 것은 주로 계투라는 위치와 그에 따른 심리 상태였다. 계투 역할에 만족하는지, 선발이나 마무리로 가야 한다는 압박은 없는지, 계투로서의 목표 같은 것을 물어봤다. 지병률은 자기는 부족한 점이 많아서 1군에서 뛸 수 있는 것만으로도 감사하다며 겸손한 답을 했다. 김경수는 계투 경험을 좀 더 쌓아서 내년엔 선발을 하는 게 목표라고 답했다. 혁오는 역할에 상관없이 오랫동안 야구하는 것이 목표라고 간단히 말했다. 다른 질문에서도 혁오는 말을 아꼈다.

기자는 혁오의 분량이 너무 적다며 혁오에게만 추가 질문을 했다. "권혁오 선수는 계투로만 10년이에요. 그렇게 오랫동안 계투를 하다 보면 다른 유혹이 생기진 않나요?"

기자를 경계하고 있던 혁오가 조심스럽게 되물었다. "어떤 유혹요?"

"10년 동안 하다 보면 피곤한 날은 좀 대충 던지고 싶을 수도 있잖아요. 사람이니까."

혁오가 대답하기도 전에 지병률이 너스레를 떨며 끼어들었다. "기자님, 혁오 선배님 사전에 대충이란 건 없어요. 계투라도 마무리인 것처럼, 자기에게 주어진 이닝이 마지막 이닝인 것처럼 던지라고 얼마나 잔소리를 하시는데요. 우리끼리는 우리 팀이 계투 평균 자책점 1위인 것도 혁오 선배님 잔소리가 너무 심해서 그렇다고 할 정도예요."

김경수도 말을 보탰다. "제가 딱 한 번 선발로 나갔었는데요. 그때부턴 선발 투수는 이래야 한다, 저래야 한다, 얼마나 말씀하셨는지 몰라요. 평소엔 말이 없으신데 훈련만 했다 하면 잔소리가 어마어마해요. 상대 팀 타자 마음까지 신경 쓰라고 하는 분이라니까요. 아마 대충이라는 말 자체를 모르실걸요."

김경수와 지병률이 미리 짜 온 개그를 선보이는 콤비처럼 동시에 고개를 좌우로 흔들었다. 지긋지긋하다는 표정이었지만 그 바탕에 커다란 존경이 깔려 있다는 건 누구라도 알 수 있었다. 두 사람의 넉살에 혁오가 웃으며 말했다.

"프로가 대충 던질 수 있나요? 최선을 다해도 겨우 살아남는 곳인데요."

"그렇죠. 프로가 괜히 프로인가요." 혁오의 말에 기자도 맞장구를 쳤다. 그리고 먹잇감을 노리는 맹수처럼 날카로운 눈빛으로 마지막 질문을 던졌다. "제가 준비한 질문은 이제 거의 한 것 같아요. 마지막으로 하나만 더 여쭤보고 싶은데요. 세 분 다 평균자책점과 비교하면, 볼넷이 많은 편이신데요. 그거에 대해선 어떻게 생각하세요?"

기자는 볼넷이라는 단어를 말하기 전에 의도적으로 한 박자를 쉼으로써 속셈이 있는 질문이란 걸 노골적으로 드러냈다.

기자의 의도를 눈치채지 못한 김경수가 의아하다는 표정으로 말했다. "기자님도 참. 어떻게 생각하긴 뭘 어떻게 생각해요? 볼넷 줄여야겠다고 생각하죠. 당연한 걸 물어보시네."

"당연한 건가요?"

"그럼요. 그리고 저는 볼넷이 거의 없어요. 고등학교 때 코치님이 볼넷 하나에 운동장 100바퀴 돌라고 시켰거든요. 그게 너무 지긋지긋해서 안타를 맞으면 맞았지 웬만해선 볼넷은 안 던져요. 정말로 100바퀴 다 돌았다니까요."

"제가 데이터를 잘못 봤나 보네요."

기자가 머리를 긁적이며 착각한 척했지만, 혁오는 착각했다고 생각하지 않았다. 자료도 보지 않고 세 사람의 세 시즌 기록과 타이푼의 세 시즌 기록, 전체 구단의 최근 10경기 결과를 정확히 언급하던 기자였다. 기자가 뭔가 알고 있는 게 분명했다. 더는 이렇게 휘둘릴 수 없다고 생각한 혁오가 기자에게 말했다. "기자님, 혹시 따로 잠깐 이야기 나눌 수 있을까요?"

"좋죠." 기자는 흔쾌히 답했다.

김경수와 지병률이 나가고 둘만 남자 혁오는 에두르지 않고 물었다. "그동안 연락하신 이유가 궁금해서요."

그러자 기자가 손목시계를 들여다보며 느긋하게 말했다. "경기 끝나고 맥주라도 한잔하면서 이야기하실까요? 좀 긴 이야기라서요."

"아니요. 여기서 끝내고 싶습니다."

혁오가 단호하게 거절하자 기자가 무심하게 말했다.

"일부러 볼넷을 던지시는 것 같아서요."

그리고 당황해서 아무 말도 하지 못하고 있는 혁오에게 녹음 파일의 일부를 들려주었다.

김경수는 요즘 잘 던져서 선발 가능성이 있으니까 조심해야 해. 음, 김경수는 두 번째 타자 볼넷으로 하고, 지병률이랑 구아석은 첫 번째 타자 볼넷으로 하자. 그렇게 전해. 그리고 김경수는 300만 원, 지병률이 랑 구아석은…….

기자가 휴대폰에서 흘러나오는 목소리를 끊으며 말했다. "승부조작 브로커예요. 로즈 룸살롱 아시죠? 부산 숙소 근처에 있는 룸살롱에서 녹음된 거예요. 세 선수가 여기서 나온 지시대로 볼넷을 던졌단 건 제가 이미 확인했고요. 그래서 구아석 선수에게도 인터뷰 요청을 했는데 제가 작년에 김승일 선수 취재한 기자인 걸 알고 거절하시더라고요."

혁오는 고개를 떨구었다. 단단히 걸려들었다고 생각했다.

"저는 권혁오 선수의 승부조작도 확신하고 있습니다." 기자가 자신만만하게 말했다.

"저는 조작한 적 없어요." 혁오가 고개를 들며 말했다.

"네. 저도 아직 권혁오 선수의 조작 증거는 못 찾았어요. 후배분들의 증거만 갖고 있죠."

혁오는 기자가 증거도 없으면서 자신의 승부조작을 확신하는 이유가 궁금했다. 후배들의 승부조작 증거를 자신에게 들려주는 이유도 궁금했다. 하지만 섣부르게 말을 꺼냈다간 기자의 수에 말려들 것 같아 시간을 벌기로 했다.

"제가 곧 경기하러 가봐야 해서요. 기자님 시간 되시면 경기 마치고 따로 뵐까요?"

기자는 그럴 줄 알았다는 듯 미소 지으며 말했다. "좋죠."

경기는 5 대 2로 타이푼이 이겼다. 선발 투수가 8회까지 던졌고, 마무리 투수가 9회를 책임졌다. 계투는 필요 없는 경기였다. 혁오는 경기 내내 벤치에 앉아서 생각했다. 파일을 공개하지 않고 나를 찾아왔단 건 나에게 뭔가 협상의 여지가 있다는 말인데, 그게 뭘까? 숙소로 가는 버스에선 아직 앳된 얼굴의 김경수와 지병률, 구아석을 보며 생각했다. 얘들이 정말로 승부조작을 했을까? 얼마나 많은 야구선수가 승부조작을 하는 걸까? 우리 팀에서 승부조작 선수가 나오면 어떻게 될까? 파일이 공개된 후 벌어질 상황을 예상해보자 가슴이 답답해졌다.

승부조작은 독이었다. 수십억을 받는 A급 선수를 유혹하기엔 부족하지만, 1군 사수가 벅찬 선수나 내리막길이라는 평가를 받고 있는 선수에겐 치명적인 독. 이 독이 야구계에 들어왔단 건 혁오도 알고 있었다. 김경수 같은 유망한 선수에게까지 퍼졌단 건 몰랐다. 작년 김승일 사건에 이어 올해 또 승부조작 사건이 터지면 사람들이 야구에 완전히 등을 돌릴 가능성이 있었다. 이건 타이푼만의 문제가 아니었다.

자신이 응원하는 팀의 성적이 좋지 않다고 해서 떠나는 팬은 생각보다 많지 않다. 팬들은 져도 계속 응원한다. 아니 질수록 더 열렬한 응원을 보낸다. 진심으로 응원하면 좋은 결과가 있을 거란 기대가 야구장에선 아직 작동되고 있었다. 그러므로 승부조작은 기만이고 배신이다. 팬을 쫓아내는 가장 빠른 방법이다.

혁오는 오랫동안 수많은 야구팬을 접하면서 그들의 마음 저변에 삶에 대한 염증이 깔려 있는 것 같다는 생각을 했다. 명확한 규칙 없이 제멋대로 흘러가는 인생이 싫어서 규칙이 확실한 야구를 좋아하고, 삶의 불확실성을 잠시라도 피해보려고 야구장에 온다고 생각했다. 그래서 혁오는 가능한 한 팬과 말을 섞지 않았다. 거리를 두고 정중히 대했다. 규칙 없는 인생에 속해 있지 않은 사람처럼 보이려고 노력했다. 경기를 잘하는 것뿐만 아니라 야구에 대한 환상을 유지해주는 것도 프로선수가 해야 할 몫이라고 생각했다. 승부조작은 야구계 안에서 조용히 처리되는 게 좋다는 견해를 가지게 된 것도 그런 이유에서였다.

기자는 호텔 근처에 있는 바에서 기다리고 있었다.

"저한테 원하시는 게 뭡니까?" 혁오가 자리에 앉으면서 물었다.

기자는 솔직하게 말해도 되냐고 했다. 혁오는 그럴수록 좋다고 했다. 그러자 기자는 남은 맥주를 단숨에 들이켜더니 이야기도 단숨에 끝냈다.

요약하자면 불법 도박 조직에서 빠져나온 사람에게 아까 들려준 음성 파일을 샀는데, 그 조직이 자기 회사는 물론이고 다른 신문사와 야구협회, 구단 관계자들까지 다 매수해놓은 상태여서 모두 이 사건을 묻으려고만 한다는 것이었다. 기자는 언론과 구단의 묵인하에 승부조작이 이루어진다는 사실에 화가 나고, 어렵게 잡은 특종을 공개할 수 없어서 분하다고 했다. 자기 회사 편집장은 얼마나 많은 돈을 받았는지 틈만 나면 파일을 삭제하라고 압박한다고 했다. 그러면서 휴대폰을 꺼내 녹음 파일 전체를 들려주었다.

녹음 파일을 다 들은 혁오가 귀에서 이어폰을 빼며 물었다. "그런데 기자님, 저는 여기에 언급되지도 않았는데 왜 저를 찾아오신 거죠?"

기자가 혁오의 팔을 잡으며 이 불법 도박 조직을 모르냐고 물었다. 혁오는 모른다고 답했다. 그럼 승부조작을 한 적 없냐고 물었다. 혁오는 없다고 답했다. 정말 없냐고. 정말 없다고.

"그래도 전 권혁오 선수가 승부를 조작했다고 확신하고 있어요." 기자는 꿋꿋이 주장했다.

혁오가 참지 못하고 버럭 소리를 질렀다. "그렇게 확신하시는 이유가 뭡니까?"

기자는 김승일 선수의 증언이 있다고 했다. 그리고 잘 던지다가도 9회만 되면 난조를 보이는 점, 스트라이크를 던질 때만큼이나 볼넷을 던질 때의 자세가 완벽하다는 점을 근거로 댔다. 혁오는 그런 건 추측이지 증거가 될 수 없다고 말했다. 기자는 자기도 알고 있다고 했다. 그래서 권혁오 선수의 자백이 필요하다고 했다. 승부조작을 한 적이 없는데 어떻게 자백을 하냐고 혁오가 펄쩍 뛰었다. 그리고 승부조작을 했다 하더라도 증거가 없는데 자기가 뭐 하러 고백하냐고 말했다. 그러자 기자가 맥주를 한 모금 마시고 말했다. "고백하지 않으시면 이 파일을 공개하려고요."

"뭐라고요?"

"회사에서 막는 바람에 아직 공개 못 했는데, 공개하고 잘리나 쓰고 싶은 기사를 못 쓰는 기자로 있는 거나 비슷한 것 같아서 그냥 공개해버릴까 생각 중이에요."

협박이었다. 혁오가 목소리를 높이며 기자에게 말했다. "도대체 뭘 말하라는 겁니까? 제가 승부조작을 했어야 자백을 하죠."

혁오의 계속된 하소연에도 기자는 흔들림이 없었다.

"이번 사건을 조사하면서 야구계에 승부조작이 만연하단 걸 알게 됐어요. 아마 권혁오 선수께서 더 잘 아시겠지만요. 솔직히 말하면 썩을 대로 썩은 것 같아요. 언론도 마찬가지죠. 이 파일을 공개하면 전 바로 잘릴 거예요. 근데 공개를 안 해도 위태로운 건 마찬가지예요. 이미 제멋대로인 기자로 찍혀 있거든요. 절벽 끝에 서 있는 상황이죠. 그래서 부탁드리는 거예요. 특종이 필요해요. 혁오 선수 한 명만 솔직히 고백해주시면 후배들 안전은 제가 보장할게요. 후배들을 지키고, 야구계에 경종도 울리고. 야구계가 망하는 것보다는 한 사람의 자진 고백이 낫지 않나요?"

기자는 부탁하는 어조로 말했다. 내용은 여전히 협박이었다. 혁오는 어이없다는 표정으로 기자를 쳐다봤다.

"이렇게까지 솔직하게 말씀드리는 건 저에게 다른 카드가 없기 때문이에요. 9회 말인데 3점 정도 뒤진 상황인 거죠."

그렇다 해도 들어줄 수 없는 부탁이었다. 말이 안 되는 요청이었다. 다만 후배들이 걱정되었다. 파일이 공개되면 세 사람은 영구 제명을 당할 것이 분명했다. 그러면 어떻게 될까? 걔들은 뭘 하며 먹고살까? 진호처럼 죽어버리는 건 아니겠지? 그럼 나는 다시 사막에 서게 될까? 몸이 쩍쩍 갈라지는 소리를 다시 듣게 될까?

사막을 상상하는 것만으로도 식은땀이 흘렀다.

혁오는 오랫동안 일부러 볼넷을 던져왔다. 처음엔 진호의 환상 때문이었다. 어차피 스트라이크를 던질 수 없다면 진호가 이겼다는 기분이라도 맛보게 볼넷을 던진 것이 시작이었다. 2군 경기에서 처음으로 볼넷을 주었을 때 진호는, 진호의 환상은 무척 기뻐했다. 홈런이라도 친 것처럼 배트를 집어 던지고 의기양양하게 1루로 걸어갔다. 어릴 때 모습 그대로였다. 허세 가득한 그 모습을 보는 게 좋아서 혁오는 진호가 나타날 때마다 일부러 볼넷을 던졌다. 진호의 환상은 볼넷으로 출루할 때마다 환하게 웃었고, 진호의 환상이 웃을 때마다 혁오의 죄책감은 옅어졌다. 그렇게 수십 번 볼넷을 던지자 어느 날부터 진호가 나타나지 않았다. 덕분에 1군에 복귀한 혁오가 마운드에 오르자 다시 나타났다. 진호의 환상은 혁오가 잘 던져야겠다고 마음먹는 날, 반드시 막아야겠다고 각오하는 날이면 어김없이 나타나 허세 가득한 몸짓으로 볼넷을 요구했다.

송 박사는 죄책감으로 인한 강박이라고 했다. 과도한 책임감이라고도 했다. 스포츠 선수가 이기려고 마음먹는 건 당연한 일이니, 자신을 그만 다그치라고 했다. 혁오도 송 박사의 진단에 동의했다. 하지만 강박의 원인을 이해하는 것과 강박을 느끼는 건 별개의 일이었다. 아무리 노력해도 스트라이크를 던지거나 아웃 카운트를 잡으면 죄책감이 불쑥 올라왔다. 진호의 환상도 계속 나타났다. 그런 상황이 반복되자 나중엔 최선을 다해 투구하는 것이 잘못된 행동처럼 느껴졌다. 야구라는 스포츠에 근본적인 회의를 느끼기도 했다.

왜 소수의 선수만 프로가 되는 거야? 왜 1군과 2군을 나누는 거야? 왜 굳이 연장 게임을 해서까지 승패를 가리려는 거야? 연봉과 성적은 왜 다 공개하는 거야? 왜 모두 승자가 될 수 없는 거야?

혁오는 진호뿐만 아니라 프로가 되지 못한 수많은 아마추어 선수들에게도 죄책감을 느끼기 시작했다. 강박의 진화였다. 야구복을 입은 중고교 야구부원의 환상들이 떼 지어 나타났고, 혁오는 그들 모두에게 볼넷을 줄 수밖에 없었다. 계속된 볼넷으로 2군에서도 방출될 위기에 처하자 혁오는 완전히 다른 방식으로 접근할 필요를 느꼈다. 볼넷을 주는 정도의 벌로는 진화한 강박을 해소할 수 없을 것 같았다.

완전히 다른 방식.

그래서 혁오는 결단했다. 남들과 다른 방식의 야구를 하기로. 이기는 것을 욕망하지 않는 스포츠를 하기로. 어제까지의 세계, 프로야구 역사와의 대결을 포기하고, 가장 꿈꾸었던 기록과의 대결도 포기하고, 죄책감을 느끼지 않아도 되는 자기만의 리그를 개설하기로.

혁오는 선발 투수나 마무리 투수가 되는 걸 피하기로 했다. 승리 투수가 되는 것도 피하기로 했다. 정확히 말하면 패자를 만드는 일에 소극적이기로 했다. 그래서 경기 중간에 등판해 한 이닝, 많으면 두 이닝을 던지고 내려가는 계투, 앞서 던진 투수가 자신에게 넘겨준 점수를 그대로 다음 투수에게 넘겨주는 걸 목표로 하는 투수가 되기로 했다. 그런 투수가 되기 위해 몇 가지 규칙을 정했다. 2이닝 이상 던지지 않는다거나, 9회엔 스트라이크를 던지지 않는다, 어쩔 수 없이 선발로 나가게 됐을 땐 1회를 넘기지 않는다는 식의 규칙이었다. 스스로에게 내리는 벌인 동시에 죄책감과 회의를 느끼지 않고 야구를 계속하기 위한 규칙이었다. 진호를 추모하기 위한 규칙이기도 했다. 리그의 이름은 진호 리그로 정하고, 진호의 환상을 총재로 임명했다.

처음 1년 동안은 진호 리그의 규칙을 제대로 지키지 못했다. 일부러 못 던지는 게 들킬까 봐 불안해서 2이닝 이상 던진 적도 있었고, 규칙 때문이 아니라 정말로 제구가 되지 않아 못 던질 때도 있었다.

그럴수록 혁오는 훈련의 강도를 높이며 몸과 마음을 다잡았다. 승리에 직접적인 기여는 못 하지만 내쳐지지 않을 정도로는 쓸모 있는 투수가 되기 위해 필요한 일이기도 했다. 덕분에 시간이 갈수록 혁오의 야구 실력은 점점 늘었고, 두 개 리그를 동시에 뛰는 것에도 차츰 익숙해졌다. 진호 리그의 규칙에 따라 상대를 이기려는 마음을 버리자 진호의 환상도 더는 나타나지 않았다.

3년 차부터 혁오는 두 리그의 경기 규칙을 모두 고려하며 복잡하게 경기하는 것에 재미를 느끼기 시작했다. 그래서 진호 리그에 새로운 규칙을 추가하거나 세부 규칙을 정기적으로 바꾸며 경기 방식을 더 까다롭게 만들었다. 어떤 달은 8번 타자에게 볼넷을 내어주는 걸 규칙으로 하다가 어떤 달은 1번 타자에게 안타 맞는 것을 규칙으로 하고, 어떤 달은 볼과 스트라이크의 비율을 5 대 5로 했다가 어떤 달은 6 대 4로 하는 식이었다. 짧은 이닝 안에 높은 성취감을 맛보기 위한 설정인 동시에 사람들의 의심을 사지 않기 위한 조치였다. 새롭게 정한 규칙과 경기 결과는 진호 리그라고 적은 노트에 상세하게 기록해두었다가 '다볼넷상', '참을 인상', '딱 1이닝상', '제로 삼진상'처럼 제멋대로 이름 붙인 상을 만들어 1년에 한 번씩 자체 시상식을 열었다.

진호 리그는 당연히 비밀이었다. 혁오는 누구에게도 이 리그의 존재를 말하지 않았다. 하지만 앞으로도 그래야 할까? 혁오는 기자의 협박을 듣는 동안 이 비밀, 이 리그를 지키는 것에 어떤 가치가 있는지 생각해보았다. 타인을 위한 가치는 없었다. 죄책감을 느끼지 않고 야구를 계속할 수 있다는 이기적인 가치 외엔 아무런 가치가 없었다. 깊은 자괴감이 혁오를 감쌌고, 혁오는 또 한번 결단을 내려야 했다.

이젠 진호가 나타나지도 않잖아. 이 비밀을 발설해서 후배들과 야구계를 지킬 수 있다면 그게 더 의미 있지 않을까? 승부조작이 아니라 트라우마를 극복하기 위한 피치 못할 선택이었다고 하면 협회에서도 이해해주지 않을까?

오래 고심한 끝에 혁오가 기자에게 말했다. "맞아요. 일부러 볼넷 던진 적 있습니다."

"정말요?" 맥주를 마시던 기자가 반색하며 말했다.

"하지만 승부조작은 아니었어요."

"그럼 볼넷을 왜 던졌어요?" 기자가 말도 안 된다는 듯한 표정으로 물었다.

"트라우마 때문에요."

"무슨 트라우마요?"

진호의 죽음을 이야기하려고 했지만, 진호라는 이름이 도저히 입 밖으로 나오지 않았다. 그래서 혁오는 대충 둘러대며 말했다. "오랫동안 꿈꾸었던 프로에 오니까 잘하고 싶다는 압박감이 엄청났어요. 그래서인지 데뷔 무대를 완전히 망쳤고 그게 트라우마가 되었어요. 그다음부턴 아무리 노력해도 스트라이크가 안 던져지더라고요. 스트라이크를 던져야겠다고 마음먹을수록 제구가 안 됐어요. 포기하는 심정으로 아무렇게나 던지면 오히려 공이 좋았고요. 그래서 가

160

끔 일부러 볼넷을 던졌어요. 승리욕을 조절하려고요. 하지만 엄밀히 말하면 일부러 그런 건 아니에요. 가끔 볼넷을 던져야 제구가 되니까 어쩔 수 없이 던진 거죠."

기자는 놀라서 입을 다물지 못했다. 그리고 의심의 눈초리로 말했다. "정말 승부조작이 아니라 트라우마 때문에 볼넷을 던진 거예요?"

"네. 절대로 승부조작은 아니에요."

"그럼 언제부터 얼마나 자주 볼넷을 던진 거예요?"

얼마나 자주? 기자의 질문에 혁오는 어느 정도로 솔직하게 대답하는 게 좋을지 몰라서 잠시 머뭇거렸다. 트라우마 때문이었다고 해도 모든 경기에서 그랬다고 하면 이해해줄 사람이 없을 것 같았다.

"자주는 아니고 가끔요. 아주 가끔. 1년에 한두 번 정도……. 슬럼프 후에는 제구력이 안 좋아서 볼넷이 많았던 거고요. 일부러 볼넷을 던진 건 정말 가끔이었어요. 컨디션이 아주 좋은 날에만 가끔."

그러자 기자의 눈이 반짝거렸다. "그럼 거의 10년 동안 일부러 볼넷을 던진 거네요?" 기자는 이게 우발적인 범죄가 아니라 지속적이고 계획적인 범죄였던 걸 확실히 해두려는 경찰처럼 말했다.

지속적이고 계획적으로 볼넷을 던져왔던 혁오는 살짝 겁을 먹고 되레 발끈하며 말했다. "1년에 한두 번뿐이었는데 그걸 10년 동안이라고 할 수는 없죠. 아주 가끔 그랬다니까요. 정말 별거 아니었는데 후배들과 마인드컨트롤하는 방법을 이야기하다가 일부러 볼넷을 던진 적 있다는 말을 해버린 거예요. 아무튼 제가 할 수 있는 이야기는 여기까지예요. 이 정도 이야기로도 괜찮으면 인터뷰하시고 아니면 그냥 녹음 파일 푸세요. 전 떳떳해요."

그러자 기자가 다소 심드렁한 목소리로 말했다. "권혁오 선수 인터뷰가 파일 공개보다 더 좋을지는 잘 모르겠어요. 놀라운 이야기이긴 한데 승부조작에 비하면 화제성이 떨어지고, 사실인지 확인하기도 어렵잖아요. 특종으로 하기엔 좀 약해요."

하지만 그렇게 말하는 기자의 눈이 여전히 매섭게 반짝이고 있었으므로 혁오는 약하다는 기자의 말을 믿지 않았다.

"마음대로 하세요. 결정하시면 연락주세요."

혁오가 자리에서 일어나자 기자가 혁오의 팔을 다급하게 잡으며 말했다. "알겠어요. 조만간 정식으로 인터뷰하죠. 회사랑 의논하고 바로 연락 드릴게요."

"제가 인터뷰하면 그 파일은 영원히 묻히는 거죠?"

"그럼요."

"그걸 제가 어떻게 믿죠?"

이번엔 혁오가 의심의 눈초리로 기자를 바라보았다.

그러자 기자가 가방에서 지갑을 꺼내며 말했다. "안 믿으시면 어떡하시게요?" 기자는 웃으면서 카운터로 가더니 술값을 계산하고 나갔다. 그리고 오래된 친구에게 인사하듯 혁오를 향해 손을 흔든 후 택시를 타고 가버렸다.

혁오는 숙소로 천천히 걸어갔다. 마음이 복잡했다. 또 한 번 인생을 바꿀지도 모르는 중요한 결정을 너무 쉽게 해버린 건 아닌가 하는 불안이 오른발에 차였다. 툭. 비밀을 털어놓은 후련함과 차라리 잘된 일인지도 모른다는 막연한 기대가 왼발에 차였다. 투둑. 혁오는 바닥에 굴러다니는 감정들을 모조리 주워 야구공만 한 크기로 뭉쳤다. 그리고 틈나는 대로 그 공을 만지고 던지며 다가올 인터뷰를 대비했다.

2부

11. 여름휴가

KTX 문이 열렸다. 사우나처럼 무덥고 습한 공기가 몸을 감쌌다. 준삼은 티셔츠와 반바지, 갈아입을 팬티 세 장과 노트북이 든 가방을 메고 기차에서 내렸다. 이번 휴가엔 아무 데도 가지 않을 거라고 했더니, 그러면 집에 오라는 엄마의 성화에 못 이긴 척하며 내려왔다. 혼자 있으면 밥 먹는 것도 일이었다.

준삼은 역사에서 빠져나와 지하철역으로 내려가는 에스컬레이터를 탔다. 뭔가 어색한 기분에 주위를 둘러보니 준삼 혼자만 에스컬레이터 위를 걷고 있었다. 다른 사람들은 가만히 서서 에스컬레이터가 자신의 몸을 이동시켜주길 기다리고 있었다. 서 있는 줄과 걷는 줄이 따로 있는 서울의 에스컬레이터와 비교하면 참으로 한가한 풍경이었다. 준삼은 그제야 인구 1000만의 도시에서 250만의 도시로 이동했단 사실을 실감했다. 여긴 길에서 쓰러지면 와달라고 부탁할 수 있는 가족이 사는 곳이었다. 응급실에 갈 때 누구에게 연락해야 덜 미안할지 고민할 필요가 없는 곳이기도 했다. 그런 생각을 하는 것만으로도 나른함이 몰려와 하품이 났다.

준삼은 휴가 셋째 날까지 집에서 잠만 잤다. 도착한 첫날엔 가족과 저녁을 먹고 바로 잤고, 다음 날은 엄마가 만든 삼계탕을 점심으로 먹고 소파에 누워 TV를 보다가 깜빡 잠들었다. 일어나니 늦은 밤이었다. 라면을 끓여 먹고 재테크 책을 보다가 또 잠들어서 다음 날 점심 무렵에 겨우 일어났다.

늘 이런 식이었다. 회사에 다니기 시작한 후로 준삼은 본가에 오면 죽은 사람처럼 잠만 잤다. 자고 자고 또 자도 또 잠이 몰려왔다. 처음엔 회사 생활로 인해 부족해진 잠을 보충하는 거라고 생각했다. 어느 날 토크쇼에 나온 여자 연예인이 명절에 시가에 있다가 친정에 가면, 친정 대문만 봐도 잠이 쏟아진다고 이야기하는 걸 듣고서야 긴장의 문제란 걸 알았다.

준삼에게 친정 대문은 사투리였다. 경상도 사투리가 들리기 시작하면 몸과 마음을 조이고 있던 나사가 조금씩 풀어졌다. 가족이나 친구를 만나 사투리로 말을 주고받으면 나사가 완전히 풀리면서 잠이 쏟아졌다. 준삼의 부모는 오랜만에 집에 온 아들이 잠만 자는 것을 서운해하지 않았다. 왜 이렇게 자냐고 묻지도 않았다. 실컷 잘수 있게 커튼을 쳐주었고, 자고 일어나면 먹을 수 있게 밥을 차려주었다. 남들만큼 자면서 어떻게 남보다 좋은 성적을 얻을 수 있겠냐고 혼내던 고등학생 때와는 다른 모습이었다. 취직한 준삼이 용돈

168

을 보내기 시작한 후로 그들은 아들의 잠에 관여하지 않았다.

휴가 셋째 날. 자고 일어나니 집에 아무도 없었다. 초등학교 교사인 동생과 아버지는 출근한 뒤였고 엄마는 점심 모임에 가고 없었다. 준삼은 샤워를 하고 냉장고에서 김치찌개가 든 냄비를 꺼냈다. 전기밥솥을 열어 밥을 한 공기 푼 뒤 차가운 김치찌개와 뜨거운 밥을 번갈아 입에 넣었다. 그러자 풀렸던 나사가 조금씩 조여지면서 개운함이 차올랐다.

밥을 먹은 후엔 소파에 앉아 노트북 검색창에 권혁오를 입력했다. 그동안 감질나게 봤던 혁오의 경기 영상을 실컷 보는 게 이번 여름휴가의 유일한 계획이었다. 혁오 이름이 들어간 기사와 동영상 수십 개가 주르륵 떴다. 최근 영상부터 10년 전 영상까지 혁오가 나오는 경기 영상을 차례로 클릭했다. 한두 이닝만 던지는 데다 그마저도 편집된 게 많아서 영상을 다 보는 데 많은 시간이 걸리진 않았다. 준삼은 혁오가 세 타자를 연달아 삼진으로 잡는 영상이나 1 대 1의 동점 상황에 등판해 리그에서 가장 뛰어난 3, 4, 5번 타자를 깔끔하게 처리하고 들어가는 영상 같은 것을 여러 번 돌려봤다. 마음에 차지 않았다. 경기 일정을 검색해보니 저녁에 타이푼의 홈경기가 있었다. 혁오의 등판을 장담할 수 없다는 문제가 있었지만, 준삼은 새로 지은 야구장을 구경하는 셈 치고 VIP석을 예매했다.

타이푼 파크는 넓고 쾌적했다. 도심에선 멀었지만 아파트가 아니라 산에 둘러싸여 있어서 관중에게 놀러 왔다는 감각을 확실하게

선사해주는 야구장이었다. 치킨이나 오징어를 사라고 외치는 상인
은 없었다. 모든 상품은 경기장 안에 있는 상점에 깔끔하고 반듯하
게 진열되어 있었다. 준삼은 편의점에서 맥주 한 캔을 사서 예매한
자리에 앉았다. 투수 얼굴이 정면으로 보이는 자리였다. 투수가 던
진 공이 포수 글러브로 들어가는 소리가 선명하게 들릴 만큼 그라
운드와 가까웠다. 준삼은 관중이 부르는 응원가를 안주 삼아 차가
운 맥주를 마시며 여름휴가를 만끽했다.

타이푼은 팬들과 준삼의 바람대로 경기를 끌어갔다. 4회까지
0 대 1로 뒤지다가 6회에 홈런과 안타를 몰아쳐서 4 대 1로 역전했
다. 그러자 두 명의 투수가 승리를 굳히기 위해 불펜으로 들어가 몸
을 풀었는데, 그중 한 명이 혁오였다. 8회 초가 되었다. 선발 투수가
던진 97번째 공이 안타가 되자 타이푼 감독은 혁오를 마운드에 올
렸다. 준삼은 숨을 죽이고 혁오의 투구를 지켜봤다. 실제로 본 혁오
의 투구는 영상으로 봤을 때보다 훨씬 민첩하고 우아했다. 어렸을
때와 달라진 게 없는 것 같기도 하고 뭔가 달라진 것 같기도 했다.
혁오는 땅볼 두 개와 뜬공 하나로 이닝을 깔끔하게 마무리했다. 준
삼은 누구보다 빠르게 손뼉을 쳤다.

혁오는 9회 초에도 마운드에 올라왔다. 그러자 준삼의 앞에 앉아
있던 두 사람이 빈정거리며 말했다.

"계속 권혁오가? 와 씨. 안 봐도 볼넷이다."

"우리 쿠크다스 곧 바스러지겠네."

혁오가 8회에 등판했을 땐 환호를 보냈던 두 사람이 9회에 등판

한 혁오에겐 냉정한 태도를 취했다. 의아한 건 준삼도 마찬가지였다. 혁오의 9회 제구력이 엉망이란 걸 모르는 사람은 없었다. 그런데 왜? 준삼은 조마조마한 마음으로 중학교 동창을 응원했다. 혁오가 앞에 앉은 두 사람이 민망해 할 정도로 멋진 공을 던지길 바랐다. 하지만 볼넷이었다. 혁오는 볼 네 개를 연속으로 던졌고, 타자는 배트 한 번 휘두르지 않고 1루로 걸어 나갔다. 두 사람은 쿠크다스를 기용한 감독을 비난했고, 투수 코치는 마운드에 올라가 혁오의 등을 두드렸다. 혁오는 코치에게 공을 건네고 아랫입술을 꽉 깨물며 마운드에서 내려왔다.

준삼은 놀랐다. 입술을 깨무는 건 이겼을 때 나오는 혁오의 버릇이었다. 볼넷을 던지고 교체되는 상황에서 입술을 깨물다니? 버릇이 바뀌었나? 혁오는 더그아웃에 들어가서도 여전히 입술을 깨물고 있었다.

중학 리그 결승 진출을 놓고 경기하던 날이었다. 혁오가 눈부시게 활약하던 중학교 3학년 때였다. 준삼의 기량도 눈에 띄게 좋아진 때였다. 많은 선수가 경험을 쌓을 수 있도록 기회를 골고루 줘야 한다며, 선발 투수가 아무리 잘 던져도 7회에는 교체하던 감독이 이날은 9회까지 혁오에게 마운드를 맡겼다. 승부가 1점 차로 아슬아슬했기 때문이었다. 혁오는 감독의 믿음에 부응해 삼진을 잡으며 결승 진출을 확정 지었다. 응원하러 온 1학년들이 소리를 지르며 기뻐했다. 더그아웃에 있던 준삼도 운동장으로 뛰어나가 부원들을 끌어안았다. 완투승을 한 혁오와는 하이파이브를 했다. 그런데 하이파이브하는 혁오의 표정이 이상했다. 마치 경기를 망친 사람처럼 괴로워하며 입술을 깨물고 있었다. 집으로 가는 버스에서 혁오의 아랫입술이 빨갛게 부푼 걸 보고 준삼이 물었다.

"근데 니 아까 왜 입술 깨물었는데?"

그러자 혁오가 살짝 부끄러워하며 대답했다. "봤나? 우리 엄마가 보고 있어서."

"너거 엄마가 왜?"

혁오는 어릴 때부터 엄마에게 이겨도 너무 좋아하지 말라는 이야기를 자주 들었다고 했다. 진 팀의 기분을 배려하는 것도 이긴 팀이 누릴 수 있는 특권이라고 하면서 큰 점수 차로 이겼을 때나 중요한 경기에서 이겼을 때는 특히 더 조심하라는 말을 귀에 박히게 들었다고 했다. 그래서 이기면 웃음을 참으려고 입술을 깨물었고, 그게 버릇이 되었다고 했다.

진 팀을 배려하는 것이 이긴 팀의 특권이라니. 준삼은 혁오 엄마의 발상도 충격적이었지만, 입술을 깨무는 것이 버릇이 될 정도로 이기며 살아온 혁오의 이력에도 충격을 받았다. 버릇이 될 정도로 이기는 삶은 어떤 삶일까?

준삼은 야구를 그만두고 성인이 된 후에도 입술을 깨무는 사람을 보면 이긴 사람의 습관이라고 생각했다. 그런데 그런 생각을 하게 한 혁오가 볼넷을 내준 후에 입술을 깨물었다. 쿠크다스가 바스러졌는데도 입술을 깨문 것이다.

집으로 돌아온 준삼은 오늘 경기 영상을 여러 번 돌려보았다. 입술을 깨물어서 괴로워하는 것처럼 보였지만, 마운드에서 내려오는 혁오의 눈빛은 분명 어딘가 만족스러워 보였다. 터져 나오는 기쁨을 감추기 위해 입술을 깨문 게 확실했다.

왜 볼넷을 던지고 좋아하는 거지?

준삼은 낮에 봤던 영상들을 전부 다시 봤다. 혁오가 입술을 깨무는 영상이 7개 있었다. 한 번은 홈런을 맞은 후였고, 두 번은 안타를 맞은 후였고, 네 번은 볼넷을 던진 후였다. 삼진을 잡거나 실점 없이 이닝을 마무리했을 때는 한 번도 입술을 깨물지 않았다.

가장 합리적인 추측은 이기고 지고에 상관없이 입술을 깨무는 게 혁오의 습관이 되었단 것이었다. 하지만 혁오는 아무 때나 입술을 깨물지 않았다. 불리한 결과가 나왔을 때만 입술을 깨물었다. 그다음으로 합리적인 추측은 승부조작이었다. 자신에겐 불리하지만 누군가와 약속한 공을 성공적으로 던졌으므로 기뻐한 것이다. 하지만 혁오는 승부조작을 할 사람이 아니었다. 모든 야구선수가 승부를 조작한다 해도 절대 하지 않을 사람이 혁오였다. 20년 넘게 만나지 못했어도 준삼은 확신할 수 있었다. 그렇다면 도대체 왜?

머리가 지끈거리고 알 수 없는 불안에 몸이 떨렸다. 준삼은 신발장에서 아버지의 운동화를 꺼내 신고 밖으로 나가 천천히 공원을 달렸다. 오랜만에 하는 조깅이었다. 10분 정도 지나자 어색하던 발놀림이 안정되면서 호흡에도 규칙이 생겼다. 공원을 한 바퀴 다 돌고 나니 반팔 티셔츠가 땀으로 흠뻑 젖었다. 준삼은 생수를 사서 절반은 마시고 절반은 얼굴에 부었다. 차가운 생수가 달아오른 얼굴을 식혀주었다.

모르겠다.

준삼이 뛰면서 내린 결론이었다. 혁오가 이기고도 입술을 깨물었던 이유가 자신의 상식 밖에 있었던 것처럼 볼넷을 내주고 입술을 깨무는 이유도 도저히 상상할 수 없는 곳에 있을 것 같았다. 나처럼 평범한 사람은 절대로 그 이유를 알아내지 못할 거야.

좌절과 함께 질문이 찾아왔다. 나는 왜 평범할까? 나는 얼마나 평범할까? 평범하다는 건 뭘까?

쉽게 답을 내어주지 않을 것 같은 질문이 준삼의 내면을 파고들었다. 답의 꽁무니를 살짝 보여주며 깊이 들어오라고 유인했다. 준삼은 하릴없이 질문에 끌려갔다. 집에 와서도 소파에 누워 정신없이 질문 속을 헤맸다. 그때 아버지가 방에서 나왔다. 준삼은 시계를 보지 않고도 새벽 2시란 걸 알 수 있었다. 아버지는 새벽 2시만 되면 화장실에 갔다. 아버지에게 할 말이 있으면 새벽 2시까지 기다리면 되었을 정도로 정확하고 규칙적인 습관이었다. 준삼은 나이가 들어서도 변함없이 새벽 2시에 일어나 화장실에 가는 아버지의 뒷모습을 보며 답의 꽁무니를 잡았다. 평범은 뻔한 것이었다. 평범은 예측 가능한 것이었다. 마치 아버지처럼.

준삼은 평범한 삶을 싫어하지 않았다. 남들처럼 뻔하게 살기가 얼마나 어려운지, 예측 가능하게 살기란 또 얼마나 어려운지 준삼도 알고 있었다. 가족, 몸, 성적 취향, 직업, 돈, 집, 결혼, 자식, 종교,

정치적 관점 같은 것에서 하나라도 삐죽거리는 게 있으면 평범과는 멀어지고 예외적 존재가 되어버린다. 눈앞의 당장을 좇아 지금을 짓밟으며 살아도 보장받기 어려운 것이 평범이었다.

예외적으로 살 자신이 없고, 독보적으로 살 자신도 없었기에 준삼은 사회가 제시하는 틀에 자신을 맞췄다. 공부하고, 대학에 가고, 회사에 취직했다. 선생님, 교수님, 사장님 중 누구의 지시도 거부하지 않았다. 계속 이렇게 살면 대리가 되고, 과장이 되고, 부장이 될 것이다. 연봉은 점점 높아질 것이고, 여자와 결혼해 아이도 낳게 될 것이다. 뻔한 삶이었다.

준삼은 뻔함이 주는 안정감을 가능한 한 오래 누리고 싶었다. 문제는 악취였다. 사회생활을 하다 보면 구린내를 맡게 될 거라고 예상은 했지만, 이렇게까지 썩은 내가 날 줄은 몰랐다. 예측 범위를 뛰어넘는 냄새였다. 월급이 주는 안정을 누리려면 월급과 세트로 묶인 악취와 모욕도 견뎌야 했다. 직급이 올라갈수록 악취는 독해질 것이고, 감내해야 하는 모욕의 양도 많아질 것이다. 어느 순간엔 모욕을 당하는 사람이 아니라 모욕을 주는 사람이 되어야 할 것이다. 그건 또 얼마나 끔찍할까?

하지만 준삼은 그 모든 걸 잘 견뎌볼 작정이었다.

누가 나에게 예측할 수 없는 기쁨과 예정된 모욕 중에 하나를 선택하라고 하면 나는 예정된 모욕을 선택할 것이다. 눈물을 흘린다 해도 예측 가능한 편이 좋다. 휴가가 끝나면 갈 곳이 정해져 있는 삶이 좋다. 혁오가 볼넷을 주고도 만족하는 이유가 궁금하다. 알고 싶다. 하지만 두렵다. 그 이유가 내 삶을 초라하게 만들까 봐 두렵다. 그러니 모르자. TV로만 보고 펜스 너머로만 보자. 혁오가 사는 세계의 작동 원리를 모른다 해도 나의 세계를 사는 덴 아무 문제 없다.

12. OBOS

타이푼의 가을 야구 진출이 확실해진 9월 중순. 주장이자 제2선발인 김진만이 후배 폭행으로 징계를 받으면서 타이푼의 선발 라인업에 차질이 생겼다.

투수 코치가 혁오를 회의실로 불러 선발 투수를 제안했다. "너 같은 선수가 이러고 있는 게 아까워서 그래."

옆에 있던 감독도 동조하며 말했다. "우리가 너한테 줄 수 있는 마지막 기회야."

한상석 투수 코치는 선수로서의 혁오를 가장 잘 아는 사람이었다. 혁오가 입단하던 해에 지도자 연수를 받았고, 그 후 10년 동안 1군과 2군을 오가며 혁오를 지켜봤다. 혁오가 스트라이크를 던지지 못하자 일본 워크숍에서 들었던 멘탈 케어 프로그램을 떠올리고 스포츠 심리 상담을 전문으로 하는 송 박사에게 데려간 것도 한상석 투수 코치였다. 그는 선수 시절 그럭저럭 던지는 좌완 투수였는데 지도자가 되면서 촉망받기 시작했다. 공보다 사람 보는 눈이 뛰어났고, 새로운 시도를 주저하지 않았으며, 능력치보다 성적이 부진한 선수에게 기회를 만들어주는 걸 진심으로 즐겼다. 혁오의 재능을 가장 아까워하는 사람이기도 했다. 그는 혁오에게 아직 잠재력이 있다고 했다. 심리적인 문제만 해결되면 선발로도 뛸 수 있을 거라고, 나이가 들수록 더 좋은 투수가 될 거라고 확신하며 기회가 될 때마다 9회에 혁오를 등판시켰다. 이번엔 아예 선발 제안이었다.

혁오는 그런 한 코치가 늘 고마웠다. 그의 기대에 부응하지 못하는 것이 미안하기도 했다. 이번에도 미안해서 답을 못하자 거절을 눈치챈 한 코치가 말했다.

"바로 안 된다고 하지 말고 시간을 가지고 생각해봐."

옆에 있던 감독이 혁오보다 먼저 고개를 끄덕였다. 감독은 팀 분위기를 위해선 뭐라도 할 필요가 있다는 한 코치의 말에 완전히 설득된 상태였다.

"임시 주장도 맡아주면 좋겠어." 감독이 제안을 하나 더 했다.

"전 작년에 했잖아요."

혁오가 곤란한 기색을 보이자 한 코치가 다시 나서서 말했다. "진만이가 팀 분위기를 다 조져놨어. 단기전에는 분위기가 전부라는 거 알지? 한두 달만 하면 시즌 끝나니까 잠깐만 좀 맡아라."

혁오는 길게 한숨을 내쉬었다. 하고 싶다고 할 수 있는 상황이 아니었다. 기자에게 비밀을 말해버린 후였다. 한 달 넘게 연락이 안 돼 인터뷰를 못 하고 있지만, 언제 기사가 나올지 몰랐다. 혁오는 두 사람에게 정중하게 자신의 의사를 전했다.

선발을 제안해주신 건 정말 감사하다. 하지만 역량이 되지 않는다. 프로에서 3이닝 이상 던져본 적이 없을뿐더러 심리적인 문제로 1회에는 제구가 엉망이 된다. 괜히 선발로 나갔다가 팀 분위기를 더 망칠 수 있다. 무턱대고 맡기실 일이 아니다.

무턱대고 맡기는 게 아니다. 요즘 이닝을 조금씩 늘렸는데도 잘 해내지 않았냐. 9월엔 3이닝 가까이 던진 적도 있었다. 진만이 때문에 팀 분위기가 좋지 않다. 쇄신이 필요하다. 선발이 계투가 되는 건 팀 사기에 좋지 않지만, 10년 동안 계투였던 선수가 선발 등판하는 건 사기 진작에 좋은 일이다. 다른 팀 팬들도 관심을 가질 만한 일이다. 송 박사님과도 의논했다. 박사님은 네 판단에 맡긴다고 하셨다. 5회를 채우지 않아도 된다. 3회까지라도 좋으니 시도는 해보자. 아무리 생각해도 네 투구폼이 아깝다. 더 나이 들기 전에 제대로 한번 던져보자.

한 코치가 숨도 쉬지 않고 말했다. 그러고 나서 올해 타이푼을 맡은 타자 출신 감독에게 혁오의 자세가 얼마나 드물고 완벽한지를 설명했다. 혁오도 지겹게 듣던 말이었다.

코치의 열변이 끝나자 감독은 코치가 방금 했던 말을 정리해 마치 자기 생각인 것처럼 말했다. "평소에 네 자세를 눈여겨보고 있었어. 드물게 완벽해. 자세가 좋은데 공이 안 좋을 수가 없지. 나는 평소에도 네가 볼넷만 줄이면 선발이 가능할 거라고 생각하고 있었어. 하지만 심리적인 문제가 있으니 억지로 강요할 수는 없고, 며칠 뒤에 다시 이야기하자고."

감독이 말을 끝내자 한 코치가 이번엔 제발 잘해보라는 눈빛을 혁오에게 보냈다.

그날 밤 김경수와 지병률, 구아석이 혁오를 찾아왔다. "웬일이야?" 하고 혁오가 묻자 김경수가 캔맥주가 든 비닐봉지를 들어 올리며 말했다. "앞에서 한잔하다가 선배님 생각나서 왔죠."

그러고는 방으로 들어와 창가에 있던 나무 테이블을 침대 옆에 붙이고 의자도 끌어왔다. 프로 4년 차인 김경수가 의자에 앉고, 3년 차인 지병률과 구아석은 침대에 걸터앉았다.

구아석이 안주로 사 온 감자칩을 뜯으며 말했다. "선배님 선발 라인업에 올라간다면서요?

"무슨 소리야?" 혁오가 비어 있는 의자에 앉으며 말했다.

구아석이 다 안다는 듯 웃으며 말했다. "한 코치님한테 다 들었어요. 모른 척하시기는."

"그래서 축하주 마시러 왔죠." 김경수가 맥주 캔을 들어 올리며 말했다.

지병률과 구아석도 쥐고 있던 캔을 김경수의 캔 옆에 붙였다.

김경수가 말했다. "선발 축하드립니다."

혁오도 별수 없이 캔을 부딪쳤다. 이미 살짝 취한 세 사람은 혁오가 당연히 선발 제안을 받아들일 거라 생각하고, 혁오를 계투의 희망이라고 추켜세웠다. 혁오는 그런 후배들을 물끄러미 쳐다봤다. 녹음 파일에 나온 세 사람이었다. 유흥업소 출입이 잦기로 유명한 세 사람은 일과가 마무리되면 누구보다 빨리 호텔을 빠져나갔다. 팀 성적이 좋지 않아 금주령이 떨어졌을 때도 몰래 빠져나가 술을 마시고 들어왔다.

혁오는 자기 관리란 가르쳐준다고 되는 게 아니라 본인이 마음먹을 때 가능하다고 생각했다. 계기가 생기면 시키지 않아도 알아서 할 거라고 생각했다. 그래서 투구에 관해선 조언해도 개인 생활에 관해선 말을 아꼈다. 녹음 파일을 들었다는 말도 하지 않았다. 이미 벌어진 일이었다. 본인들도 겁을 먹고 조심하고 있을 테니 기사가 나오면 그때 혼낼 작정이었다. 문제는 내일 당장 인터뷰할 것처럼 굴던 기자와 연락이 되지 않는 것이었다. 이기현 기자는 전화를 받지 않았고 문자를 보내도 답이 없었다. 무슨 일이 생겼나 걱정되기도 하고, 무슨 일이 생길까 봐 조마조마하기도 했다. 괜한 고백을 했다는 후회도 들었다. 선발 제안을 받고서는 후회가 더 커졌다.

세 사람은 해맑았다. 승부조작을 했다는 죄책감 같은 건 없어 보였다. 내일은 어디서 놀지가 그들의 최고 관심사였다.

혁오가 대화에 끼지 않고 있단 걸 알고 김경수가 말했다. "선배님, 고등학교 때 완전 잘나가셨다면서요? 독보적이었다고 하던데요. 대회 MVP는 무조건 선배님 거였다고요."

"우리 중에 어릴 때 MVP 아니었던 사람도 있어?" 혁오가 시큰둥하게 말했다.

맞는 말이었다. 시에서, 도에서, 전국에서 가장 뛰어나다고 소문난 사람이 프로에 입단한다. 지금 2군인 사람도 학창 시절엔 MVP였다. 셋은 혁오의 말에 맞장구를 치며 자신의 MVP 이력을 자랑하기 시작했다. 자랑이 끝나자 어처구니없는 실수담이 이어졌다. 이야기를 듣던 혁오는 화가 났다. 그렇게 야구밖에 없는 인생을 살아왔으면서 승부조작을 해? 협박을 당해 돈을 뜯기고도 계속 룸살롱을 드나드는 행태도 이해되지 않았다. 결국 혁오는 후배들의 말간 얼굴을 참아내지 못하고 한마디 내뱉었다. "승부조작은 아니다."

뜬금없는 혁오의 말에 세 사람의 대화가 중단됐다.

"선배님, 그게 무슨 말씀이세요?" 구아석이 조심스럽게 물었다.

혁오는 뱉은 말을 이어가기로 했다. "아닌 건 아닌 거야. 프로에 오면 당장 돈방석에 앉을 줄 알았지? 몇 억은 우습고 FA 되면 수십억도 벌 수 있다고 생각했을 거야. 그렇게 될 수 있지. 가능해. 그리고 돈 때문에 경기할 수도 있고 인기나 명예 때문에 할 수도 있어. 하지만 그런 이유로 경기하다 보면 마운드에 서는 게 고통일 거야. 결과에 일희일비하게 되잖아. 우리 중에 부자되려고 야구 시작한 사람 있어? 처음엔 다 야구가 좋아서 시작했잖아."

빙빙 돌려서 한 혁오의 충고에서 핵심을 찾지 못한 세 사람이 어리둥절한 표정을 지었다. 구아석이 또 한 번 입을 뗐다. "선배님, 그런데 승부조작 이야기는 왜 하신 겁니까?"

"그냥. 요즘 워낙 승부조작이 만연하다고 하니까 걱정돼서 한 말이야." 혁오는 따끔하게 혼내려다가 협박과 갈취로 이미 여러 번 혼

낫을 후배들이 안쓰러워 얼버무리며 말했다. "너희는 그런 제안이 와도 절대 응하면 안 된다. 승부조작은 야구를 갉아먹는 짓이야. 마운드를 통째로 날려버리는 짓이라고."

혁오의 당부에 세 사람은 아무 말도 하지 않았다.

"저는 먼저 가보겠습니다." 구아석이 기분이 상한 얼굴로 방을 나갔다.

구아석이 나가자 김경수가 말했다. "아석이가 승부조작 이야기에 예민해요. 뭔가 있어서 그런 건 아니고요." 그러면서 승부조작을 제안받은 적은 있지만, 실제로 한 적은 없다고 했다. 혹시 무슨 이야기를 들었다 해도 사실이 아니니 걱정하지 말라고 했다.

후배들을 보낸 혁오는 혼자 남아 선발 제안에 대해 다시 생각해봤다. 곰곰이 생각해보니 선발을 거절하는 건 계투로 버티는 후배들의 희망을 자르는 일 같았다. 한상석 코치의 정성을 무시하는 처사 같기도 했다.

이젠 괜찮지 않을까? 그리고 선발로 나가서 최선을 다해 던진 다음에 기사가 나오면 사람들이 좀 더 쉽게 이해해주지 않을까? 지금까지는 진호 리그를 우선으로 뛰었으니 남은 시간은 공식 리그에서 뛰어도 되지 않을까?

그러려면 기사부터 막아야 해.

혁오는 선발 제안에 응하기로 결심하고 기자에게 연락했다. 이기현 기자는 이번에도 전화를 받지 않았다. 문자를 남겼다.

기자님 전에 제가 말했던 것과 관련해서 의논할 일이 생겼습니다. 중요한 일입니다. 자세한 건 만나서 말씀드리고 싶은데 연락이 너무 안되네요. 급한 일이니 문자 확인하시는 대로 바로 전화 부탁드립니다. 권혁오.

13. 진루

목에 사원증을 멘 직장인들로 카페가 북적였다. 야구 경기가 없는 월요일 오후였다. 기현은 투명한 유리로 된 미팅룸에 앉아서 인터넷 기사를 클릭하다가 회색 트레이닝복을 입은 남자가 들어오는 걸 보고 머리 위로 손을 흔들었다. 기현을 발견한 남자는 짧고 까만 머리를 살짝 숙이며 미팅룸으로 들어왔다.

"오랜만이에요." 기현이 손을 내밀며 말했다.

"네." 권혁오 선수가 손을 잡으며 짧게 말했다.

권혁오 선수는 음료를 주문하고 근황을 나누는 내내 굳은 얼굴이었다. 생각이 많아 보였다. 기현이 김진만 선수의 폭행 사건에 관해 물어보자 그제야 미간에 주름을 만들며 감정을 드러냈다.

"기사에 나온 그대로예요. 오늘 의논할 것도 그 일과 관련 있고요." 권혁오 선수가 짜증이 약간 섞인 투로 말했다. 그리고 레몬 아이스티를 한 모금 마시더니 원망하듯 기현에게 말했다. "그런데 그동안 왜 연락을 안 받으신 거예요?"

내일이라도 당장 인터뷰할 것처럼 굴어놓고 두 달 가까이 연락을 받지 않았으니 궁금한 게 당연했다. 하루 이틀이면 몰라도 두 달은 변명의 여지가 없는 시간이었다. 어디서부터 어디까지 이야기해야 할까?

기현은 커피를 마시며 일부러 볼넷을 던진 적 있다는 고백을 들은 날 자기가 받았던 충격부터 이야기했다.

그날 밤 기현의 내면은 크게 흔들렸었다. 트라우마 때문이라고 해도 프로선수가 일부러 볼넷을 던지다니. 그것도 10년 동안이나! 처음엔 고백의 진위를 의심했다. 승부조작을 들킨 것 같으니 얕은 수로 빠져나가려는 게 아닐까? 하지만 그렇게 생각하기엔 권혁오 선수의 태도가 너무 진지했다. 녹음 파일을 팔았던 남자가 권혁오 선수는 본 적 없다고 했던 것도 마음에 걸렸다. 정황상 권혁오 선수의 고백이 믿어지자 화가 났다. 자기를 포함한 야구계 전체가 그에게 놀아난 것 같았다. 얄밉기도 했다. 다른 선수들은 한 번이라도 더 이기려고 절박하게 운동하는데 승리욕을 조절하려고 일부러 볼넷을 던졌다니, 여유를 부렸다니. 그러다가 결국엔 부러워졌다. 모두의 허를 찌르는 과감한 방식으로 트라우마를 극복하고 야구를 계속해온 권혁오 선수가 대단해 보이기까지 했다.

나는 왜 그런 방법을 찾아내지 못했을까? 나는 왜 거기서 멈췄을까?

그렇게 좋아하던 야구를 너무 쉽게 포기해버렸다는 자책과 함께 그럴 수밖에 없었던 어린 날의 서러움이 기현을 찾아왔다. 기현은 많이 울었다. 마운드로 굴러온 공을 잡아서 1루로 던졌는데 돌아서면 공이 또 굴러오고 돌아서면 또 굴러오는 꿈에 밤새 시달렸다. 하지만 자고 일어난 후에는 야구를 포기했던 초등학교 6학년 여자아이에서 실적이 필요한 스포츠신문 기자로 돌아왔다. 스스로 불쌍해하기를 멈추고 권혁오 선수의 고백이 지닌 가치를 살폈다.

트라우마 때문에 10년 동안 일부러 볼넷을 던진 프로야구 선수. 이건 누구도 예상하지 못한 파격이었다. 잘만 쓰면 승부조작만큼이나 사람들의 관심을 끌 고백이었다. 게다가 불법 도박 카르텔과는 아무 관련 없는 개인 플레이여서 편집장이나 회사에서도 반대할 이유가 없었다. 기현은 권혁오 선수에게 들은 내용을 바탕으로 기사 초안을 작성했다. 녹음 파일을 샀다고 한 후로 편집장이 기현을 경계했기 때문에 일단 초안을 가져가서 승인을 받은 후에 정식으로 인터뷰할 생각이었다.

뜻밖에도 편집장은 인터뷰를 허락하지 않았다. 권혁오 선수의 고백을 승부조작과 연결된 것으로 보았다. 트라우마 때문이라는 말이 사실이라 해도 사람들은 일부러 볼넷을 던졌다는 문장을 읽으면 머릿속에 승부조작을 떠올릴 거라고 했다. 곧 가을 축제가 열릴 야구계에 찬물을 끼얹을 순 없다고 했다. 기사가 승부조작 카르텔과 연결될 것을 염려한 사전 단속이었다. 기현은 한발 양보했다. 기사에서 승부조작이란 단어나 일부러 볼을 던졌다는 문장은 빼겠다고 했다. 트라우마로 인해 자기 능력을 조절했다는 정도로 수정하겠다고 말했다. 편집장은 그마저도 허락하지 않았다. 화가 난 기현이 권혁오 선수의 인터뷰를 허락해주지 않으면 녹음 파일에 관한 기사를 쓰겠다고 하자 편집장은 마음대로 하라고 했다. 그렇게 하는 순간부터 기사는 네 개인 SNS에나 올려야 할 거라고 다정한 목소리로 말했다. 그리고 기현을 노골적으로 배제했다. 일부러 다른 업무를 지시해 기현이 전체 회의에 참여하지 못하게 했고, 기현이 담당했던 올림픽 취재는 전부 신입에게 넘겼다. 그러면 자기는 무슨 일을 하냐고 기현이 항의하자 편집장은 3년 차 기자의 기삿거리까지 편집장이 챙겨야 하는 거냐고 되물었다. 그리고 기현이 새로운 아이템을 가져가면 이유와 핑계를 대지 않고 깠다.

기현은 편집장이 자기가 생각했던 것보다 불법 도박 카르텔에 깊이 연루되어 있음을 직감했다. 그렇지 않고서야 이렇게까지 할 이유가 없었다. 편집장의 비리 정황을 캐보려고 녹음 파일을 팔았던 남자에게 다시 연락했지만, 입금을 확인한 후로 남자는 기현의 전화를 받지 않았다.

"기자도 쉽지 않은 일이네요." 그간의 사정을 들은 권혁오 선수가 말했다.

그의 대꾸에 기현은 자기 이야기를 조금 더 했다. 자기도 초등학교 때 야구를 했었는데 여자를 받아주는 중학교 야구부가 없어서 어쩔 수 없이 그만뒀다는 이야기를 했다. 한쪽에게 일방적으로 유리한 제도나 질서가 있을 때 기울어진 운동장이라는 표현을 쓰는데 야구를 하는 여자에겐 기울어진 운동장조차 없다고 말했다. "농구나 배구는 여자 리그가 있잖아요. 야구는 여자 리그가 없어요. 남자만 프로가 될 수 있죠. 권혁오 선수가 그런 식으로라도 야구를 계속할 수 있었던 건 적어도 운동장은 있었기 때문이에요." 기현은 마치 혁오가 여자 리그를 없애기라도 한 것처럼 격앙된 목소리로 말했다.

권혁오 선수는 아무 말도 하지 않았다. 그저 턱을 괴고 뭔가를 골똘히 생각했다. 기현이 괜한 이야기를 했다며 속으로 후회하고 있을 때 권혁오 선수가 손을 내리며 말했다. "그럴 수도 있겠네요." 그러곤 또 한참 동안 말이 없었다.

기현은 권혁오 선수가 여자 사회인 야구단이 있다는 말 같은 걸 하지 않아서 좋았다. 회비를 걸으며 하는 야구와 연봉을 받으며 하는 야구가 다르단 것쯤은 아는 사람 같았다.

"시간 괜찮으시면 오늘 만난 김에 인터뷰하는 건 어떠세요? 편집장이 반대해도 기사는 써보려고요." 기현이 가방에서 수첩과 녹음기를 꺼내며 말했다. 어차피 협박해서 들은 거나 진배없는 고백이었으니 거절한다 해도 어쩔 수 없다고 생각하며 최대한 가벼운 말투로 물어보았다.

권혁오 선수는 아무런 대답도 하지 않고 녹음기만 물끄러미 쳐다봤다.

머쓱해진 기현이 이제야 생각났다는 듯이 말했다. "참, 의논할 일이 있다고 하셨죠. 무슨 일이에요?"

그러자 권혁오 선수가 자세를 고쳐 앉으며 말했다. "그건 인터뷰한 후에 말씀드릴게요."

기현은 권혁오 선수가 인터뷰에 응해주었을 뿐만 아니라 술집에서보다 훨씬 더 솔직하고 구체적인 이야기를 들려줘서 놀랐다. 이런 것까지 알려지게 되면 돌이킬 수 없을 텐데 괜찮을까? 기현은 인터뷰하는 동안 벼랑 끝에 서 있는 자신을 살려줄 특종이 쓰이는 동시에 한 선수의 야구 인생이 마감되고 있음을 느꼈다. 힘든 시간을 보낸 끝에 나름의 방법으로 버티고 있는 사람의 인생을 흔들고 있다는 죄책감도 밀려왔다. 그건 그 사람 사정이고 너는 기자로서의 본분에 충실하면 된다고 했던 새롬의 말에 의지하며 질문을 이어갔다. 네가 야구를 그만뒀을 때 자기만 운동장에 있는 걸 미안해한 남자가 있었냐는 말도 꽉 붙들었다.

　진호라는 친구의 죽음에서 시작된 이야기는 진호 리그의 운영방식을 설명하는 것으로 끝이 났다. 인터뷰를 마친 권혁오 선수는 한 가지 부탁이 있다고 했다. 지금 타이푼의 분위기가 좋지 않으니 가능하다면 한국시리즈가 끝난 후에 기사를 내보내달라고 했다. 이번 시즌까지만 진호 리그를 치르고 다음 시즌부터는 공식 리그로 복귀할 생각이라고 했다. 그게 자기가 의논할 사항이었다고 말했다. "그 정도는 해주실 수 있죠?"

　기현은 그러겠다고 약속했다. "어차피 한국시리즈가 끝나기 전에는 우리 편집장도 기사를 내보내지 않을 거예요. 아시잖아요. 가을 대목."

　권혁오 선수는 기자님을 믿는다며 후배들의 녹음 파일도 잘 처리해달라고 부탁하고는 자리를 떴다.

기현은 퇴근하는 직장인들로 북적대는 광화문을 지나 집으로 걸어갔다. 노트북이 든 가방이 무거워 어깨가 뻐근했다. 권혁오 선수에게 들은 이야기가 무거워 심장도 뻐근했다. 집에 도착하니 기진맥진했다. 기현은 쫓기듯 잠들었다. 눈을 떠보니 자정에 가까운 밤이었다. 샤워하고 머리를 말리고 햇반을 데워 냉장고에 있는 꽈리고추볶음과 두부조림으로 늦은 저녁을 먹었다. 그사이 새롬이 집에 왔다. 새롬은 온종일 보고서를 썼다며 맥주를 사양하고 방으로 들어갔다. 기현은 설거지하고 테이블을 닦은 후 차를 우렸다. 따뜻한 물이 들어가자 뻐근했던 가슴이 조금 풀렸다. 기현은 허리를 곧추세우고 의자에 앉아 인터뷰 파일을 노트북으로 옮겼다. 그리고 재생 버튼과 스페이스바를 번갈아 누르며 권혁오 선수가 하는 말을 받아 적었다.

"어떻게 이럴 수 있지?" 한참 녹취하던 기현이 중얼거리며 일어나 빈 컵에 따뜻한 물을 따랐다. 그리고 두 손으로 컵을 감싸 온기를 느끼며 창밖을 봤다. 열린 창문으로 선선한 가을바람이 들어왔다. 멀리서 오가는 오토바이 소리도 들어왔다. 인터뷰를 하기 전까진 권혁오 선수의 볼넷이 트라우마를 극복하기 위한 방편이라고 생각했다. 녹취하면서 그게 다가 아니란 걸 깨달았다. 권혁오 선수의 볼넷은 단순한 변칙이 아니라 야구와 스포츠를 향한 정면 도전이었다. 자기 삶을 던진 문제 제기였다.

"기자님, 이기는 게 중요할까요? 얼마나 중요할까요? 무엇보다 중요할까요? 그런 질문이 몇 년 동안 끈질기게 저를 따라다녔어요.

진호 리그는 그 질문에 대한 저의 답변이었어요."

　권혁오 선수가 맞닥뜨렸다던 질문이 새벽 공기를 타고 기현의 가슴에도 들어왔다. 기사가 중요할까? 특종이 중요할까? 얼마나 중요할까? 내가 하는 일이 이럴 만한 가치가 있는 일일까? 스포츠 기자가 될 때까지 한 번도 생각해본 적 없고 기자가 된 후에도 생각해본 적 없는 질문이었다. 경쟁이 있으니 당연히 가치도 있다고 믿었다. 일이 고되고 힘들 때도 있었지만, 하고 있는 일의 가치와 목표의 정당성을 의심한 적은 없었다. 나도 그런 시절이 있었노라며 후배에게 건넬 충고를 마련하는 과정이라 생각하고 견뎠다. 하지만 자기와는 비교할 수 없을 정도로 눈부신 재능을 가지고 태어난 사람의 인생이 예상치 못한 방향으로 굴절된 이야기를 받아 적다 보니, 쉽게 갈 수 있는 직선 길을 버리고 구불구불한 길을 손수 만들며 걸어온 사람의 고백을 듣다 보니, 두려워졌다.

　나는 내게 주어진 것만 욕망하며 살아온 건 아닐까? 남의 욕망을 내 욕망으로 착각하며 살고 있었던 건 아닐까? 제대로 된 욕망은 한 번도 가져보지 못한 게 아닐까?

　시선이 사방으로 흩뿌려지면서 마음이 아찔했다. 기현은 서둘러 손톱을 봤다. 멈춰 있지 않은 손톱. 매일 달라지는 손톱. 손톱이 하루도 쉬지 않고 성실하게 자기 몸을 늘리고 있다는 사실은 언제나 위로가 되었다. 기현은 새롬이 자고 있는 방에 들어가 손톱깎이를 꺼내 왔다. 휴지를 깔고 거실 바닥에 앉았다. 날카로운 틈에 왼쪽 엄지손톱을 넣고 눌렀다. 가운데 절반이 잘렸다. 손톱깎이 위치를 양옆으로 조금씩 움직여 남은 손톱도 마저 잘랐다. 왼손 검지, 중지, 약지, 새끼손가락과 오른손 다섯 손톱도 똑같은 방법으로 잘랐다. 그리고 잘린 손톱을 휴지로 쓸어 담아 쓰레기통에 버렸다. 박자를 잃고 멋대로 쿵쾅대던 가슴이 두근두근, 평소의 리듬을 찾았다. 기현은 다시 의자에 앉아 뭉툭해진 손톱을 세우고 권혁오 선수의 이야기에 귀를 기울였다.

기현은 기자가 되고 나서 수십 건의 인터뷰를 했다. 신입 때는 선배가 진행하는 현장에 따라가 사진을 찍거나 녹음을 했고, 그다음엔 경기 후 소감을 묻는 간단한 인터뷰를 시작으로 다양한 스포츠 선수의 인터뷰를 직접 진행했다. 특종을 낸 후엔 유명한 선수를 단독으로 인터뷰한 적도 있었다.

인터뷰 진행자로서 기현의 무기는 성실한 준비였다. 유명한 선수든 유명하지 않은 선수든, 인기 종목 선수든 비인기 종목 선수든 간에 인터뷰가 잡히면 사전 조사를 철저하게 했다. 현재 기록뿐만 아니라 선수 자신도 잊은 과거 기록까지 꼼꼼하게 준비해 갔다. 거기에 상대가 듣고 싶어 하는 칭찬이나 관심을 가질 만한 이야깃거리 몇 개를 더 준비해 가면 대부분의 인터뷰가 순조롭게 진행되었다.

권혁오 선수의 인터뷰도 준비 과정이나 진행 방식은 똑같았다. 그렇지만 결과가 달랐다. 이렇게까지 담길 수 있구나. 기현은 권혁오 선수의 내면이 밀도 높게 담긴 열여섯 장의 녹취록을 읽으며 좋은 인터뷰의 기준에 대해 다시 생각했다.

기현이 지금까지 잘했다는 칭찬을 받고 개인적으로도 만족스러웠던 인터뷰는 기획에 맞는 답변을 빠르고 정확하게 얻어낸 인터뷰였다. 버릴 부분과 취할 부분이 명확해서 기사로 작성하기 용이한 인터뷰였다. 권혁오 선수의 인터뷰는 그렇지 않았다. 앞에서 한 이야기를 하나라도 빼면 뒤에 있는 이야기가 가진 힘이 확 줄어들었다. 모든 답변이 긴밀하게 얽혀 있어서 하나를 드러내려면 전부를 보여줘야 하는 인터뷰였다. 기현이 질문하거나 혁오가 답한 방식 때문이 아니었다. 혁오가 앞뒤를 맞춰 살아왔기 때문이었다.

*

기현은 며칠 동안 공들여 쓴 인터뷰 기사를 편집장에게 보여주었다. 권혁오 선수가 던진 질문의 크기를 축소하지 않고, 그가 살아온 삶의 궤적을 온전히 담으려고 노력한 기사였다. 스포츠신문의 기사치고는 길었지만, 지금까지 쓴 기사 중에서 가장 읽을 만한 가치가 있는 글이라고 기현은 생각했다. 요즘 자신을 눈엣가시처럼 여기는 편집장도 이 글에 담긴 가치만은 알아봐줄 거라 기대했다. 예상대로 기사를 읽는 편집장의 얼굴에 감출 수 없는 호기심이 어렸다. 그걸 보고 기현이 자신 있게 말했다. "승부조작 이야기가 아니에요. 한 선수의 삶을 담은 인터뷰입니다."

기사를 다 읽은 편집장은 얼굴에서 호기심을 지우고 소파에 앉았다. 그리고 빈정거리며 말했다. "이 기자, 우리는 스포츠신문이야. 그 사실을 까먹은 건 아니겠지? 왜 기사를 안 쓰고 전기를 썼어?"

기현은 신고 있던 하이힐을 벗어 편집장의 얼굴에 던질 뻔했다. 하지만 그거야말로 편집장이 바라는 바란 걸 알고 있었기에 꾹 참았다. 대신 편집장이 자주 했던 말의 귀퉁이를 다시 한번 잡았다.

"예전에 편집장님께서 인터뷰 기사엔 선수의 삶이 담겨야 한다고 말씀하셨죠. 야구는 인생이라는 말도 자주 하셨고요. 스포츠를 통해 세상을 읽는 기자가 필요하다는 말씀도 하셨어요. 권혁오 선수의 인터뷰는 이기는 것의 가치만 강조해온 사회에 경종을 울릴 만한 내용을 담고 있습니다. 스포츠 선수의 인생 이야기로 보더라도 충분히 흥미롭고요."

"이 기자는 그동안 내 말을 오해하고 있었나 보네." 김형호 편집장이 허공에 손을 휘저으며 말했다. "난 스포츠라는 틀 안에서의 삶을 말한 거야. 선수가 겪은 일이라고 해서 다 기사화할 만한 가치가 있는 건 아니지. 이 기자가 쓴 기사는 선수가 주절주절 떠드는 걸 그대로 받아쓴 거에 불과해. 기사로 내보낼 생각이었으면 좀 더 날카롭게 개입을 했어야지."

기현은 편집장이 하는 말을 믿지 않았다. 이 기사의 수준을 가장 잘 알 사람이 편집장이었다.

"녹음 파일이랑 연결될까 봐 그러시는 거예요?" 기현이 직접적으로 물었다. 편집장은 아무 말도 하지 않았다. 그렇다면 긍정이다. 기현이 다시 물었다. "편집장님 도대체 어디까지 관여되신 거예요?"

"무슨 소리야?"

"녹음 파일 사면서 들었어요. 웬만한 스포츠신문은 다 불법 도박 업체와 연결되어 있다고요. 도대체 얼마나 받으셨길래 이렇게까지 하시는 거예요?"

편집장이 소파에서 일어나 기현을 노려봤다. 기현도 피하지 않고 마주 봤다.

편집장이 기현에게 다가오며 말했다. "적당히 하는 게 좋을 거 야."

기현은 편집장의 다정한 목소리와 적의 어린 눈빛의 간극에 소름 이 끼쳤다. 지지 않으려고 떨리는 목소리로 말했다. "편집장님도 적 당히 하시면 좋겠습니다."

기현의 말이 끝남과 동시에 편집장의 오른손이 기현의 왼뺨을 때 렸다. 기현의 몸이 휘청거렸다. 기현은 오른손으로 테이블을 짚고 왼손으론 뺨을 감싼 채 가만히 있었다. 너무 놀라서 어떤 행동도 할 수 없었다. 그러자 편집장이 오른손을 내리고 마치 다른 사람이 자 기 손을 가져다가 기현을 때린 것처럼 어쩔 줄 몰라 하며 말했다. "그러니까 예쁘다 예쁘다 할 때 적당히 좀 하지."

예쁘다 예쁘다? 기현은 맞은 것보다 그 말이 더 모욕적으로 느껴 졌다. 다리가 후들후들 떨리고 목이 메었다. 기현은 한 가지 사실을 확인하기 위해 다리와 목에 힘을 주고 말했다. "제가 초등학교 때 통화했던 기자가 편집장님 아니셨어요?"

그러자 편집장이 황당하다는 표정으로 기현을 쳐다봤다. "그게 무슨 소리야? 내가 너를 어떻게 알고 통화를 해?"

"그럼 면접 때 왜 저를 미셨어요?"

"여기서 면접 얘기가 왜 나와?"

"왜 면접 때 저를 미셨냐고요." 기현이 차갑게 식은 목소리로 다시 물었다.

편집장이 말했다. "당연히 능력을 보고 뽑았지. 다른 사람들은 다 남자가 나을 거라고 했는데 그건 뭘 몰라서 하는 소리야. 취재는 여자 기자가 더 잘해. 여자가 가면 분위기가 좋아서 선수들이 온갖 걸 다 말해주거든. 운동선수는 남자가 많잖아."

기현은 어렸을 때부터 치어리더만은 되고 싶지 않았다. 직업인으로서는 멋있었지만, 승부의 세계에 속해 있으면서도 승패를 결정짓진 못하는 존재라는 게 늘 마음에 걸렸다. 기현은 승부를 장악하는 사람이 되고 싶었다. 응원석이 아니라 타석을 원했다. 열심히 노력해서 기자라는 타석을 얻었다고 생각했는데 그 자리 또한 응원석일 줄은 몰랐다.

편집장이 소파에 앉아 다리를 꼬고 기현을 쳐다보았다. 자기가 폭력을 행사한 건 네가 정도를 넘어섰기 때문이라고 말하는 눈빛이었다. 맞은 사람에게 사과를 요구하는 뻔뻔한 눈빛. 당당하지는 못했다. 그러기에는 기현의 볼이 지나치게 빨갰다. 기현은 편집장의 눈을 마주 보는 것으로 그의 적반하장을 상대했다. 세게 맞아서 다행이라고 생각하며 폭력의 증거를 어루만졌다.

기현이 물러설 기미를 보이지 않자 편집장이 잠시 눈을 감고 생각하더니 기현이 작성한 기사를 손으로 가리키며 말했다. "이 기사

내보내줄게."

맞은 덕분에 원하는 걸 얻었다.

기현은 투수가 던진 공에 맞고 1루로 걸어가는 타자가 된 기분이었다. 이게 정말 야구였다면 기현은 붉은 뺨을 들이밀며 편집장에게 달려가 강력하게 항의했을 것이다. 그러면 벤치에 앉아 있던 동료들이 운동장으로 달려 나왔을 테고, 심판이 아수라장이 된 상황을 정리해줬을 것이다. 하지만 공이 아니라 귀싸대기를 맞은 이기현 기자에겐 그렇게 해줄 동료와 심판이 없었다. 기현의 동료들은 냉철한 편집장이 오죽하면 그랬겠냐며 편집장의 편을 들 가능성이 농후했다. 투수가 던진 공에 맞은 타자는 진루를 보장받지만, 상사에게 귀싸대기를 맞은 회사원은 아무것도 보장받지 못한다. 항의했다가는 다음 타석까지 잃을 수 있다. 기현은 단순하게 생각하기로 했다. 인생은 야구다, 몸에 맞았으니 진루하자, 1루로 간 다음에 생각하자.

"그럼 오늘 밤까지 수정해서 최종 원고 올리겠습니다." 기현이 냉랭한 목소리로 말했다.

그러자 편집장이 너그러운 웃음을 보이며 말했다. "서두르진 않아도 돼. 포스트시즌 앞두고 분위기 좋은데 논란을 만들 필요는 없잖아. 기사는 한국시리즈 끝나고 내보내는 걸로 하자고. 그래도 괜찮지?"

기현의 뺨은 아직 식지도 않았는데 편집장은 평소 모습으로 돌아와 일정을 조율했다.

"네. 권혁오 선수와도 한국시리즈 끝나면 내보내겠다고 약속했습니다."

"그거 잘됐네."

편집장은 기현의 원고를 처음부터 다시 읽기 시작했다. 이번에는 얼굴에서 호기심을 지우지 않았다.

"여기에 송 박사라는 사람의 인터뷰를 같이 싣는 건 어때? 그렇게 하면 승부조작이라고 오해받을 여지를 줄일 수 있을 것 같은데?"

좋은 아이디어였다. 송 박사의 인터뷰를 같이 실으면 트라우마가 강조되면서 권혁오 선수가 지게 될 부담이 줄어들 것이다. 나는 왜 그런 생각을 못 했지. 기현은 아쉬워하며 말했다. "알겠습니다. 송 박사님 인터뷰도 추가할게요. 인터뷰 일정을 잡고 다시 말씀드리겠습니다."

"그래. 시간 있으니까 천천히 해도 돼. 오늘 일은 개의치 말고……." 편집장이 말끝을 흐리며 문을 열어주었다.

편집장실을 빠져나오면서 기현은 웃었다. 그게 어떤 종류의 웃음인지는 기현 자신도 몰랐다. 귀싸대기 한 번에 결정을 바꾼 편집장을 향한 비웃음인지 그가 속한 세계를 향한 조롱인지, 기사를 내보내게 된 기쁨에서 나오는 웃음인지 기현은 알지 못했다. 중요한 건 눈물이 아니라 웃음이 나왔다는 사실이다.

14. 왈왈

9월부터 삼현투자금융의 성과 관리 프로그램이 시행되었다. 시작은 간단한 공지였다. 회사의 구조를 혁신하기 위해 저성과자를 선정하고 그들을 위한 교육 프로그램을 진행한다는 내용이었다. 그 공지를 간단히 여긴 사람은 아무도 없었다. 상반기부터 흉흉하게 떠돌던 구조조정이 본격적으로 시작되었다며 저성과자 선정 기준을 궁금해했다. 인사과에서는 자기들도 그 기준을 모른다고 했다. 외부에서 온 컨설팅 전문가가 총괄하는 특별 프로그램이라고 했다. 누구의 성과가 더 낮을지 짐작해보기도 전에 부서별로 1차 저성과자가 발표되었다. 거기에 적힌 이름이 특별 프로그램의 목적을 알려주었다.

노골적이었다. 1차 저성과자로 분류된 72명 중 제1노조에 가입한 사람이 57명, 제2노조에 가입한 사람이 0명, 어느 노조도 가입하지 않은 사람은 15명이었다. 명백한 노조 탄압이라며 제1노조가 반발했다. 컨설팅 전문가는 실적뿐 아니라 근무 태도나 동료 평가 등 여러 가지 요소를 종합해 엄정하게 도출한 결과라는 말만 반복했다. 한 달 동안 진행된 교육은 시간 끌기에 불과했다. 교육의 결과와 상관없이 저성과자로 지명되었던 사람들은 교육이 끝난 후 기존 업무와 아무 관련이 없는 부서로 배치되었다. 다른 지역으로 발령 난 사람도 있었다. 경영지원팀에서 유일하게 제1노조원이었던 김 차장도 창원으로 발령 났다.

준삼이 짐 싸는 걸 도왔다. 김 차장의 얼굴엔 억울함과 분노가 짙게 깔려 있었다. 부끄러움은 없었다. 부끄러움은 김 차장이 짐 싸는 걸 못 본 척하며 모니터를 보고 있는 직원들의 얼굴에 있었다. 준삼도 부끄러워하진 않았다. 자기가 할 수 있는 일은 없었다고 생각했다. 그저 김 차장이 떠난 후에 생길 업무 공백이 어떻게 메워질지 예측하며 저성과자라는 말을 곱씹었다.

저성과자, 저성과자, 저성과. 성과란 뭘까.

회사에 들어오기 전엔 기업은 목표가 이윤 추구니까 효율적으로 일해서 영업 실적을 높이는 게 성과를 내는 거라고 생각했다. 회사에 들어와보니 일을 잘한다는 평가를 받거나 인정받는 사람은 실적보다는 생색을 잘 내는 사람이었다. 상사가 자기 효능감을 맛볼 수 있는 방식으로 일을 처리하는 사람이 승진했다. 주관을 가지고 일하는 사람은 업무량만 많고 승진은 늦었다.

"또 보자." 김 차장이 주차장까지 짐을 날라준 준삼에게 말했다.

준삼은 그 말이 완전히 나가떨어지지는 않겠다는 의지 표명처럼 들렸다.

그렇게 김 차장이 떠난 날, 박 부장이 회식을 잡았다. 급하게 잡힌 회식이었지만, 모든 팀원이 참석했다. 고기가 구워지고 배가 채워지자 박 부장이 소주잔을 들고 일어났다.

"김 차장님이 오늘 떠나셨어요. 김 차장님은 모르시겠지만, 지역 발령만큼은 막아보려고 제가 중간에서 노력했는데 회사 입장이 강고했어요. 요즘 회사 분위기가 어수선하단 걸 압니다. 아직 조금 더 남았어요. 연말까지만 잘 버텨봅시다. 어려운 일이 있을 때 연락하시면 제가 언제든지 돕겠습니다."

박 부장과 김 차장의 관계가 매끄럽지 않다는 건 모두 아는 사실이었다. 그런데도 김 차장 이야기부터 꺼내는 박 부장의 호전적인 면모가 그를 부장 자리에 앉힌 것이리라. 준삼은 박 부장의 신호에 맞춰 윤 대리와 소주잔을 부딪친 후 TV를 봤다. 월요일인데도 야구 경기가 중계되고 있었다. 정규시즌이 끝나고 포스트시즌에 진출할 팀을 결정하는 와일드카드 결정전이었다. 10개 구단 중에서 4위와 5위를 차지한 팀 간의 대결로 절반에만 들어도 우승을 노려볼 수 있었다. 냉정한 승부의 세계가 가을만 되면 관대해졌다. 혁오가 속한 타이푼은 정규시즌을 2위로 끝내고 플레이오프를 기다리는 중이었다.

테이블마다 빈 소주병이 서너 개씩 쌓였다. 박 부장이 2차를 가자고 했다. 몇 명이 곤란하다는 눈빛을 주고받았다. 곤란하다고 말을 꺼낸 사람은 어린 아이를 키우는 차 과장뿐이었다. 차 과장과 함께 몇몇 계약직 직원이 빠지면서 남자 공채만 남았다. 박 부장과 김 과장과 윤 대리와 최 대리, 그리고 준삼을 포함한 두 명의 주임은 룸이 있는 가라오케로 가서 도우미를 끌어안고, 노래를 부르고, 춤을 추며 맥주와 양주를 번갈아 마셨다. 준삼은 뒤치다꺼리를 위해 적당히 조절하며 술을 마셨다.

잔뜩 취한 박 부장이 양주잔을 높이 들고 왈왈 개 짖는 소리를 냈다. 준삼은 서둘러 도우미들을 밖으로 내보냈다. 윤 대리와 최 대리도 왈왈 개 짖는 소리를 냈다. 김 주임도 빼지 않고 큰 소리로 짖었다. "왈왈!" 그러자 김 과장이 그걸로는 부족하다는 듯이 고개를 좌우로 젓더니 두 손을 앞으로 모으고 "아우—" 하며 늑대 울음소리를 냈다. 그 소리가 무섭다는 듯 박 부장이 꼬리 없는 엉덩이를 흔들며 준삼의 품으로 달려들었다. 준삼은 술에 취하지 않은 걸 후회하며 박 부장을 안고 왈왈 소리를 질렀다. 박 부장이 룸 한가운데 서서 다리를 벌렸다. 김 과장이 제일 먼저 박 부장의 가랑이 사이로 기어들어갔다. 윤 대리와 최 대리도 뒤를 따랐다. 준삼과 박 주임까지 모든 직원이 가랑이를 통과하자 박 부장은 경박하고 길게 짖으며 만족을 표시했다. 왈왈왈 왈왈왈왈.

"회사에 다니려면 개가 되어야 해." 박 부장의 말에서 시작된 놀이였다. 룸에서 놀다가 취하면 하는 퍼포먼스였다. 이렇게 한바탕 기고 나면 박 부장이 엄지를 세우고 말했다. "우리 팀 참 잘 논다."

박 부장은 아무리 취해도 다른 사람의 가랑이 사이로 들어가지 않았다. 기어 다니는 직원들을 구경만 했다.

룸을 나가면 아무도 이 놀이를 언급하지 않았다. 처음엔 다들 너무 취해서 기억하지 못하는 줄 알았다. 딸이 강아지를 기르고 싶다고 조르는데 고양이를 기르면 길렀지 왈왈거리는 것들은 절대로 기르지 않겠다는 윤 대리의 말을 듣고서야 준삼은 모두가 이 놀이를 기억하고 있으며, 이걸 놀이로 여기는 사람은 아무도 없단 걸 알게 되었다.

박 부장이 소파에 앉으며 이제 그만하라는 손짓을 보냈다. 김 과장이 무릎에 묻은 먼지를 털고 반듯하게 소파에 앉았다. 나머지 사람들도 흐트러짐 없이 앉았다.

"아무래도 공채인 자네들한텐 이야기해야 할 것 같아." 박 부장이 생수를 들이켜며 말했다.

준삼은 목이 가려워 조심스럽게 헛기침했다.

"다음 주부터 희망 퇴직 신청이 시작될 거야. 위에서는 부서별로 두 명 이상 정리하라고 하는 모양인데 최종적으로 몇 명이 될지는 아직 나도 잘 모르겠어."

다들 조용했다. 박 부장이 이런 이야기를 대책 없이 꺼낼 사람이 아니란 걸 알고 그의 다음 말을 기다렸다.

"그중 한 명은 김 차장이 될 거야. 거기 생활이 만만치 않아서 아마 한 달 이상 버티긴 어렵겠지. 문제는 김 차장 말고도 공채에서 한 명 더 줄여야 한다는 거야. 너희도 알다시피 우리 부서에서 노는 사람이 어딨어? 다 최대치로 일하고 있잖아. 내가 이사님 찾아가서 우리 부서는 그만둘 사람 없다고 여러 번 말했는데 씨알도 안 먹혀."

김 과장이 믿을 수 없다는 표정으로 말했다. "그럼 정말 한 명이 그만둬야 합니까? 우리 중에서요?"

최 대리도 흥분해서 말했다. "우리 중에 그만둘 사람이 누가 있어요?"

박 부장이 생수를 테이블에 내려놓으며 진정하라는 손짓을 했다. 김 과장과 최 대리가 입을 다물고 박 부장의 입을 쳐다봤다. 박 부장이 입을 열었다.

"그래서 내가 지난 보름 동안 고민을 정말 많이 했어. 계속 생각하다 보니까 회사를 그만두고 싶은 사람이 있을 수도 있겠단 생각이 들더라고. 차 과장도 만날 애 키우면서 회사 다니기 힘들다고 했잖아. 자발적으로 퇴사하겠다는 사람이 있는지 일단 신청을 받아보고 없으면 다른 방법을 찾아봐야지."

이미 떠날 사람은 다 떠나서 자발적으로 퇴사할 사람은 없을 게 분명했다. 결혼을 앞둔 최 대리가 조급해하며 물었다. "다른 방법이 뭔데요?"

그러자 박 부장이 깍지를 끼며 말했다. "있어. 희망자가 없으면 그때 이야기해줄게."

희망자는 없었다. 일주일 동안 희망 퇴직 신청을 받았지만 아무도 신청하지 않았다. 그러자 박 부장이 금요일 아침 회의에서 다른 방법을 말했다. "경영진에선 부장의 역량에 맡긴다고 했어요. 하지만 전 누군가의 인생이 걸린 중대한 결정을 제 마음대로 해선 안 된다고 생각합니다. 저는 여러분의 의견을 십분 반영하겠습니다."

박 부장은 다음 주 월요일까지 성과 관리 교육이 필요하다고 생각하는 동료의 업무 평가서를 작성해 오라고 했다. 메일로 보내지 말고 손으로 직접 작성해 오라고 했다. 팀 분위기를 알아보는 차원에서 진행하는 것이라며 여기에 적힌다고 해서 불이익을 당하는 건 아니라고 했다. 박 부장의 말을 믿는 사람은 없었다. 회의에 참석한 사람들은 그게 사실상 퇴사 추천서임을 알아차렸다. 위에서 시킨 일은 잘 해내고 싶고, 나쁜 사람은 되고 싶지 않은 박 부장의 술책이었다. 하지만 누구도 퇴직 강요가 노동법 위반이라거나 동료 평가서를 거부하자는 말은 하지 않았다. 제1노조가 노동법을 근거로 회사의 부당한 처사를 여러 번 고발했지만, 벌금을 낸 건 되려 그들이었기 때문이다.

동료 평가서 양식을 만드는 건 준삼의 몫이었다. 양식을 만드는 일 자체는 어렵지 않았다. 한글 프로그램을 열어 표를 만들고 부장이 지시한 항목을 넣기만 하면 됐다. 어려운 건 악취가 들끓는 사무실에 앉아 건물이 무너질 것 같은 공포를 견디는 일이었다. 회의가 끝난 후부터 머리 위 천장이 거슬리기 시작하더니 점심을 먹고 난 후에는 천장이 조금씩 오른쪽으로 도는 것 같은 느낌이 들었다. 어지럽고 속이 메스꺼웠다. 먹은 것을 다 토하고 물을 1리터 넘게 마셔도 나아지지 않았다. 아주 좁은 관에 갇혔는데 누군가 그 관을 빙빙 돌리는 것 같았다. 오후가 되자 당장이라도 관이 무너질 것 같은 불안이 엄습했다. 준삼은 수시로 고개를 들어 사무실 벽에 금이 가진 않았는지, 천장이 내려앉고 있진 않은지 건물 상태를 확인했다. 퇴근 시간이 되자 사람들은 인사도 없이 하나둘 사라졌다. 식은땀으로 엉덩이가 축축해진 준삼도 퇴근을 서둘렀다. 출력한 동료 평가서 한 장을 가방에 넣고 도망치듯 붉은색 건물을 빠져나왔다.

10월의 건조한 바람. 준삼은 버스 정류장에 서서 겨드랑이와 엉덩이가 마르는 걸 느끼며 버스를 기다렸다. 정면에 국회가 보였다. 국회는 늘 거기 있었다. 준삼이 본사로 처음 출근한 날도 국회는 거기 있었다. 그땐 국회를 보는 게 좋았다. 뉴스에서 보던 국회의사당 지붕을 일상에서 접하는 기분이 근사했다. 덩달아 중요한 인물이 된 것 같았다. 이젠 아니었다. 누가 봐도 자기 이익과 권력 유지를 위해 일하는 게 분명한데 국민을 위해서라는 명분을 내세우는 사람들의 일터를 보고 있으면 불쾌했다. 투표한 후에는 그들이 어떤 엉망진창을 보이든 감내할 수밖에 없는 일개 국민이란 게 억울했다. 지난 국회에서 복수 노조법을 통과시키지 않았으면 회사가 이렇게까지 망가지지는 않았을 거라고 했던 김 차장의 말을 준삼은 똑똑히 기억하고 있었다. 그래서 미안해하는 기색도 없이 뻔뻔하게 서 있는 건물을 보자 부아가 끓었다. 국회를 향해 소리라도 질러야 분이 풀릴 것 같았다. 준삼은 소리를 지르는 대신 몸을 돌려 그곳을 벗어났다. 크고 빠른 보폭으로 정신없이 서강대교를 건넜다. 저녁 노을이 정확히 밤섬에 떨어져 차에 탄 사람들의 시선을 끌고 있었지만, 준삼의 눈엔 그 빛이 보이지 않았다. 그 순간 준삼이 집중하고 바란 건 다른 것이었다. 국회에서 멀어지는 것, 중심에서 멀어지는 것, 비겁함으로부터 멀어지는 것.

국회 건물에서는 금방 멀어졌다. 하지만 비겁함으로부터는 금방 멀어지지 못했다. 비겁함은 준삼에게도 있었기 때문이다. 준삼이 자기 안에 쌓인 비겁함을 발견하고 중심을 향한 열망을 놓기까지는 오랜 시간이 걸렸다.

집에 도착한 준삼은 다음 날 오후까지 끙끙 앓았다. 북한이 쳐들어왔으니 얼른 대피하라는 아버지의 전화로 시작된 꿈은 정신없이 떨어지는 포탄을 피해 달리다가 막다른 골목 벽에 머리를 부딪치기 직전에 끝났다. 일어나니 실제로 달린 것처럼 온몸이 뻐근했다. 허기가 져서 냉장고를 열어보니 엄마가 보내준 김치가 박스째 들어 있었다. 준삼은 아이스박스를 감싼 테이프를 뜯어내고 유리로 된 밀폐 용기에 김치 한 포기를 덜었다. 라면을 두 개 끓이고 TV를 틀었다. 플레이오프 2차전이 중계되고 있었다. 타이푼의 경기였다. 야구를 보면서 라면 국물에 밥까지 말아 먹었다. 몸이 노곤해졌다. 준삼은 침대에 등을 기대고 본격적으로 야구를 보았다. 6회였고, 타이푼이 5 대 1로 이기고 있었다. 혁오는 벤치에 앉아 있었다.

혁오가 입술을 깨무는 모습을 본 후로 준삼은 혁오의 경기 영상을 보지 않았다. 혁오를 보면 혼란스럽고 자괴감이 들었다. 월급을 쫓아 뻔하게 사는 인간이라고 자신을 학대하게 되었다. 혁오에게 복종하고 싶은 마음이 들기도 했다. 복종할 거라면 월급이 아니라 사람에게 하고 싶었다. 또 이왕 복종할 거라면 감탄을 자아내는 사람에게 하고 싶었다. 준비는 되어 있었다. 복종을 받아줄 사람이 없어서 못 했을 뿐이었다. 사람들은 순종은 좋아했지만, 복종은 부담스러워했다. 책임지고 싶지 않은 거겠지. 준삼도 같은 이유로 순종보다 복종을 하고 싶었다. 내게 주어진 생을 책임지는 게 갈수록 어렵게 느껴졌다.

8회가 되었다. 타이푼이 한 점을 추가해 6 대 1로 이기고 있는 상황에서 혁오가 등판했다. 8회엔 세 타자를 실점없이 처리했고, 9회엔 첫 타자에게 볼넷을 내어주었다. 일부러 볼넷을 던진 게 분명했다. 의혹을 가지고 보니 고의성이 선명하게 보였다. 포스트시즌이니 9회에도 잘 던지지 않을까 하고 기대했는데 아니었다. 납득하기 어려운 혁오의 행동에 준삼은 머리가 지끈거렸다. 혁오가 내려간 마운드에 타이푼의 다른 투수가 올라왔다. 그는 땅볼과 삼진 두 개로 세 개의 아웃 카운트를 잡고 팀의 승리를 확정 지었다. 힘 있고 뛰어난 피칭이었다. 하지만 준삼의 눈엔 혁오와 비교되어 비루해 보였다.

비루한 건 나야.

준삼은 1차전에 이어 2차전까지 이긴 타이푼 선수들이 얼싸안고 좋아하는 모습을 보며 눈물을 흘렸다. 그들과 함께 기뻐하는 중학교 동창을 보며 입술을 깨물었다.

혁오는 무엇을 견디려고 입술을 깨문 걸까? 나는 무엇을 더 견뎌야 하는 걸까?

한번 터진 울음은 쉽게 멈추지 않았다. 야구 중계 뒤에 시작한 드라마의 엔딩크레디트가 지나갈 즈음에야 잦아들었다. 생존에 꼭 필요한 것들로만 채워진, 장식품이라고는 액자 하나 찾아볼 수 없는 오피스텔의 싱크대 위에서 김치가 말라가는 밤이었다.

준삼은 가방에서 동료 평가서를 꺼냈다. 그리고 굴러다니는 볼펜을 집어 거기에 자기 이름 세 글자를 적었다. 이준삼. 업무 평가에도 세 글자만 적었다. 추하다. 자신에게 내리는 평가인 동시에 이 평가서를 향한 평가였다.

기회가 왔을 때 잡아야 한다고 배웠다. 그래서 어떤 기회도 놓치지 않으려고 아등바등 살았다. 하지만 이번 기회는 놓쳐보기로 했다. 비열해질 기회까지 잡을 필요는 없다고, 놓쳐도 되는 기회도 있다고 일부러 볼넷을 던지는 사람이 알려주었다.

다른 사람들은 비열해질 기회를 놓치지 않았다. 평가서에 타인의 이름을 적어 박 부장에게 제출했다. 가장 많은 표를 얻은 사람은 준삼이었다. 젊음이 이유였다. 이 주임은 아직 어리니까, 이 주임은 앞으로 기회가 많으니까. 명예 퇴사자의 조건이 5년 이상 근무자이니 이제 막 5년을 채운 네가 퇴사자가 되는 일은 없을 거라 했던 윤 대리도 준삼을 적었다며 찾아와 사과했다. "너는 한 표도 안 나올 줄 알았어."

발표를 듣고 당황한 준삼을 박 부장이 회의실로 불렀다. 준삼이 황망한 얼굴로 자리에 앉자 박 부장이 말했다. "놀랐지? 나도 놀랐어."

박 부장이 위로하자 준삼은 더 불안해졌다. "부장님, 이걸로 결정하는 건 아니라고 하셨죠?"

"그럼. 이걸로 결정하는 건 아니지." 박 부장이 말했다.

준삼은 그래도 안심이 되지 않았다. "정말이죠?"

"이 주임도 참. 이건 투표가 아니라니까. 평가서로 퇴사자를 결정할 생각은 없어. 내가 평가서를 써보자고 한 건 다른 이유 때문이었어."

"어떤 이유요?" 준삼이 말했다.

박 부장은 잠시 머뭇거리다가 의아하다는 표정으로 말했다. "마음 한편에 그만두고 싶은 생각이 있는 사람을 찾으려고 한 거야. 왜 억지로, 마지못해 회사 다니는 사람들 있잖아. 다들 내 앞에서는 열심히 하겠다고만 하니까 알 수가 있어야지. 그랬는데 보니까 이 주임이 자기 이름을 썼더라."

"그건 제가." 준삼은 말을 하려다가 멈췄다. 울다 지쳐서 홧김에 쓴 거라는 말이 튀어나올 뻔했다. "그건 제가 막내라 선배님들 이름을 쓸 수가 없어서……." 준삼이 추하다는 평가를 지우길 잘했다고 생각하며 말했다.

박 부장이 준삼의 말을 끊었다. "난 그렇게 생각하지 않아. 이 주임 평가서가 제일 많았던 걸 보면 이 주임이 평소에 업무를 많이 힘들어 한 모양이야."

내가 그랬나.

준삼은 아무 말도 하지 못했다. 머릿속에 돌멩이가 들어차면서 어떤 변명도 생각나지 않았다.

그러자 박 부장이 자리에서 일어나며 말했다. "나도 생각해볼 테니까 이 주임도 진지하게 생각해봐. 퇴근 전에 다시 이야기하자고."

박 부장이 회의실을 나갔다. 준삼은 가만히 앉아서 생각했다.

뭘 진지하게 생각해보라는 거지? 도대체 뭘?

준삼은 박 부장이 어떤 의도로 그런 말을 했는지 이해되지 않았다. 그래서 2층에 있는 '여직원'에게 달려갔다.

경선 선배는 업무 중에 갑자기 찾아와 시간을 내달라는 준삼의 행동에 불쾌함을 감추지 않았다. 준삼은 아랑곳하지 않고 업무 평가서에 자기 이름을 쓴 일부터 조금 전 박 부장과 나눈 대화까지 그간의 일을 상세하게 설명했다. 그리고 목에 앉은 딱지를 떼어내며 다급하게 물었다. "박 부장님이 뭘 생각해보라는 거죠?"

경선 선배는 비상문에 등을 기대며 팔짱을 꼈다. "그걸 왜 나한테 물어보는 거예요? 개미지옥으로 부를 땐 언제고?"

준삼은 곧바로 사과했다. "죄송해요. 그건 제가 어떻게 할 수 있는 문제가 아니었어요. 정말 죄송해요."

경선 선배는 그런 준삼을 한심해하면서도 약간은 측은한 눈빛으로 쳐다봤다. 그리고 팔짱을 풀며 말했다. "알아서 그만두라는 말이잖아요."

"생각해보라는 게 그런 뜻이에요?"

"내 생각엔 그래요. 그리고 이런 일은 노조 담당자를 찾아가야죠. 노조에 가입도 못 하는 나한테 오면 어떡해요?" 경선 선배가 나무라듯 말했다.

"노조요?" 준삼이 기대 없는 목소리로 말했다.

그러자 경선 선배가 물었다. "준삼 씨 2노조예요?"

준삼이 고개를 끄덕였다.

경선 선배는 눈에서 측은함을 지우고 할 말 없다는 듯 양손을 펼친 후 비상문을 열고 나갔다. 곧바로 다시 비상문이 열렸다. 경선 선배가 한 손으로 문을 잡고 물었다. "준삼 씨 어릴 때 탑 쌓기 놀이 해봤죠?"

준삼은 이번에도 고개를 끄덕였다.

"그런데 왜 몰라요? 아래가 불안하면 위도 불안해지는 거예요."

손이 사라지면서 비상문이 닫혔다.

아래가 불안하면 위도 불안해진다, 그건 당연한 건데.

비상계단에 홀로 남겨진 준삼은 창밖을 보며 경선 선배가 한 말을 곱씹었다. 굵고 튼튼한 나무 기둥이 눈앞에 보였다. 고개를 드니 노랗게 물들어 화사한 은행나무 잎이 바람에 흔들리고 있었다. 아래는 튼튼하고 위는 아름다웠다. 이것도 당연한 건가?

준삼은 넋을 놓고 은행나무를 보다가 박 부장을 찾아갔다.

"부장님 제가 예전에도 말씀드린 적 있는데요. 야구선수 중에 권혁오라고 제 중학교 동창이 있어요. 걔가 토요일에 플레이오프에 나온 거예요. 그 친구가 중학교 때 엄청난 투수였거든요. 지금도 공 던지는 폼이 예술이에요. 제가 본사에 와서 매일 은행나무를 봤어요. 회사에서 볼만한 게 그것뿐이잖아요. 그런데 혁오는 은행나무가 시시해 보일 정도로 아름답게 공을 던져요. 그걸 보다 보니까 제 자신이 추하게 느껴지고, 회사에서 나는 악취도 견디기 어렵고, 국회도 더럽게 느껴지고……."

"이 주임 도대체 뭐라는 거야?" 박 부장이 준삼의 장광설을 잘랐다. 계속 다니고 싶다고 사정해도 모자랄 판에 중학교 동창 이야기나 하는 거냐고 짜증 냈다. "겨우 몇 년 다녀놓고 악취가 난다고 하는 거야?"

"아뇨, 부장님. 제 말은 그게 아니라 중학교 동창 중에 프로야구 선수가 있는데 걔가 어릴 때부터 야구를 정말 잘해서……."

"이 주임 원래 이렇게 헛소리하는 사람이었어?" 박 부장이 다시 한번 준삼의 말을 자르며 소리 질렀다.

박 부장의 호통에 놀란 준삼이 퍼뜩 정신을 차리고 재빨리 고개를 숙였다. 숨을 죽였다.

"어쨌든 결과가 이렇게 나왔고 본인도 그만두고 싶은 의사가 확실한 것 같으니 잘됐네. 더 할 말 있어?" 박 부장이 윽박지르듯 말했다.

준삼은 회사를 그만둘 생각이 없다고 말하고 싶었다. 모두 자신보다 직급이 높은 상사라 누구에게도 찍히고 싶지 않아서 내 이름을 적은 거라고 제대로 변명하고 싶었다. 박 부장의 인내심이 바닥나기 전에 박 부장이 좋아할 만한 말을 해서 그의 기분을 풀어주고 싶었다. 하지만 돌멩이로 가득 찬 머리에서 새어 나오는 말은 왈왈 뿐이었다. 박 부장이 왈왈 놀이를 좋아한다는 사실만 자꾸 떠올랐다.

왈왈. 왈왈왈왈.

입안에서 맴도는 왈왈이 쏟아질까 봐 준삼은 조금도 입을 뗄 수 없었다.

15. 플레이볼

훈련하던 혁오가 감독의 호출을 받고 사무실로 갔다. 감독과 한상석 코치가 문 앞에서 서성거리고 있었다. 한국시리즈를 며칠 앞둔 날이었다.

"어떻게 된 거야?" 한 코치가 혁오를 보자마자 다짜고짜 물었다.

"뭐가요?" 혁오가 묻자 한 코치는 휴대폰에 뜬 기사를 보여주었다.

10년 동안 일부러 볼넷 던진 타이푼 계투 권혁오, 승부조작 고백?

단독이라는 타이틀을 단 기사 정중앙엔 공을 던지는 혁오의 사진이 크게 실려 있었다. 혁오는 기사를 찬찬히 읽어봤다. 10년 동안의 기록과 인터뷰를 교묘하게 엮어 마치 혁오가 승부조작을 고백이라도 한 것처럼 쓰여 있었다. 의혹이라는 단어가 붙긴 했지만, 일부러 볼넷을 던졌다는 사실이 워낙 강조되어서 의혹으로는 읽히지 않는 기사였다. 진호의 죽음이나 혁오의 죄책감, 트라우마로 인한 슬럼프에 관한 내용은 없었다. 작성자는 이기현 기자가 맞았다. 기자는 한국시리즈가 끝난 후에 내보내기로 한 약속을 지키지 않았고, 내용도 왜곡했다. 혁오는 기자를 믿은 걸 후회하며 감독과 코치에게 솔직하게 말했다. 고교 결승전, 진호의 죽음, 슬럼프, 상담 과정과 일부러 볼넷을 던지게 된 이유를 모두 말했다. 볼넷을 던지고 만족을 느낀 적 있다는 말과 기자가 후배들의 승부조작 증거를 빌미로 협박하는 바람에 어쩔 수 없이 인터뷰에 응했다는 사실 두 개만 말하지 않았다.

이런 식으로라도 야구를 계속하고 싶었다는 혁오의 말에 한 코치가 멱살을 잡았다. "네가 나한테 어떻게 이럴 수 있어?"

턱 끝에 닿은 한 코치의 손이 부들부들 떨렸다. 혁오는 멱살을 잡힌 채로 고개를 숙였다. 한 코치는 이런 말을 할 자격이 있었다. 타이푼을 거쳐 간 감독과 코치들이 혁오를 포기하자고 할 때마다 조금만 더, 조금만 더, 하면서 시간을 벌어준 사람이 한 코치였다.

감독은 의외로 차분했다. "그럼 지난달 연장에서도 일부러 볼넷을 내준 거야?"

연장 12회 주자 만루 상황에서 투수가 부족해 어쩔 수 없이 등판한 혁오가 볼넷을 내주는 바람에 밀어내기로 패했던 경기를 말하는 것이었다. 혁오는 대답하지 못했다. 감독의 한숨 소리와 함께 한 코치의 손과 발이 혁오의 등과 허벅지를 강타했다.

"그럼 재작년 개막전에서도 일부러 그런 거야? 내가 너 마무리로 키워보려고 등판시킨 줄 알면서 일부러 볼넷을 내준 거야? 이 새끼가 사람을 뭐로 보고 10년이나……." 한 코치는 지난 10년의 세월이 체감되는지 잠시 멈췄다가 다시 팔에 힘을 줬다. "나를 얼마나 우습게 봤으면."

혁오는 한 코치의 손과 발을 피하지 않았다. 이렇게 해서라도 그의 분이 풀리길 바랐다.

한 코치는 어쩐지 이상했다고 말했다. 자세가 그렇게 좋은데 어처구니없는 공이 나오는 게 이상했고, 훈련을 그렇게 열심히 하는데 성적이 그대로인 게 이상했다고 했다. 승부조작을 하는 게 아닌가 싶어 몰래 조사했다가 아니란 걸 알고 혼자 미안해했던 적도 있었다고 말했다. 그런데 일부러 계투가 되었다니, 일부러 볼넷을 던지고, 일부러 안타를 맞았다니. 때리다 지친 한 코치가 소파에 털썩 앉으며 말했다. "너 볼질한 거 송 박사도 알고 있어?"

혁오는 이번에도 답하지 못했다. 한 코치는 탁자 위에 놓인 수첩을 벽으로 집어 던지고 손으로 탁자를 세게 내리쳤다.

감독은 현실적인 질문을 했다. 왜 인터뷰를 한 거냐, 정말로 승부조작이 아니냐, 앞으로는 어떻게 할 거냐. 혁오는 손을 모으고 감독의 질문에 할 수 있는 한 성실하게 답했다. 기자가 눈치채고 접근하는 바람에 어쩔 수 없이 하게 되었습니다, 승부조작은 절대 아닙니다, 가능하다면 지금처럼 지내고 싶습니다. 감독은 지금처럼 지내고 싶다는 게 계속 계투로 지내고 싶다는 말이냐고 물었다. 혁오는 그렇다고 답했다. 치열하게 고민한 끝에 미리 내려둔 결론이었다.

기사가 나오면 논란이 일긴 하겠지만 승부조작이 아니니 징계를 받지는 않을 거라고 생각했다.

선부른 판단이었다. 기사를 본 타이푼 단장은 불같이 화내며 혁오를 당장 방출시키겠다고 했다. 그동안 준 연봉을 반환하겠다고도 했다. 타이푼 팬들의 비난과 퇴출 요구도 거셌다. 구단 사무실로 항의 전화가 빗발쳤고, 기사 댓글과 홈페이지 게시판도 난리가 났다. 쿠크다스가 허세를 부리는 거라고 조롱하는 사람도 있었다. 실력이 없어서 못 던진 걸 트라우마로 포장한다고 했다. 정말 일부러 못 던진 거라면 다음 경기에 선발로 나와 실력을 증명해보라는 댓글에 만 명이 넘는 사람이 공감을 표했다. 팀 동료들도 달려와서 사실이냐고 물었다. 우리는 어떻게든 이겨보려고 갖은 수를 썼는데 너는 이랬냐고 소리쳤다. 고참들은 쌍욕을 퍼부었다. 그리고 모두 혁오가 전염병 환자라도 되는 양 한 발짝씩 물러났다.

사실이냐고 묻는 사람은 많았지만, 왜 그랬냐고 묻는 사람은 많지 않았다. 대부분의 사람은 이유를 물어보지도 않고 승부조작을 확신했다. 승부조작을 해놓고 문제가 생기니까 선수 쳐서 인터뷰했다고 생각했다.

이기현 기자에게 연락이 왔다. 자기가 쓴 기사를 편집장이 마음대로 짜깁기한 거라고 했다. 요즘 정치적 상황이 좋지 않으니 다른 사건에 묻히기 전에 빨리 내보내야 한다며 한국시리즈가 끝난 후에 내보내기로 한 약속을 지키지 않았다고 했다. 기자의 목소리가 심하게 떨렸다. 기자가 처한 상황을 알고 있었기에 혁오는 기자를 마음껏 원망하지도 못했다. 제대로 된 후속 기사를 내달라고만 말했다. 승부조작 의혹만큼은 불식시켜달라고 했다. 기자는 그렇지 않아도 지금 기사를 작성하는 중이었다며 최대한 빨리 내보낼 수 있게 노력하겠다고 했다. 하지만 혁오가 한국시리즈가 시작되기 전에 내보내달라고 하자 시기를 장담할 수는 없다고 했다. 자기에겐 결정권이 없다고 했다. 그리고 어쩔 줄 몰라 하며 계속 사과했다. "죄송해요. 정말 죄송해요."

정치적 상황이 좋지 않다. 혁오는 그 말을 듣는 순간 다소 과하게 느껴졌던 사람들의 분노가 이해되었다. 개인적인 트라우마 때문이라고 해도 믿지 않던 사람들, 혁오가 엄청난 범죄를 저질렀고 그로 인해 직접적인 피해라도 본 것처럼 굴던 사람들.

그들은 며칠 전, 의료산업에 뛰어든 대기업이 의료법 개정을 위해 여야의 국회의원들에게 로비했다는 뉴스를 접한 상태였다. 그런 일은 비일비재했다. 이번 사건은 국민의 생존과 직결되는 의료보험과 얽혀 있는 데다 로비 과정에서 오간 적나라한 대화가 유출되면서 파문이 일었다.

우리나라는 건강보험이 너무 잘돼 있어서 병원에 가보면 가난뱅이가 득실득실해. 이번에 법 개정 잘해서 세금 못 내는 가난뱅이나 늙은이는 얼른얼른 보내 줍시다.

의원님 어디로 보낸단 말씀이십니까?

어디긴, 거 여기보다 좋은 데 있잖아요. 헤븐이라고.

사람들이 참지 못한 건 대화의 내용이 아니었다. 이 말 뒤에 이어진 웃음소리, 국민이 투표해준 덕에 권력을 얻고 국민이 낸 세금을 월급으로 받는 무리가 국민을 조롱하며 경박하게 웃는 소리를 참지 못했다. 그들이 국민을 어떻게 생각하는지 알기에 충분한 소리였다. 사람들은 못해도 열 명은 넘어 보이는 참석자의 명단을 밝히라고 요구했다. 참석자 중에 여야 중진 의원이 골고루 포함되어 있다는 이유로 검찰의 발표가 늦어지는 와중에 로비한 대기업에서 새로운 의료 관광 상품을 만들었다. 그 의료 관광 상품의 이름이 헤븐이라는 사실이 알려지면서 이 일은 정치권을 휩쓰는 거센 폭풍이 되었다.

그러니까 분노 표출 대상의 명단을 애타게 기다리고 있는 사람들에게 국회의원의 이름보다 혁오의 이름이 먼저 도착한 것이었다.

야구팬이 아닌 사람들은 혁오의 기사를 보고 혀를 차는 것에서 그쳤다. 한 번이라도 야구팀을 응원해봤던 사람들은 혀를 내두르며 입에 침이 마르게 혁오를 비난했다. 국회를 뒤집기는 어렵지만 야구선수 하나쯤은 얼마든지 끌어내릴 수 있다고 생각한 사람들이 의료법 로비로 향해야 할 악감정을 혁오에게 쏟아냈다.

사기다. 농락이다. 퇴출해라. 감옥에 보내라. 나가 죽어라.

기사에 달린 댓글을 보며 혁오는 사태의 심각성을 깨달았다. 그리고 자기가 이런 말을 들을 정도로 잘못했는지 생각해보았다.

나는 볼넷을 던지고 아무런 대가도 받지 않았다. 선발 투수처럼 수십억의 연봉을 받지도 않았다. 한두 이닝을 소화하는 계투에 걸

맞는 연봉을 받았고, 그 연봉에 부끄럽지 않은 투구를 했다. 이런 투구로 인해 손해를 본 사람은 나뿐이다.

혁오는 생각할수록 억울한 마음이 들었다. 전력투구하지 않은 것이 이렇게까지 비난받을 일인가. 무엇을 향한 전력인가. 나는 나의 존엄을 지키기 위해 전력을 다했다. 누구에게도 손해를 끼치지 않았어.

혁오가 억울해하는 것과는 상관없이 논란은 갈수록 커졌다. 언론의 인터뷰 요청이 이어졌고, 승부조작을 의심하는 기사는 몇 배씩 늘었다. 혁오가 기자회견을 열어 해명하겠다고 했지만, 곧 시작할 한국시리즈에 영향을 끼칠 수 있다며 구단이 허락하지 않았다.

한국시리즈는 정신력이 전부다, 이기는 것 외에는 아무 생각도 하지 마라, 언론과 접촉하는 사람은 바로 징계다.

타이푼 감독은 팀 분위기가 흐트러지지 않도록 선수들을 관리했다. 그리고 혁오의 내부 징계를 서두르자고 단장에게 말했다. 고민해보겠다던 단장이 몇 시간 뒤에 전화해서 혁오를 선발 투수로 내보내자고 말했다. "그게 무슨 말이야?" 놀란 감독이 직속 후배였던 단장에게 반말로 물었다. 단장은 선발 투수로 내보내서 인터뷰가 사실인지 아닌지 확인해보자고 했다. 감독은 다시 한번 그게 무슨 말이냐고 하면서 인터뷰가 사실이면 다른 선수들의 의욕이 저하될 것이고, 사실이 아니라 해도 마찬가지일 거라고 했다. "그냥 징계를 때려야 해." 하지만 단장은 이럴 때일수록 정면 승부를 해야 한다고 고집을 부렸다. "김진만이 빠져서 선발 투수가 부족한 상황이지 않습니까?" 단장은 권혁오가 잘 던지면 우승에 가까워지니 좋고, 잘못 던지면 인터뷰가 허세란 게 증명되니 그것도 나쁘지 않다고 말했다. 그리고 결과가 어떻든 권혁오가 선발로 나오면 홍보는 확실히 될 거라고 말했다. 시국이 어수선해서 티켓 판매가 저조할 우려가 있다고 했다. 감독은 말도 안 된다고, 혁오가 정말 일부러 못 던진 거라 해도 지금 심리 상태가 굉장히 불안할 텐데 이렇게 중요한 경기의 선발을 그런 선수에게 맡길 순 없다고 했다. 단장은 어차피 계투로 나올 예정이었으니 그걸 1, 2회로 앞당긴다고 생각하면 되지 않겠냐며 선수 출신답지 않은 말을 늘어놓더니, 구단주의 뜻이라는 말로 반론의 여지를 없앴다.

감독은 혁오와 투수 코치를 불러 구단주의 의중을 전했다. 혁오는 선발 출전이라는 징벌을 담담하게 받아들였다. 투수 코치도 반대하지 않았다. 감독은 이렇게 된 거 몇 차전 선발이 좋을지 고민해보자고 투수 코치에게 말했다. 혁오에겐 잘 던져서 우승에 보탬이되는 것으로 논란을 잠재우길 바란다고 말했다.

한상석 투수 코치가 사무실을 나오며 혁오의 어깨를 감쌌다. 지난번엔 너무 놀라서 그랬다며 때린 걸 사과했다. 그러면서 자기는 일부러 볼넷을 던졌다는 말을 믿는다고 했다. 이번 기회에 실력을 제대로 보여주자고 했다. 한국시리즈 승리 투수가 되면 지난 일은 다 용서해주겠다며 호탕하게 웃었다.

　　　　　　　　　　　　　　　　*

　수비수들이 뒷주머니에 손을 찔러넣어야 할 만큼 쌀쌀해진 11월의 금요일 저녁. 한국시리즈 4차전이 열렸다. 나라가 어수선한 와중에도 잠실 구장은 매진이었다. 7전 4선승제로 운영되는 시리즈에서 2승 1패로 유리한 고지를 점한 타이푼에서는 혁오를 선발 투수로 내세웠다. 혁오의 선발 소식이 알려지자 구단 홈페이지와 인터넷 댓글창이 또 한번 시끄러웠다. 잘하면 용서해주자는 쪽과 아무리 잘 던진다 해도 이런 선수를 프로에 둬선 안 된다는 쪽이 편을 갈라 싸웠다. 하지만 경기가 시작되고 혁오가 마운드에 오르자 타이푼 팬들은 박수를 보냈다. 우승을 위해 비난을 보류했다.

　1회 말. 혁오가 포수의 사인을 보고 고개를 끄덕였다. 모든 관중이 혁오를 주목했다. 고요하다고 표현해도 될 정도로 경기장이 조용해졌다. 혁오가 다리를 천천히 몸쪽으로 들어 올렸다가 팔을 뒤로 뻗으며 반동을 이용해 공을 앞으로 던졌다. 낙차 큰 커브였다. 타자는 가만히 서서 떨어지는 공을 지켜봤다.

　"스트라이크."

　심판의 판정과 동시에 관중석에 있던 타이푼 팬들이 웅성거리기 시작했다.

　권혁오가 이 정도였어? 이렇게 잘 던졌어?

　혁오가 던진 공은 그간의 논란과 선발 투수라는 자리의 무게가 실렸을 뿐, 지난 10년 동안 던졌던 공과 별반 다르지 않았다. 하지만 타이푼 팬들은 마치 새로 영입된 외국인 투수의 첫 공을 보는 것처럼 혁오의 투구를 유심히 지켜봤다. 첫 번째 타자가 삼진 아웃되자 진심 어린 박수가 관중석에서 터져 나왔다.

혁오는 무서운 집중력으로 공을 던졌다. 어쩔 수 없이 선발이 되었지만, 허세를 부린 거라는 오명을 벗으려면 최선을 다해 던지는 수밖에 없다고 생각했다. 그동안 팀의 승리에 기여하지 않았던 미안함을 팀의 우승에 기여하는 것으로 갚은 후에 자세히 해명할 작정이었다. 진호 리그에서는 자연히 은퇴했다.

사람들은 그런 혁오에게 감탄했다. 그의 매끄러운 투구 동작에 감탄했고, 계속되는 삼진에 감탄했다. 혁오가 3회까지 단 한 명의 타자도 출루시키지 않고 완벽하게 상대를 막아내자 경기장에 있던 타이푼 팬들은 혁오의 이름을 연호했다. 점수는 5 대 0. 혁오가 이런 투구를 계속한다면 일부러 볼넷을 던졌던 과거를 들쑤실 사람은 없어 보였다. 들쑤시기는커녕 반전을 위해 힘을 비축해놓은 영리함을 칭찬할 모양새였다.

문제는 4회부터였다. 4회가 되자 혁오는 안타를 맞기 시작했다. 이닝이 길어지면서 집중력이 떨어진 탓이었다. 프로에 데뷔해서 한 번도 3이닝 이상 던져본 적이 없다는 한계가 여기서 드러났다. 당황한 혁오가 도루까지 허용하면서 1사에 주자는 2, 3루였다. 어떻게든 위기를 넘겨보려고 애쓰는 혁오 앞에 진호가 나타났다. 10년 만이었다.

진호의 얼굴은 조금도 늙지 않고 고등학교 시절 그대로였다. 깊어진 눈빛과 온화한 표정만이 그때의 고등학생이 아니란 걸 알려주었다. 환상도 세월을 겪는구나. 혁오는 진호가 반가워 살짝 웃었다. 진호도 혁오가 반가운지 마주 웃어주었다.

포수가 낮은 직구 사인을 냈다. 하지만 혁오는 오랜만에 나타난 진호에게 볼넷을 던져주고 싶었다. 한국시리즈 무대를 즐기게 해주고 싶었다. 위기 상황이긴 했지만 꽤 큰 점수 차로 이기고 있는 데다 1루가 비었으니 채워서 병살을 잡으면 된다고 생각했다. 그래서 일부러 옆으로 완전히 빠진 볼을 던졌다. 직구를 요구했던 포수가 놀라며 겨우 공을 잡았다. 타석에 서 있던 진호의 얼굴에서도 웃음기가 사라졌다. 진호는 배트로 홈플레이트를 두드리며 가운데로 던지라는 몸짓을 했다. 혁오는 진호가 요구한 대로 가운데로 던지되 볼 판정이 나도록 낮게 두 번째 공을 던졌다. 그러자 진호가 화를 내며 높이 던지라는 손짓을 했다. 안타를 원하는 걸까. 혁오는 진호가 안타를 칠 수 있게 스트라이크 존 안에 들어가는 살짝 높은 공을 던졌다. 진호는 치지 않았다. 원 스트라이크. 그제야 만족스럽다는 듯 진호가 웃었다. 그래서 다음 공도 비슷하게 던졌다. 진호는 웃기만 하고 배트를 휘두르지 않았다. 투 스트라이크. 마지막 공은 주무기인 낙차 큰 커브를 던졌다. 진호가 느긋하게 배트를 휘둘렀다. 헛스윙, 삼진 아웃. 아웃을 당한 진호가 환하게 웃으며 크게 소리쳤다.

"플레이볼!"

혁오는 진호가, 진호의 환상이 진호 리그의 유일한 선수였던 혁오의 은퇴와 새로운 시작을 축하해주러 왔다는 것을 깨달았다. 리

그 총재다운 행보였다.

하지만 리그 총재의 격려 방문에도 혁오의 제구력은 좋아지지 않았다. 어느 때보다 최선을 다해 공을 던졌지만, 힘이 떨어졌는지 원하는 곳으로 공이 가지 않았다. 결국 세 타자 연속으로 볼넷을 내어주면서 점수는 5 대 2가 되었다. 혁오가 첫 번째 볼넷을 던졌을 때부터 불안하게 지켜보던 감독이 투수 교체를 지시했다.

"일부러 그런 거야?" 혁오가 마운드에서 내려오자 한 코치가 달려와 물었다. 벤치에 있는 다른 선수들이 들을 수 있을 정도로 큰 목소리였다.

"아니요." 혁오가 손사래를 치며 말했다.

"그런데 왜 잘 던지다가 갑자기 흔들려?"

"모르겠어요. 오랜만에 길게 던져서 그런지……."

혁오가 말을 끝내기도 전에 옆에 앉아 있던 구아석이 자리를 박차고 일어났다. 다른 몇몇 선수들도 혁오를 피해 자리를 떴다. 한 코치와 감독도 혁오의 눈을 피했다.

혁오는 그제야 자신이 돌이킬 수 없는 강을 건넜단 걸 깨달았다. 다리가 놓인 강인 줄 알고 건넜는데, 이제 와 보니 그 강은 한번 건너면 절대로 돌아올 수 없는 배반의 강이었다. 앞으로 어떤 말을 해도 믿어줄 사람이 없을 것 같다는 절망과 다시는 이전처럼 공을 던질 수 없을 거라는 좌절이 또 하나의 강을 만들었다. 달리 갈 곳이 없던 혁오는 그 강도 건넜다.

타이푼은 5 대 6으로 패했다. 혁오의 뒤를 이어 등판한 계투들이 줄줄이 실점했고, 타자들도 힘을 발휘하지 못했다. 경기가 끝나자 그동안 혁오를 취재하려고 혈안이 되어 있던 기자들이 혁오에게 달려들었다. 구단 관계자들은 기자들을 막아주지 않았다.

두 개의 강을 건넌 혁오는 기자들이 묻는 말에 담담하게 답했다.

"오늘 선발로 나와서 잘 던지다가 갑자기 연달아 볼넷을 던졌는데 일부러 그러신 건가요?" 양복 입은 기자가 물었다.

"아니요. 3이닝 이상 던진 건 처음이라 제구가 되지 않았습니다." 혁오가 답했다.

"이전에 일부러 볼넷을 던졌다는 건 사실인가요?" 이번에도 양복 입은 기자가 물었다.

"네."

혁오의 짤막한 대답에 기자들이 흠칫 놀랐다.

"왜 그랬어요?" 혁오와 안면 있던 기자가 원망과 안타까움이 뒤섞인 목소리로 물었다.

옆에 있던 기자도 물었다. "승부조작인가요?"

혁오는 기자가 아니라 자기를 촬영 중인 카메라를 보며 말했다. "아니요. 승부조작은 아닙니다. 제가 지금까지 했던 야구는 승부를 조작하는 야구가 아니라 승부를 잊으려고 한 야구였습니다." 카메라 렌즈 위에 난 작은 구멍에서 빨간 불이 깜박거리며 위험 신호를 보냈다. 혁오는 신호를 무시하고 오랫동안 참아왔던 말을 쏟아냈다. "어릴 때부터 알고 지냈던 진호라는 친구가 있었어요." 그렇게 시작된 혁오의 이야기는 프로에 데뷔하지 못한 진호가 느꼈을 좌절과 자기가 느꼈던 죄책감과 자기가 빠졌던 슬럼프로 이어졌다. 그리고 지나치게 좁은 프로의 문과 소수의 선수가 연봉을 독식하는 구조, 이기기 위해서라면 수단과 방법을 가리지 않는 구단을 비판했다. 프로에 데뷔하지 못한 어린 선수들, 평생을 바친 일에서 물러나야 하는 사람의 좌절을 함께 책임지는 시스템을 만들지 않는다면 야구장은 머지않아 경마장이 될 거라고 말했다. "이미 경마장인가요?"

카메라의 빨간불이 꺼졌고, 혁오가 덧붙인 말에 대꾸하는 기자는 없었다.

이날 혁오가 한 인터뷰의 풀 영상은 조회수가 낮았다. 그보다는 그걸 맥락 없이 짧게 편집한 영상이 사회부적응자의 표본으로 인기를 끌면서 높은 조회수를 기록했다. 네가 그런다고 해서 뭐가 달라졌냐는 비아냥과 그런 식으로는 아무것도 바꿀 수 없다는 진지한 충고가 댓글에 달렸다. 가장 높은 조회수를 기록한 영상은 혁오의 승부조작을 주장하는 영상이었다. 논리적인 척하는 자막과 자극적인 효과음, 긴장을 불러오는 배경음악 덕분에 혁오는 증거 하나 없이도 승부를 조작한 사람이 되어 있었다.

16. 작아서 단단한 것

기현은 권혁오 선수의 인터뷰 영상을 보고 고개를 떨궜다. 특종을 잡으려고 시작한 취재였다. 그러다가 멋있는 싸움을 하는 선수를 만났고, 그 선수를 세상에 보여주고 싶었다. 누군가의 인생을 망칠 작정은 아니었다. 결과적으론 그렇게 되어버렸다.

타이푼은 4차전을 내주고 이후 두 경기 또한 패하면서 상대 팀에 우승 반지를 넘겼다. 마지막 경기를 중계한 해설위원은 중계 내내 4차전 선발 투수였던 권혁오를 언급했다. 그때부터 분위기가 넘어갔다고, 그때부터 타이푼 선수들이 갈피를 잡지 못했다고, 일부러 볼을 던지는 선수가 한국시리즈 선발이었다는 건 야구인의 수치라고까지 말했다. 그보다 더 과격한 발언도 있었지만, 누구도 해설자의 과격함을 문제 삼지 않았다. 4차전 이후로 티켓 환불이 이어지면서 외야가 텅 비었기 때문이었다.

기현은 하루에도 몇 번씩 권혁오 선수에게 전화했다. 권혁오 선수는 전화를 받지 않았다. 만나서 이야기하고 싶다는 장문의 메시지에도 답이 없었다. 기현을 만나주지 않는 건 권혁오 선수만이 아니었다. 편집장 역시 기현을 피했다. 연락이 되지 않아 편집장실로 달려 갔더니 일본으로 출장갔다고 했다. 의료법 로비에 얽힌 회장의 뒤치다꺼리를 하러 간 거라고 했다. 권혁오 선수의 기사를 내보낸 것도 다른 이슈를 만들어서 로비에 쏠린 대중의 관심을 흐트러뜨리라는 윗선의 지시를 따른 것이라는 소문이 돌았다. 윗선이 어느 정도의 위인지에 관해선 의견이 분분했다.

편집장이 돌아왔다는 말을 듣고 기현이 편집장실로 향했다. 노크도 하지 않고 문을 열었다. 편집장은 분주하게 서류를 정리하고 있었다. 기현이 다가가자 편집장이 고개를 들어 기현을 힐끗 봤다. 그리고 차갑게 말했다. "너 같은 거 상대할 시간 없으니까 꺼져." 조금의 애매함도 없는 칼날 같은 태도였다.

그렇게 기현은 회사에서 깨끗하게 도려내어졌다. 기현은 그 사실을 부정했다. 내 욕심 때문에 한 선수의 인생을 망쳤다는 걸 인정한 직후였다. 그것까지 인정할 힘이 남아 있지 않았다.

한 달 동안 기현에겐 단순한 업무도 주어지지 않았다. 할 일이 없어서 출근할 필요가 없을 정도였다. 그래도 기현은 일찍 출근했다. 자기를 비난하는 사람들에게 조금의 빌미도 제공하고 싶지 않았다. 새롬에겐 회사에 가서 웹서핑만 하다 온다고 말하지 않았다. 권혁오 선수의 영상에 달린 댓글과 싸우는 게 주요 업무란 것도 말하지 않았고, 편집장을 건드리고, 잘 살고 있는 야구선수까지 건드린 년이라는 말을 면전에서 들었단 말도 하지 않았다. 일이 많아서 일찍 출근한다고만 말했다. 주요 업무를 마치고 나면 만화책을 읽거나 영화나 드라마를 봤다. 재미는 없었다. 직장 내 괴롭힘에 항의하는 시위일 뿐이었다. 기현의 시위가 비생산적일수록 동료들의 시선이 따가웠다. 쯧쯧. 일부러 찾아와 혀를 차고 가는 사람도 있었다. 실수로라도 말을 거는 사람은 없었다.

내가 뭘 그렇게 잘못한 걸까. 나는 불법을 저지르지 않았고, 회사에 손해를 입히지도 않았다. 성실히 일한 게 잘못인가. 편집장의 호의는 받으면서 비위는 맞추지 않은 게 잘못인가. 남들보다 빨리 특종을 쓴 게 잘못인가. 비리를 취재한 게 잘못인가. 나에게 잘못을 물을 자격이 있는 사람은 권혁오 선수뿐이다.

웹툰을 보며 시간을 때우던 날이었다. 아무 일도 하지 않았는데 미친 듯이 배가 고팠다. 기현은 점심시간이 되자마자 아케이드로 내려가 김치찌개를 주문하고 허겁지겁 먹었다. 밥을 두 공기나 먹었는데도 배가 부르지 않아 한 공기 더 주문하려고 손을 들었다가 그대로 내렸다. 밥으로 채울 수 있는 허기가 아니었다. 이런 허기는 무엇으로 채워야 하나? 오후 내내 그것만 생각하다가 새롬에게 문자를 보냈다.

오늘 언제 와?

일이 언제 끝날지 모르겠어. 10시에는 갈 것 같아.

응. 고생해.

기현은 집에 오는 길에 편의점에 들러 소주 한 병과 맥주 세 캔을 샀다. 컵라면에 소주를 마시면서 뉴스를 보다가 TV를 꺼버렸다. 온통 의료법 로비 이야기였다. SNS도 마찬가지였다. 모두의 관심은 엉망진창인 국회에 쏠려 있었다. 기현이 처한 위기에 관심을 두는 사람은 기현뿐이었다.

적막 속에서 기현이 라면을 먹고 있을 때 새롬이 들어왔다. 8시였다.

"일찍 왔네?" 기현이 반가워하며 말했다.

"응. 너무 힘들어서 좀 쉬려고." 새롬은 그렇게 말하고 방으로 들어갔다.

기현은 새롬이 오면 오늘 느꼈던 허기에 대해, 요즘 처한 위기에 대해 전부 이야기할 작정이었다. 하지만 방으로 들어간 새롬은 곧장 누군가와 통화하기 시작했고, 통화는 한 시간 넘게 계속되었다. 기다리다 지친 기현이 방문을 열자 새롬 역시 지친 얼굴로 상대의 이야기를 듣고 있었다.

"네…… 네…… 국장님, 그건 저도 알죠. 하지만 그렇게 하면 분명 떨어져나가는 조합원들이 있을 거예요. 우리 사업을 지지하는 의미로 가입한 조합원이 몇이나 있겠냐고요. 당장 돈 빌릴 데가 필요해서 가입한 사람이 대부분이잖아요. 그런 조합원들 때문에 우리가 있는 거기도 하고요. 그런데 미반환금을 나눠 갖자고 하면……."

새롬은 반환되지 않은 대출금을 어떻게 해결할지를 놓고 사무국장과 대립하는 중이었다. 새롬이 같은 내용을 여러 번 말했기 때문에 기현은 두 사람이 어떤 지점에서 대립하고 있는지 금방 알 수 있었다. 사무국장은 서로에게 비빌 언덕이 되어주자는 취지에서 만들어진 조합이니만큼 미반환금을 나눠 내는 게 맞다고 주장하고 있었고, 새롬은 다른 사람이 갚지 못한 돈을 나눠 갚자고 했을 때 발생할 반발을 우려하고 있었다.

다른 사람이 못 갚은 돈을 우리가 갚는다고? 활동을 하진 않지만, 조합비는 꼬박꼬박 내고 있던 기현도 그 말을 듣는 순간 반발심이 생겼다. 새롬의 우려가 충분히 이해되었다. 사무국장은 그렇지 않은지 새롬은 했던 이야기를 하고 또 했다. 똑같은 이야기를 몇 번째 하는 거야. 기현은 이야기를 듣는 것만으로도 지치고 짜증이 나서 방문을 닫았다. 차가운 물을 벌컥벌컥 마시고 있을 때 새롬이 방에서 나와 의자에 앉았다.

"나도 물 한 잔만." 새롬이 말했다.

기현이 컵에 물을 따라 주자 새롬이 단번에 마시고 컵을 내려놓으며 말했다. "고마워."

"무슨 통화를 한 시간 넘게 해?" 기현이 말했다.

"몰라. 사무국장 고집 때문에 돌아버릴 것 같아. 말이 안 통해." 새롬이 의자에서 일어나 물을 한 잔 더 따라 마시며 말했다. 이것 때문에 한 달째 회의하고 있다고 했다. "정말 지긋지긋하다." 푹 퍼진 국수 같은 목소리였다.

"나는 네 말이 맞는 것 같던데." 기현이 말했다. 자세한 상황은 모르지만 새롬에게 힘을 주고 싶어서 한 말이었다.

그러자 새롬이 반색하며 말했다. "그렇지? 우리 사무국장만 내 말을 이해 못 한다니까. 네가 가서 대신 이야기 좀 해주라." 그러면서 새롬은 미반환금 문제에 대해 조금 더 자세한 이야기를 해주었다. 신뢰와 관계를 기반으로 대출하기 때문에 이를 악용하는 사람이 많을 것 같지만, 그런 사람은 생각보다 적다고 했다. 대부분의 조합원은 약속한 대로 성실하게 대출금을 상환하고, 형편이 나아지면 자발적으로 이자를 내기도 한다고 했다. 지난 5년 동안 상환하지 않고 연락이 끊긴 사람은 총 14명인데, 그 14명이 갚지 않은 돈을 어떻게 처리할지를 놓고 사무국장과 자기뿐만 아니라 많은 대의원이 대립하는 중이라고 했다. "이러다간 조합이 쪼개질 판이야." 새롬이 미간을 찌푸리며 말했다.

"미반환금이 얼마나 되는데?" 기현이 새롬을 안쓰럽게 쳐다보며 물었다.

"90 몇만 원? 100만 원 조금 안 돼." 새롬이 말했다.

그 말을 듣고 기현은 놀랐다. 대출할 수 있는 금액이 적다는 건 알고 있었지만, 그래도 은행이라는 타이틀을 달고 있는데 14명의 미반환금을 다 합친 게 겨우 90 몇만 원이라니. 그럼 애초에 얼마를 빌려 갔다는 거야, 얼마 되지도 않는 돈을 왜 떼먹는 거야, 100만 원도 안 되는 돈 때문에 한 달 넘게 싸우고 있는 거야? 기현은 새롬이 더욱 안쓰럽게 느껴졌다. 그리고 100만 원도 안 되는 미반환금보다는 회사에서 왕따를 당하고 있는 자신의 문제가 더 크게 느껴졌다.

"그거 내가 갚아줄까?" 기현이 말했다. 새롬이나 조합을 걱정해서라기보다는 그 문제를 얼른 해결하고 자기 문제를 말하고 싶어서 였다.

새롬이 깜짝 놀란 듯한 표정으로 기현을 쳐다봤다. 그리고 뭔가를 말할 듯 입술을 살짝 열었다가 눈길을 돌려 창밖을 바라봤다.

새롬의 침묵에 기현은 긴장했다. 늘 자신만만하고 직설적인 새롬이 말을 아낀다는 건 기분이 상했다는 뜻이었다. "아니 내 말은." 변명하려고 입을 뗐지만, 새롬의 기분이 왜 상했는지 몰라 기현은 말을 잇지 못했다.

새롬이 자리에서 일어나더니 그때까지도 입고 있던 코트를 벗었다. 그리고 가만히 기현을 불렀다. "기현아."

"응. 언니." 기현의 입에서 지금까지 한 번도 쓰지 않았던 호칭이 튀어나왔다. 새롬은 기현보다 다섯 살이 많았다.

"방금 네가 한 말은 우리 사무국장이 낸 반대 의견보다 훨씬 멀게 느껴져." 새롬이 차분한 목소리로 말했다.

기현은 그 말을 단번에 이해하지 못했다. "멀다니 뭐가?"

그러자 새롬이 입술을 내밀었다. 신중해질 때 나오는 습관이었다. "멀어. 엄청 멀어." 새롬은 코트를 품에 안고 다시 의자에 앉았다. 그리고 기현의 눈을 쳐다봤다.

기현은 갑자기 눈물이 날 것 같았다. 하지만 꾹 참았다.

새롬이 천천히 말했다. "우린 쉽게 무너지지 않는 걸 만들고 싶어 해. 작아도 단단한 거, 어쩌면 작아서 단단한 거. 네가 한 말은 그래서 멀어."

이번엔 새롬의 말을 어렴풋이 이해했다. 당면한 문제를 없애는 것이 아니라 문제가 생겼을 때 해결할 수 있는 시스템을 만드는 걸 더 중요하게 생각한다는 뜻 같았다. 하지만 새롬이 말한 우리에 자기가 포함되어 있지 않은 것이 어쩐지 서운해 기현은 아무것도 이해하지 못한 척하며 말했다. "무슨 말인지 잘 모르겠어."

그럼 어쩔 수 없다는 듯 새롬이 어깨를 으쓱였다. 그리고 기현의 등을 가볍게 쓰다듬고 방으로 들어갔다.

외로운 밤이었다.

*

다음 날. 기현이 자고 일어나니 새롬은 나가고 없었다. 기현은 먹다 남은 카레를 데워 늦은 아침을 먹으며 노트북을 열었다. SNS엔 집회에 가고 있다는 인증 사진을 올리는 사람이 많았다. 의료법 로비에 참여한 국회의원들의 사퇴를 요구하는 집회였다. 실시간 검색어도 온통 집회에 관한 내용이었다. 창밖엔 비와 눈이 동시에 내리고 있었다. 이런 날씨에도 사람들이 모일까? 기현은 단순한 호기심과 한가해진 주말을 채워보려고 집을 나섰다. 긴 패딩 점퍼를 입고 세상의 관심이 쏠려 있는 곳으로 걸어갔다.

집회는 집에서 가까운 광화문 광장에서 열렸다. 도로는 통제되었다. 집회에 가는 것처럼 보이는 사람들이 드문드문 도로 위를 걷고 있었다. 기현도 검고 축축한 아스팔트에 발을 들였다. 저벅저벅 저벅저벅. 발소리가 텅 빈 도로에 울려 퍼졌다. 가랑비와 싸라기눈은 소리 없이 떨어졌다. 시끄럽게 떠드는 사람은 없었다. 둘 셋씩 온 사람들은 소곤소곤 이야기를 나누며 걸었고, 혼자 온 사람은 말없이 앞만 보고 걸었다. 기현도 앞사람의 등을 보며 조용히 걸었다.

광화문이 가까워지자 구호 소리가 희미하게 들렸다. 기현의 앞에서 걷던 여자와 남자가 구호를 장난스럽게 따라 했다.

"이게 나라냐." "이게 나라냐."

"이렇게는 못 살겠다." "이렇게는 못 살겠다."

여자가 선창하면 남자가 뒤를 이었다. 두 사람의 목소리는 어디에도 막히지 않고 도로 전체에 울려 퍼졌다. 그걸 시작으로 여기저기에서 제각각의 구호가 이어졌다.

"늙어서도 건강하게 살고 싶다." 중년 남자의 목소리였다.

"나는 가난뱅이다." 젊은 여성의 목소리였다.

"나도 가난뱅이다." 젊은 남자의 목소리였고,

"잔말 말고 사퇴해라. 이 자식들아." 걸걸한 노인의 목소리였다.

사람들은 서로의 구호에 귀를 기울였고, 마음이 동하는 구호가 있으면 함께 외쳤다. 뭉클했다. 기현은 즉석에서 만들어진 이동식 자유 발언대를 기록해두려고 주머니에서 휴대폰을 꺼냈다. 그때 뒤에서 젊은 남자가 길게 소리를 질렀다.

"아아아아아아아아아."

무언가에 놀란 비명 같기도 하고, 싸움 끝에 내뱉는 발악 같기도 했다. 그 역시 하나의 발언이었다. 1분가량 이어진 남자의 외침을 들은 사람이라면 누구라도 그 안에 살려달라는 구조 요청이 들어 있단 걸 알 수 있었다. 기현도 그 요청을 알아차렸다. 그건 기현이 지난 몇 달 동안 누구에게라도 뱉고 싶었던 말이었다. 살려주세요. 낯선 사람의 애절한 외침에 기현의 가슴이 미어졌다. 그의 외침이 끝나자 다른 사람들도 소리를 지르기 시작했다.

"아아아아아아아."

"아아아아아."

"아아아아아아아아아."

저마다의 이유로 한계에 다다른 수십 개의 목소리가 쌓여 커다란 함성이 되었다. 엉망진창인 세상을 향한 으름장인 동시에 오랫동안 삭인 슬픔의 탈주였다.

기현은 발길을 집으로 돌렸다. 폐허를 귀로 목격한 기분이었다. 이대로 계속 갔다간 잿더미에 파묻혀 질식할 것 같았다. 무너지지 않은 것, 부서지지 않은 것이 절실했다. 작아도 단단한 것, 어쩌면 작아서 단단한 것. 기현은 그제야 어젯밤 새롬이 했던 말의 의미를 완전히 깨달았다.

집에 도착한 기현은 방으로 들어가 서랍 안에 있던 야구공을 두 손으로 힘껏 움켜쥐었다. 손안에 단단함이 가득 들어찼다. 가진 힘을 다해 눌러도 부서지거나 찌그러지지 않았다. 무너질 것 같던 기분이 조금씩 나아졌다. 비명은 여전히 박혀 있었다.

*

야구협회에서 권혁오 선수를 영구 제명했다는 기사가 떴다. 경기에서 고의적인 방법으로 패배를 유도하거나 승리를 위해 최선의 노력을 다하지 않으면 유해 행위로 본다는 협회 규약에 따른 처벌이라고 했다. 승부조작의 증거는 찾지 못했다고 했다. 기사를 본 기현은 그에 항변하는 기사를 써서 편집장에게 가져갔다. 편집장은 이번에도 기사를 읽지 않고 곧장 쓰레기통에 집어넣었고, 기현은 즉시 편집장실을 나와 SNS에 글을 올렸다. 최선을 다하지 않은 건 과연 누구인가, 하는 문장 뒤에 볼넷을 던질 수밖에 없었던 권혁오 선수의 사연과 승부조작을 취재하면서 알게 된 불법 도박 카르텔의 실체를 덧붙였다. 돈을 주고 산 음성 파일을 비롯해 그동안 모은 증거자료도 함께 올렸다. 자신이 이 음성 파일을 빌미로 권혁오 선수를 협박했고, 권혁오 선수는 이 일로 야구계에 생길 파장을 우려해 자신의 비밀을 털어놓은 것이라는 사실도 밝혔다.

반응은 폭발적이었다. 수십만 명이 '좋아요'를 눌렀고, 수백 명이 기현의 글을 공유했다. 처음엔 잠잠하던 언론도 기현이 계속해서 증거자료를 올리자 2차 기사를 쓰기 시작했다. 명백한 불법을 저지른 사람은 감싸고, 트라우마 때문에 어쩔 수 없이 볼을 던지기 시작한 선수는 내친 야구협회를 향해 비난이 쏟아졌다. 언론을 향한 조롱도 이어졌다. 회사에서 업무 배제를 당하다가 이 글을 올린 후에 사표를 냈다는 기현에겐 응원과 지지가 쏟아졌다. 혁오를 향한 동정 여론도 생겼다. 크진 않았다. 대다수 야구팬은 혁오는 혁오대로 괘씸하다고 생각했다. 논란이 계속되자 경찰과 야구협회는 불법 도박 카르텔을 철저히 조사해 엄정하게 처벌하겠다고 발표했다. 그 말을 믿는 사람은 없었다. 구아석은 기자회견을 자청해 자기가 볼넷을 던진 건 승부조작 때문이 아니라 승부조작을 제안받은 사실 때문에 마인드컨트롤이 되지 않아서였다고 말했다. 그 말을 믿는 사람도 없었다.

다양한 매체가 이기현 기자를 찾았다. 기현은 들어오는 인터뷰를 모두 거절했다. SNS에만 올려도 파급력이 있는데 왜곡의 위험을 무릅쓰면서까지 언론을 만날 필요가 없다고 생각했다. 앞으로도 SNS를 기반으로 활동할 거라고 선언했다. 예외는 있었다. 가장 가고 싶었던 방송국에서 들어온 뉴스 인터뷰는 거절하지 않았다.

"야구계의 승부조작 카르텔을 밝히신 이기현 기자를 모셨습니다."

50대 후반의 앵커는 기현을 깍듯이 대하며 능숙하게 대화를 끌어갔다. 기현의 호감을 사려는 말은 한마디도 하지 않았다. 내내 날카로운 질문만 던졌다. 기현도 앵커에게 가지고 있던 존경을 내보이지 않고 신중하게 답했다. 앵커는 사건의 사실관계보다는 기현이 폭로하게 된 동기나 현재의 감정 상태를 물었다. 기현은 특종을 잡기 위해 권혁오 선수를 의심하던 시기부터 회사를 그만두고 SNS 기자가 된 최근까지의 심경을 솔직하게 말했다. 그러자 기현의 답변을 흥미로워하며 앵커가 말했다. "이렇게까지 솔직하게 말씀해주실 줄은 몰랐습니다. 감사합니다. 사실 실례가 될까 봐 빼놓은 질문이 하나 있는데요. 워낙 가감 없으셔서 그 질문을 마지막으로 해도 될 것 같습니다."

어떤 질문을 하려고 이렇게 밑밥을 까는 걸까. 기현은 지금까지 실례가 될 만한 질문을 거침없이 하던 앵커가 조심하는 태도를 보이자 조금 긴장되었다.

앵커가 말했다. "3년 동안 스포츠신문의 기자셨습니다. 지금은 말씀하신 대로 SNS 기자신데요. 이번 폭로에 다른 의도가 있다는 소문이 있습니다. 물론 소문이란 게 꼭 근거가 있는 건 아닙니다만. 승부조작 사실을 알고도 밝히지 않고 계시다가 정치권이 어지러워진 시기에 폭로하셨기 때문에 이런 이야기가 나오는 것 같은데요. 이기현 기자님은 이런 소문에 대해 어떻게 생각하시나요?"

앵커의 질문에 기현은 지체 없이 답했다. "권혁오 선수가 아니었다면 결코 이런 선택을 하지 않았을 겁니다. 이젠 다들 아시다시피 권혁오 선수는 동료의 죽음을 계기로 이기는 것을 마냥 기뻐할 수 없는 선수가 되었습니다. 자신에게 한계를 설정하고 그걸 지킬 때, 사회가 요구하는 규칙보다 자신이 정한 규칙을 지킬 때 더 큰 만족을 느끼는 사람이 된 거죠. 승리를 향한 과도한 집착과 경쟁 분위기가 어린 선수를 죽음으로 몰고 갔다는 판단을 내리고 불이익을 감수하며 자기만의 규칙을 지켜온 것입니다. 그게 뭐가 잘못되었는지 저는 잘 모르겠습니다. 권혁오 선수와 달리 저는 이익만 생각하며 살아온 사람입니다. 이익이 되지 않는 일은 절대 하지 않는 사람이었어요. 그러다가 거리에서 사람들의 비명을 듣고, 비명을 지르지 않아도 살 수 있는 사람이 다른 이야기를 시작해야 한다고 생각했습니다. 비명을 질러야 버틸 수 있는 사람이 한계에 다다르기 전에 비명을 지르지 않아도 숨 쉴 수 있는 사람이 먼저 말을 하는 것이……"

"네. 무슨 말씀이신지 알겠습니다." 앵커가 시계를 힐끗 보며 기현의 말을 잘랐다. 그리고 말했다. "말씀하신 내용은 워낙 기사화가 많이 되었고 인터뷰 시간도 많이 남지 않아서 제가 말을 끊었습니다. 죄송합니다. 제가 여쭤봤던 건 다른 내용이었는데요. 그럼 단도직입적으로 여쭤보겠습니다. 기자님께서 정치권 진출을 약속받고 이슈 만들기를 하고 있다는 의혹이 있습니다. 실제로 국회의원 몇 분이 이 사안에 관심을 표하기도 하셨고요. 아직 젊은 여성이시지만 혹시 정치에 뜻이 있으신가요?"

"네?" 앵커의 질문에 놀란 기현이 눈을 크게 뜨며 되물었다.

앵커가 다시 말했다. "정치권에서 제안을 받으신 적 있으신지요? 아니면 정치를 하실 의사가 있으신지 여쭤봤습니다."

그런 소문이 있단 건 기현도 알고 있었다. 출처가 이전 직장일 게 뻔한 저질 소문이었다. 기현이 기자일 때 편집장의 애인이었고, 편집장에게 온갖 고급 정보를 얻어 특종 기자가 되었고, 혁오에게도 그런 식으로 접근해서 인터뷰했으며, 이번엔 유력한 정치인을 잡았다는 소문이었다. 상당수의 사람이 그 소문을 진짜라고 믿었는데, 근거는 기현의 반반한 얼굴이었다. 정글 같은 언론계에서 젊은 여자가 자기 존재감을 뚜렷이 새길 방법은 그것뿐이라고 말했다.

권위 있는 뉴스에서조차 근거 없이 떠도는 저열한 소문을 마지막 질문으로 할애했다. 기현은 황당해서 말문이 막혔다. 뭐라고 답해야 할지 몰라 새롬이 있는 쪽을 쳐다보았다. 카메라 뒤에서 지켜보고 있던 새롬 역시 황당하다는 얼굴이었다. 새롬은 기현과 눈이 마주치자 양손을 위로 과장되게 들어 올리며 말도 안 된다는 표정을 지었다. 기현은 인터뷰 중이라는 것을 잠시 잊고 자신과 똑같은 표정을 짓고 있는 새롬의 얼굴을 쳐다보았다. 나와 같은 박자에 황당해하고 나와 같은 박자에 웃는 사람, 내가 다른 박자에 움직이면 다름을 리듬으로 만들어내는 사람. 그런 사람이 곁에 있다고 생각하자 마음에 잔잔한 물결이 일렁였다. 인터뷰 내내 곤두서 있던 신경이 누그러지는 기분을 느끼며 기현이 앵커에게 말했다. "제가 지금까지 왜 그런 생각을 못 했을까요? 아직 제안받은 건 없지만 앞으로 정치권에 진출할 기회가 있으면 적극적으로 잡아볼게요. 앵커님의 기대에 부응해보겠습니다." 기현은 차분한 목소리로 농담했다.

앵커는 기현의 농담을 조롱으로 받아들였는지 표정이 언짢아졌다가, 점잖아졌다가, 다시 언짢아졌다. 언짢음을 감추려고 필사적으로 노력하는 앵커의 얼굴이 화면에 크게 잡혔다. 울상이 된 앵커의 얼굴을 보고 새롬이 웃음을 터트렸다. 늘 그렇듯 커다란 웃음소리였다. 놀란 스태프가 새롬을 끌고 밖으로 나갔다.

끌려 나가면서도 웃음을 멈추지 못하는 새롬을 보고 덩달아 웃음이 터진 기현은 아랫입술을 힘껏 깨물었다. 벌어진 입술 틈으로 거침없는 만족이 흘렀다.

외야에서

준삼이 운동화 끈을 힘껏 묶었다. 매듭을 지어야 하는 날이었다. 하늘을 올려다보니 구름이 많았다. 구름이 있으면 달릴 만하다. 준삼은 몸을 일으켜 양팔을 뒤로 크게 돌렸다. 그러면서 중계하듯 자신의 움직임을 설명했다. "팔을 돌린다." 그런 다음 오른 다리를 앞으로 내밀어 직각으로 세우고 왼 다리는 뒤로 쭉 뻗었다. 이번에도 설명했다. "오른 다리를 직각으로 세운다. 왼 다리는 뒤로 뻗는다." 설명은 이어졌다.

"목이 오른쪽으로 기운다."

"목이 왼쪽으로 기운다."

"허리를 숙인다."

"허리를 세운다."

준삼은 몸의 움직임을 언어로 표현하면 자신에 대한 믿음을 회복하는 데 도움이 될 거라는 의사의 조언을 성실히 따르며 한강 변에서 몸을 풀었다.

손목이 돌아가고 있다. 발목이 돌아가고 있다. 나는 내가 원하는 대로 움직일 수 있는 사람이다. 나는 달린다.

준삼은 숨을 깊게 들이마셨다가 훅 내쉰 후 한강을 달렸다. 5월의 푸른 나무가 뒤로 천천히 밀려났다. 정오의 햇살을 받아 반짝이는 강물은 준삼의 반대 방향으로 흘렀다.

"다리는 무너지지 않아."

"강은 흘러."

"빌딩은 무너지지 않아."

준삼은 달리면서도 눈에 보이는 것들의 당연한 상태를 읊조렸다. 자신의 입에서 나오는 소리를 믿으려고 노력했다.

준삼은 작년 말에 회사를 그만두었다. 퇴사를 권고받아서가 아니라 아파서였다. 사무실에 앉아 있으면 회사 건물이 금방이라도 무너질 것 같은 공포가 몰려와 숨이 제대로 쉬어지지 않았다. 어지럽고 속이 메슥거렸다. 응급실에 실려 간 적도 몇 번 있었다. 시간이 갈수록 증상이 심해졌다. 회사뿐만 아니라 높다는 수식어를 붙일 수 있는 건물에서는 잠시도 머물 수 없게 되었다. 그래서 퇴사한 후 한동안은 동네에 있는 2층짜리 허름한 모텔에서 지냈다. 어떤 날은 2층짜리 모텔도 무너질 것 같은 생각이 들어 자다가 뛰쳐나와 한강을 돌아다니다가 감기에 걸리기도 했다. 윤 대리가 찾아왔다가 준삼의 파리한 몰골을 보고 병원에 데려갔다. 의사는 과도한 스트레스로 인한 불안장애라고 했다. 피가 날 정도로 목을 긁는 건 일종의 자해 행동이라며 상담과 약물 치료를 병행하자고 했다. 일주일에 한 번씩 병원에 다니면서 준삼은 호전되었고 오피스텔에서 생활할 수 있게 되었다.

그래도 가끔씩 건물이 무너질 것 같은 공포가 찾아오면 준삼은 운동화를 신고 밖으로 나가 무작정 걸었다. 칼바람이 부는 한강 변을 걸었고, 사람들로 북적이는 홍대 거리를 걸었고, 때로는 청량리나 뚝섬, 강남까지 걸어서 갔다 왔다. 걷다가 높고 큰 건물이 나타나면 다가가 외벽을 손으로 만졌다. 콘크리트의 단단함을 충분히 느낀 후에야 안심하고 그 앞을 지났다. 서울에 있는 수백 개 건물의 안전성을 그런 식으로 일일이 확인하며 다녔다.

걸으면서 겨울을 보낸 준삼은 봄부터는 뛰었다. 아침마다 서너 시간씩 한강을 달렸고, 저녁에는 시내 곳곳을 달렸다. 서강대교를 건너 여의도에 갔다가 붉은색 건물을 보고 목이 미칠듯이 가려워서 급히 돌아오기도 했다. 부모님에겐 퇴사 사실을 알리지 않았다. 회사 건물을 봐도 목이 가렵지 않은 순간이 오면, 퇴직금을 다 써서 용돈을 보낼 수 없게 되면, 아니 어디에라도 다시 취직하게 되면 그때 말할 작정이었다.

구름이 걷히면서 햇살이 점점 뜨거워졌다. 가볍게 달려 몸을 푼 준삼은 편의점 앞에서 잠시 쉬었다. 혁오는 어떤 모습일까? 얼굴이 많이 상했을까? 그대로일까? 오늘 볼 수 있을까? 준삼은 의식을 치르듯 운동화 끈을 모두 풀었다가 다시 꼼꼼하게 묶었다. 그리고 일어나 몸통을 돌렸다.

"몸이 오른쪽으로 돌아간다. 몸이 왼쪽으로 돌아간다. 몸이 오른쪽으로 돌아간다. 몸이 왼쪽으로 돌아간다. 두 다리가 움직인다."

준삼은 반팔 티셔츠의 소매를 어깨까지 걷어 올린 후 본격적으로 달리기 시작했다. 편의점에서 목동 야구장까지 쉬지 않고 달리는 것이 오늘의 첫 번째 계획이었다. 두 번째 계획은 거기서 독립 리그 경기를 보는 것.

독립 리그는 프로 지명을 받지 못한 야구선수나 선수 출신은 아니지만 프로야구 선수가 되고 싶은 사람이 모인 독립 구단들의 리그였다. 예전에는 프로 지명을 받지 못하거나 프로에서 방출되면 야구를 계속하고 싶어도 할 수 있는 방법이 없었다. 독립 구단이 생기면서 그런 선수들에게 한 번의 기회가 더 생겼다. 야구를 그만둬야 할 위기에 처한 이들의 패자부활전. 자신에게 아직 가능성이 있다고 믿는 젊은 선수들이 독립 구단을 찾았다. 연봉을 받는 게 아니라 회비를 내야 하는 학원에 가까운 시스템이었지만, 적지 않은 선수들이 프로의 꿈을 놓지 않고 독립 구단에 입단했다. 4개의 독립 구단에 소속된 67명의 선수 중에서 프로를 목표로 하지 않는 사람은 혁오뿐이었다.

혁오는 지난겨울 야구협회에서 영구 제명을 당한 후 오토바이를 한 대 사서 전국을 떠돌아다녔다고 한다. 구단과 언론을 모두 피한

잠적이었는데 사고가 나는 바람에 구단으로 연락이 갔고 언론에도 노출되었다. 빙판길에 미끄러진 오토바이가 해남 앞바다에 빠지는 걸 본 목격자는 혁오가 죽지 않은 게 기적이라고 했다. 준삼은 생소한 이름의 인터넷신문에서 혁오의 사고 소식과 입단 소식을 동시에 접했다.

혁오가 들어간 팀은 독립 리그 출범에 맞춰 만들어진 신생 구단이었다. 독립 리그를 홍보하려고 논란이 된 혁오를 스카우트했다는 말이 있었고, 알던 매니저가 타격 코치를 맡으면서 플레잉 코치로 데려갔다는 말도 있었다. 승부조작 브로커였던 감독이 책임지는 차원에서 데려갔단 소문도 있었다. 준삼은 그중 어느 것이 사실인지 궁금하지 않았다. 아직도 많은 사람이 의심하고 있는 승부조작 여부도 궁금하지 않았다. 준삼이 궁금한 건 딱 한 가지였다. 그 모든 일, 믿었던 사람들이 등을 돌리고, 속한 집단에서 내팽개쳐지고, 평생 해온 일을 그만둔 후에도 혁오의 투구폼이 아름다운지가 궁금했다. 만약 그 모든 일을 겪고도 여전히 아름답다면, 그 아름다움이 망가지지 않았다면, 나에게도 희망이 있을지 몰라. 준삼은 그런 마음으로 야구장에 들어갔다.

양 팀 선수들이 운동장을 뒹굴며 몸을 풀고 있었다. 열 명 남짓한 관중이 1루 석에 앉아 있었고, 선수 가족으로 보이는 사람들이 더그아웃 바로 뒤에 앉아 있었다. 준삼은 마운드에서 가장 먼 외야에 자리를 잡았다. 멀리서 보고 싶다는 단순한 마음과 압도당하고 싶지 않다는 복잡한 마음 때문이었다.

혁오는 금방 눈에 들어왔다. 둥글게 모여 다리를 뻗고 있는 선수들 사이에서 구호를 외치는 사람이 혁오였다. 유니폼을 입은 선수들은 혁오의 구호에 맞춰 몸을 일사불란하게 움직였다. 시합을 앞둔 긴장과 설렘, 젊은 선수들의 패기 같은 것이 외야석에 있는 준삼에게까지 전해졌다.

심판이 등장했고, 양 팀 선수들이 두 줄로 나란히 서서 묵례를 했다. 한 관중이 외친 파이팅 소리가 운동장에 울려 퍼졌고, 수비를 맡은 선수들이 그라운드 곳곳으로 흩어졌다. 혁오는 감독과 나란히 서서 경기를 지켜보다가 가끔 불펜에 가서 투수들의 컨디션을 확인했다. 투수 코치로 갔다는 말이 맞는 듯했다. 힘찬 파이팅을 수시로 외치는 거로 봐선 프로에 데뷔하지 못한 어린 선수들의 성장을 돕는 일에 만족하는 것 같았다.

6 대 1이던 경기가 후반으로 가면서 6 대 5의 접전 상황이 되었다. 혁오 팀의 투수가 힘이 빠졌는지 연속해서 안타를 맞으면서 역전될 위기에 처했다. 그러자 벤치에 있던 혁오가 불펜으로 가더니 몸을 풀며 등판을 준비했다.

느긋하게 경기를 지켜보던 준삼은 그때부터 숨이 가빠졌다. 높지도 않은 야구장이 붕괴될 것 같은 불안이 몰려오면서 식은땀이 나고 속이 메슥거렸다. 혁오의 투구를 보는 게 갑자기 두려워졌다. 혁오의 투구폼이 망가졌다면 마음속 어딘가가 와르르 무너져내릴 것 같았고, 아름답다 해도 마찬가지일 것 같았다. 나는 이런데 혁오는 그대로라는 자괴감을 내가 버틸 수 있을까? 심장이 박자를 무시하고 제멋대로 뛰었다. 여기까지 데려온 두 다리가 지금 당장 뛰쳐나가자고 준삼을 들쑤셨다. 하지만 혁오가 어떤지 확인해야 다음으로 갈 수 있다는 생각 또한 준삼의 머릿속에 단단히 자리 잡고 있었다.

"내 손이 의자를 잡았다. 의자는 단단하다. 야구장도 단단하다. 야구장은 무너지지 않는다. 내 손이 의자를 잡고 있다. 의자는 단단하다. 야구장도 단단하다. 야구장은 무너지지 않는다."

준삼은 플라스틱으로 된 외야석을 양손으로 꽉 잡고 주문을 외듯 똑같은 말을 반복했다. 의자의 단단한 재질에 온 신경을 집중하며 하얗게 질린 얼굴로 혁오의 투구를 기다렸다.

마운드에 오른 혁오가 첫 번째 공을 던졌다. 그리고 두 번째 공을 던졌다. 세 번째 공을 던졌고, 네 번째, 다섯 번째 공도 던졌다. 그 모든 순간 혁오의 자세는 아름다웠다. 스트라이크를 던질 때도 아름다웠고, 볼을 던질 때도 아름다웠다. 그 모든 일을 겪고도 혁오는 여전히 아름다웠다.

혁오가 2이닝 동안 23개의 공을 던져 승리를 지켜내면서 경기가 끝났다. 그라운드에 흩어져 있던 선수들이 혁오에게 달려와 하이파이브를 했다. 혁오는 선홍색 잇몸을 보이며 활짝 웃었다. 터져 나오는 기쁨을 참지 않았다.

준삼은 의자를 잡고 있던 두 손을 놓고 외야석에 등을 기댔다. 두근두근. 편안한 숨이 고른 박자로 나왔다. 야구협회엔 기록되지 않을 23개의 공이, 23번의 아름다움이 준삼의 마음을 달래주었다.

준삼은 무너질 리 없는 하늘과 무너지지 않은 야구장과 환하게 웃고 있는 혁오의 얼굴을 차례로 보다가 자기 안에서 어떤 조각이 살짝 움직이는 걸 느꼈다. 놀라운 일이었다. 그리고 알아차렸다. 혁오가 필사적으로 지킨 아름다움이 자신의 조각을 자극했음을. 누구나 아름다움의 조각을 가지고 있으며, 우리에겐 서로의 조각을 자극할 힘이 있음을.

나도 아름다워질 수 있다는 확신이 준삼의 마음에 찾아왔다. 준삼은 두 손으로 가슴을 꾹 누르며 말했다.

"나도 있다."

원하는 대로 살 수 있다면 어떻게 살고 싶냐는 친구의 질문에 딱 1이닝만 던지는 계투로 살고 싶다고 대답했던 게 이 소설의 시작이었다. 오랫동안 해온 다큐멘터리 만들기를 잠시 멈춘 때였다. 안과 밖 어디에서도 눈 둘 곳을 찾지 못하던 때였다. 내일 할 일을 만들기 위해 나의 현실에서 가장 먼 것 같은 야구선수 이야기를 쓰기 시작했는데, 쓰고 보니 지난 10여 년 동안 카메라로 보았던 현실의 조각들, 너무 날 것이라 차마 삼키지 못했던 순간의 그림자들이 이야기에 담겨 있었다. 절망과 환희가 동시에!

무너지지 않고 나아간 세 인물 덕분에 내 안에도, 그리고 누구에게나 눈 둘 곳이 있단 걸 알게 되었다. 따라가는 데 서툰 나를 참고 오래 기다려준 준삼과 혁오, 기현에게 감사의 말을 전한다.

새롬의 직장은 '청년연대은행 토닥'에서 착안했다. 복수 노조 설정은 '미디어로 행동하라 in 충북' 활동과 그곳에서 만난 조합원의 인터뷰에서 착안했다. 그 외에도 내가 든 카메라 앞에 서주었던 많은 사람의 이야기에 직간접적인 도움을 받았다. 감사드린다.

쓰게 되어서 기쁘다.

2021년 7월
김유원

하고 싶은 일은 나를 비열하게 만들기도 한다. 하고 싶지 않은 일을 피하는 일은 나를 치사하게 만든다. 언젠가 이 모든 것이 지나가고 나면 비열하고 치사해진 내 마음을 다시 펼 수 있을 테니까. 그러니까 조금만 더 참으면. 하지만 결코 그런 날이 오지 않는다는 것을 알았을 때, 비열하고 치사해진 그 마음을 다시 펴는 것은 어떻게 가능할까. 과연 가능은 할까. 그럴 때 세 사람은 각자의 시간을 추적한다. 적응하고 싶고, 잘하고 싶고, 기대에 부응하고 싶어 자기를 몰아세웠던 시간을 되돌아본다. 세 사람이 각자 자신에게 잠시 눈 감아야 했던 사정들을 겹치면서 밝혀내는 것은, 다만 승부조작과 권력의 개입이라는 부조리함만은 아니다. 그들은 자신을 몰아세우고 견디게 했던 시간을 만든 것이 실은 바로 내 옆 사람이라는 사실에 도달한다. 그간 우리 각자가 열심히 참아냈던 매일의 작은 비열함이 모여 서로를 치사하게 만들었다. 어쩌면 그것이 세계의 조직 원리였을지도.《불펜의 시간》은 용서할 수 없는 나를 용서했던 그 순간으로 돌아가, 용서하지 말자고 말한다. 더 이상 자신을 용서하지 않겠다는 의지는 서로에게 전해지고 모인다. 광장을 채우고 출렁이기도 하지만 각자의 마음을 펴주기도 한다. 그러면 때때로 조금쯤은 무엇인가 바뀌기도 한다. 아무도 주목하지 않을지라도, 매일 혼자 던지는 작고 단단한 공 하나의 크기만큼 세계는 아름다워진다. _**김건형**(문학평론가)

공정한 룰과 땀 흘린 노력에 대한 보상, 예측할 수 없는 결과와 의외의 반전, 결과에 승복하고 다음 경기를 기다리는 의연함, 매 순간 최선을 다하는 자세의 아름다움. 우리가 스포츠 서사에 기대하는 바다. 어쩌면 일상에서 결코 충족될 수 없는 이 기대 때문에 스포츠가 대중 서사의 단골 무대가 되는 것일지도 모른다.《불펜의 시간》은 이러한 스포츠 서사에 대한 기대와 배반, 그리고 대중의 욕망을 능숙하게 활용한다. 정해진 이닝을 채우면 경기는 끝나지만 삶은 끝나지 않는다. 야구장 밖에서도 삶은 지속된다는 사실을 천천히 일깨우면서《불펜의 시간》은 기나긴 실패담을 아름다운 서사로 완성한다.
세 개의 실패담이 이야기를 끌고 나간다. 준삼은 구조조정의 살벌한 조직 논리에서 탈락했고, 기현은 기자의 소신을 지키려다 신문사에서 밀려났다. 혁오가 그나마 야구를 그만두지 않은 것을 다행이라 해야 하나. 혁오의 완벽한 투구폼에도 불구하고, 신문사를 그만두면서까지 기현이 진실을 지켰고, 회사 조직으로부터 입은 상처를 준삼이 조금씩 극복하고 있다 하더라도 여전히 그들의 이야기를 실패담으로 불러야 한다고 생각한다. 그들을 상처 입히고 모욕하고 비난한 시스템을 버리고 그 바깥에서 얻는 의연한 아름다움이 어쩐지 슬프기 때문이다.《불펜의 시간》은 선의를 지키고 진실을 얻기 위해 각각 혼자가 될 수밖에 없는 고독과, 그들을 밀어내고도 여전히 건재한 세상의 구조를 동시에 바라보게 한다. 시스템의 안과 밖을 향해 동시에 열린 이 시야를 얻기 위해 우리에게 '불펜'이 필요한 것 아닌가. _**서영인**(문학평론가)

《불펜의 시간》은 모두가 전심을 다해 살아남으라는 시대의 정언명령을 질문하고 스스로 만든 규칙으로 각자의 해법을 마련해가는 인물들을 내세우며, 그것이 불가능한 현실로 독자의 시선을 이끈다. 누구에게나 세 번의 기회는 주어지고 승패를 뒤집을 수 있는 역전의 한방을 허용하는 그런 세계는 더 이상 없다. 경쟁과 성공을 위한 끝나지 않는 질주에서 누구도 예외일 수 없는 시대이다. 야구가 전부였던 아이들은 그런 세상을 만나 프로야구 선수로서의 자격을 박탈당하고, 누적된 업무 배제 끝에 사표를 내게 되며, 구조조정 진행 중에 얻은 불안장애로 경로를 벗어난 인생행로를 맞게 된다. 앞선 세대에 대한 어떤 기대도 끝내 헛웃음을 부르는 환멸로 판명되고 견고한 불의의 벽에 부딪혀 자기방어의 힘을 잃게 되는 절망의 시간을 통과하면 그들은 다른 세계로 건너가게 될까.

《불펜의 시간》은 쓰러져 트랙에서 치워질 때까지 달려야 하는 죽음의 레이스에서 다른 선택이 가능한 것일까를 묻는다. 승패에 관여하지 않는 계투 같은 삶의 가능성을 타진하고, 자신이 정한 규칙으로 만들어진 다른 세계의 가능성을 수행한다. 친구의 죽음에 대한 죄의식과 야구로 비유되는 삶 자체에 대한 책임감으로 자신만의 리그를 만들고 그것을 미의 수준으로 끌어올리는 혁오 캐릭터의 독보적 매력은 느슨하게 닿아 있는 청년들을 연쇄적 에너지의 흐름으로 묶고 견뎌지지 않는 현실 앞에서 서로에게 자극을 주고받는 가능성의 관계로 진전시킨다. 그러나 고백건대, 그들의 느슨한 연대를 두고 낙관적 기대만을 떠올리기는 쉽지 않다. 인물들의 선택을 무조건적으로 응원하기도 어렵다. 자신의 자리라고 할 만한 곳을 끝내 마련하지 못하며 자신들이 대결해야 할 것이 무엇인지 어디를 향해 혼신의 힘으로 몸을 던져야 하는지 알 수 없는 청년들이 더 많은 시절인 것이다. 《불펜의 시간》은 우리가 믿었던 남은 한 줌의 신념들까지를 질문의 무대에 밀어 올린다. 세계와 대결하는 청년들을 두고 마냥 응원할 수만은 없게 하는 세계의 끝에 우리가 도달해 있음을 말한다. 이것이 《불펜의 시간》이 문제작인 진짜 이유다. _소영현(문학평론가)

인생이 안 풀릴 때 가끔 생각해본다. '인생은 한 방!'이라는 말과 '노력은 배신하지 않는다'라는 말 중 어떤 게 맞을까. 대립하는 듯 보이는 두 격언이 모두 그럴듯한 교훈으로 '먹히는' 세계란 도대체 뭔가. 하지만 모든 게 '경쟁'인 세계에 속절없이 놓인 채로, '이긴다'는 것의 의미를 결코 묻지 않는다는 점에서 두 세계관은 차라리 상통한다. 모든 구성원을 '사람'이기 전에 우선 '선수'로 간주하는 이 세계는 당장 삶을 비약적으로 바꾸고 싶은 '야심'이든, 하루하루를 충실히 살아내는 '성실'이든 가리지 않고 모조리 자본의 원활한 운용을 위한 덕목으로 자원화해버린다. 물론, 놀랍지는 않다. '1등만 기억하는 더러운 세상'이라는 건 이미 차고 넘치게 이야기된 사실 아닌가. 그걸 지금 막 발견한 비범한 진실인 양 놀라는 사람의 순진함이야말로 그 '더러운 세상'보다 더 미움 받는다. 독자는 세계의 압도적인 잔혹을 고발하는 서사만큼이나, 바로 그 세계에서 인간이란 그저 무력한 '부품'에 불과하다고 말하는 패배주의적인 서사에도 다소 질려 있다.

그렇다면 《불펜의 시간》이 묘사하는 세계는 어떨까. 소설은 '승부', '성과', '특종'이라는 명목으로 무한경쟁과 소수의 독식을 정당화하는 스포츠계와 증권회사, 언론사의 유사성과 연속성에 집중한다. 여기에 심지어 국민을 대표한다면서 자기 이윤 챙기기에 급급한 국회의 실상까지 오버랩된다. "이게 나라냐"라는 비명이 곳곳으로부터 터져 나오는 이 "폐허"에서 개인은 뭘 할 수 있을까. 바로 이 지점에서, 《불펜의 시간》은 꽤 문제적인 인물들을 등장시킨다. "사회가 요구하는 규칙"보다 "자신이 정한 규칙"을 지킬 때 더 큰 만족을 느끼는 야구선수 '혁오', 평이한 농담에도 남들보다 한 박자 늦게 웃을 만큼 눈치가 없는 증권회사 직원 '준삼', '남초' 집단인 스포츠

신문사에서 존재 증명을 요구받는 신입기자 '기현'. '이긴다'는 것의 형이하학적 의미를 거슬러 '작고 단단한' 세계로 이동하려는 이들의 도전과 분투는 서사 전반에 걸쳐 끊임없이 의심 받고 심문당한다. 이 세 인물의 전략이 어떻게 독자들의 마음속 "조각"들과 만날 수 있을지 무척 궁금하다. 다만, 확실한 것은 이 소설이 '유체이탈'의 화법으로 세계의 악무한을 고발하는 데 그치거나, '우아한 패배' 따위의 수사학으로 자기보존의 욕망만을 부추기는 최근의 관성적인 서사들과는 단호하게 선을 그었다는 점이다. 더 이상 '승리의 기쁨을 감추고자 입술을 깨물지' 않아도 되는 세계, "거침없는 만족"의 웃음을 마음껏 웃어도 되는 세계에서 우리는 좀 더 '아름답다.'

_오혜진(문학평론가)

야구 경기를 보다 보면 잘 이기는 것보다 잘 지는 것이 얼마나 중요한지 알게 된다. 아무리 강한 팀이라도 열 번 싸울 때 네 번에서 다섯 번은 지니까. 잘 지는 팀이 되려면 중간 계투들이 버텨주어야 한다. 그렇다. 그들은 때론 버티어야 한다. 승리 투수가 될 가능성도 없이. 1이닝 2이닝 혹은 한 타자. 이어받았다 이어주고 사라지는 존재. 이 소설은 그 존재들을 불러와 세상엔 선발 투수만 있는 게 아니라는 것을 말해준다. 박진감 넘치는 서사가 주제를 향해 묵직한 직구를 던진다. 그 직구의 문장들을 읽고 나면 볼을 던질 수밖에 없는 혁오가 오래 마음에 남는다. 야구란 후회를 관리하는 게임이라는 오래된 명언을 떠올리자 혁오가 자신만의 리그를 만들고 그 안에서

259

혼자 싸워야 하는 이유를 조금이나마 알 것 같다. 같은 경기를 해도 다른 리듬 안에 있는 혁오는 얼마나 외로운 선수인가. 그 외로움은 세상의 모든 불펜들을 위로해줄 것이다. _윤성희(소설가)

섬세한 이야기들 속에서 서사가 시원해서 이 소설을 택했다. 선명한 인물들, 선 굵은 서사는 읽는 맛이 좋았고, 때로는 격렬한 감정을 몰아왔다. 젊은 인물들이 세파에 깎이고 꺾이는 이야기와 더불어 그 실패의 감각들까지 내버리지 않고 광장에 모아내는 작가의 산문정신에 신뢰가 갔다. _전성태(소설가)

이 소설을 한마디로 요약하면 '한때는 MVP였지만 지금은 불펜의 시간을 사는 인물들의 이야기'라고 할 수 있겠다. 소설이 주목하는 지점은 낙담과 체념 이후고 작가가 주의 깊게 살피는 것은 실패와 포기 그다음이다. 그것이 좋았다. 고생 끝에 낙이 오는 이야기. 불굴의 의지로 정상에 오르는 이야기. 우여곡절 끝에 마침내 성공했다는 이야기. 그러니까 9회 말 2사 만루에 들어선 타자가 마침내 쳐서 담장을 넘기고야 마는 역전 만루 홈런 같은 이야기. 나는 그런 이야기에 늘 불만을 품어왔다. 거짓이라거나 말이 되지 않는다는 것이 아니다. 영광의 순간. 성공의 땀이 흘러내리는 절정의 때에 소설이 끝나는 것은 어째서인지 삶을 속이는 것만 같았다. 결말 이후에도 인물의 삶은 이어질 것이다. 낙 다음에는 다시 고생이 시작될 것이고 정상에 올랐으니 다시 내려가야 한다. 역전 만루 홈런으로 드라마를 쓴 선수가 받은 환호는 다음 경기에서 삼진을 당해 야유로 바뀐다. 불펜의 시간은 마운드라는 절정을 위한 전개와 극복의 장치로 다루어지기 쉽다. 그러나 소설《불펜의 시간》은 그 시간을 주요한 것으로 설정하고 그곳에서의 고민과 마음을 고유한 서사로 다루었다. 이야기를 통해 카타르시스와 대리만족을 얻는 것도 좋다. 하지만 절정의 순간을 지나고 극적인 엔딩을 넘은 인물의 삶을 조명하는 이야기가 지금을 사는 우리에게는 더 필요한 것 같다. 마운드를 향하든, 마운드에서 내려오든, 마운드에 서지 못하고 다시 벤치로 돌아가든, 삶의 서사는 엔딩 없이 이어지는 끝없는 이야기와 같다. 결말이 없다는 것은 언제든 시작할 수 있다는 것이고 어떤 상황이든 절정의 순간을 삼을 수 있다는 말이기도 하다. 작가는 위기를 극복해나가는 영웅 서사가 아닌 실패한 인물이 서서히 하강하는 서사를 만들었다. 그리고 중요한 지점에 근사하게 커브를 걸어두었다. 그 작은 반등과 궤적이 인물에게 인식을 주고 새로운 마음을 주고 중요한 순간에 결심을 하게 했다. 자신의 삶이 성공했다고 여기는 사람이 몇이나 될까? 오늘을 정점이라고 믿는 사람이 과연 있을까? 어찌 보면 우리 모두 불펜의 시간을 살고 있다. 이 책은 자신이 오르고 싶은 마운드를 스스로 정하기 위해 고민하고 애를 쓰는 이들에게 작은 선물이 될 것이다. _정용준(소설가)

우리가 속한 시스템은 당연하게도 경쟁과 승부를 부추기고, 그 속에서 실패는 우리들의 예견된 미래가 된다.《불펜의 시간》은 보장된 성공을 거부하고 자발적 실패를 획득함으로써 시스템에 균열을 만들어내는 사람들의 이야기다. 승부가 아니라 승부조작을 다루는 소설, 더 정확히 말하면 승부를 조작하는 행위가 어떻게 혁명과 도전이 될 수 있는지를 야구를 통해 보여주는 소설이다.

이들은 이기는 것이 아니라 지는 것을, 지는 것이 아니라 '이기지 않는 것'을 택하는 방식으로 예견된 미래를 거부한다. 기어이 이기지 않으려는 그들의 고투를 읽다 보면 삶은 승자와 패자, 승률과 방어율 같은 것으로 구분되는 게 아니라는 사실을 새삼 수긍하게 된다. 실패해도 괜찮다고, 지금도 충분히 잘하고 있다고 격려를 보내는 방식이 아니라, 승부를 거부하고 실패를 쟁취해보라고, 그렇게 하면 그간 당연하다 여긴 것이 조금 달라진다고 에둘러 독려하는 방식이어서 더 믿음직스럽다. **_편혜영**(소설가)

불펜의 시간

제26회 한겨레문학상 수상작

©김유원 2021

초판 1쇄 발행 2021년 7월 15일
초판 3쇄 발행 2024년 10월 25일

지은이 김유원
펴낸이 이상훈
문학팀 최해경 박선우
마케팅 김한성 조재성 박신영 김효진 김애린 오민정

펴낸곳 (주)한겨레엔 www.hanibook.co.kr
주소 서울시 마포구 창전로 70(신수동) 화수목빌딩 5층
전화 02-6383-1602~3
팩스 02-6383-1610
대표메일 munhak@hanien.co.kr

ISBN 979-11-6040-620-7　03810